O SEDUTOR

Editora
Charme

Título original: Worth Forgiving
Copyright© 2014 por Vi Keeland
Copyright da tradução © 2016 por Editora Charme

Todos os direitos reservados. Nenhuma parte deste livro pode ser utilizada ou reproduzida sob quaisquer meios existentes sem a autorização por escrito dos editores.
Esta é uma obra de ficção. Nomes, personagens, lugares e acontecimentos descritos são produtos de imaginação do autor. Qualquer semelhança com nomes, datas e acontecimentos reais é mera coincidência.

1ª Impressão 2016

Produção Editorial: Editora Charme
Tradutora: Janda Montenegro
Preparação de Texto: Cristiane Saavedra
Revisão: Ingrid Lopes
Arte e produção: Verônica Góes
Modelo da capa: Jamie Dominic

Este livro segue as regras da Nova Ortografia da Língua Portuguesa.

CIP-BRASIL, CATALOGAÇÃO NA PUBLICAÇÃO
SINDICATO NACIONAL DE EDITORES DE LIVROS, RJ

S835i
Keeland, Vi
O Sedutor / Worth Forgiving
Série MMA Fighter - livro 3
Editora Charme, 2016.

ISBN: 978-85-68056-26-4
1. Romance Estrangeiro

CDD 813
CDU 821.111(73)3

---

www.editoracharme.com.br

VI KEELAND

O SEDUTOR

MMA Fighter - 03

Tradutora: Janda Montenegro

Editora Charme

"Quando as pessoas lhe mostram quem são, acredite nelas."
— *Maya Angelou*

Dedico esse livro ao homem que inspira as palavras, mas nunca as lê.

UM
Jax

De volta à minha suíte de hotel, deixo o jato de água quente do chuveiro cair sobre meus músculos doloridos. Duas semanas longe dos treinos parece ter sido um ano, por todo o sofrimento pelo qual meus músculos estão passando agora que finalmente decidi parar de enrolar e voltar à academia, apesar de o meu corpo estar reclamando demais por eu ter me afastado por apenas algumas semanas.

Nos últimos dois meses, eu abusei. Tentando evitar o circo que a vida da minha família se tornou nos últimos seis meses, passei metade dos últimos dias me esquivando dos repórteres e a outra metade, mergulhando na bebida até o esquecimento. Foi quando eles finalmente chegaram a mim. Os babacas são incansáveis. Fingem praticar corrida enquanto faço meu percurso habitual ao redor do Cemitério Arlington só para pularem na minha frente e tirarem fotos. Quanto mais emputecido eles me deixam, mais dinheiro devem conseguir por suas fotos.

Troquei de hotel duas vezes nas últimas duas semanas e, mesmo assim, os repórteres conseguem me encontrar em menos de um dia. Sou o queijo para esses malditos ratos e eles parecem farejar onde estou antes mesmo de eu conseguir desfazer as malas. As pessoas em Washington me conhecem e sabem quem meu pai é. Bastam apenas cem dólares de gorjeta ao mensageiro para que os ratos batam na porta da minha suíte, fingindo serem funcionários. Se conseguir chegar ao aeroporto amanhã sem ser seguido, pode ser que então eu finalmente tenha um pouco de paz em Nova York. Ninguém lá vai se importar com quem eu sou. As notícias correm mais rápido, e as fotos da última história que repercutiu no *New York Times* e no *Wall Street Journal* duas semanas atrás, com sorte, já terão sido esquecidas.

Enquanto me seco após o banho, cometo o erro de ligar a TV de tela plana do banheiro da suíte, na esperança de ver o informativo da bolsa do dia. Limpo o espelho embaçado e, assim que fica nítido, a TV atrás de mim mostra a imagem bonita do meu *querido papai*. Incapaz de suportar encarar ainda mais a visão da sua humilhada cara patética, desligo a TV rapidamente, poupando-me da dor de ouvir a entrevista que algum graduado de vinte e dois anos de Harvard provavelmente escreveu. Um discurso preparado usando resultados de uma votação sobre o que deve ser feito para salvar sua carreira em crise, tenho certeza.

Acontece que meu pai, o Senador Preston Knight, que uma vez foi um pilar de destaque da comunidade, um servidor público extraordinário, é o contrário de tudo o que ele prega. O homem que cresci admirando, idolatrando sua honestidade e trabalho duro, é uma mentira completa. Uma farsa. Um mentiroso. O oposto de tudo aquilo que ele supostamente apoiava.

Muito admirado pela pessoa que era meu pai para ver as coisas que estavam bem diante dos meus olhos, eu justifiquei qualquer coisa na última década: não voltar para casa, estagiárias íntimas demais e até o cheiro de perfume em seu terno quando ele entrava sorrateiramente em casa pela porta dos fundos, de manhã, ainda usando as roupas da noite anterior. Eu dizia a mim mesmo que todo mundo queria um pouco dele, para desfrutar da sua luz, e estar perto do senador íntegro e frequentador da igreja. Na verdade, era ele quem queria um pouco de todo mundo. De todas as mulheres, para ser mais exato.

Valores cristãos uma ova! Seis meses atrás, descobri que tinha um irmão. Um que é apenas algumas semanas mais novo do que eu. Um filho que é fruto do caso de um senador em ascensão e uma *stripper* viciada em drogas. A melhor parte? Meu meio-irmão, a outra cria do próprio Satã, é um lutador que acabou de ganhar o campeonato de peso-médio. Algo com que eu sonhava quando era criança, e meu pai dizia repetidamente que não era uma carreira respeitável. Às vezes, a ironia é uma merda.

Eu só queria que essa história parasse por aí. Parece que,

desde que a notícia da infidelidade do meu pai foi espalhada, houve um fluxo interminável de mulheres que mal podiam esperar para compartilhar suas histórias. Tórridas histórias entre elas e o meu pai. As merdas doentias nas quais ele se metia eram coisas que um filho jamais deveria saber sobre o próprio pai, independentemente da idade. E o adultério não era nem a pior parte. Quando terminava o caso com elas, ele as descartava como se fossem lixo, usando seu poder e influência para ameaçá-las a se submeterem a ele. Um mentiroso, trapaceiro *e* um abusador.

Que sorte a minha. Eu me pareço com ele.

Enrolo uma toalha na cintura e vou atender meu celular que está tocando, mesmo sem sentir vontade.

— Mãe — respondo firmemente.

— Jackson, onde você está? — Ela não fez nada de errado, mas, mesmo assim, não posso evitar me sentir ressentido com ela. Por que ela ainda fica do lado dele?

— Vou sair da cidade por uns tempos. Eu estou bem. — Propositalmente, evito mencionar para onde vou. Quem sabe se ela não vai contar a ele, mesmo que eu peça para não o fazer?

— Seu pai e eu estamos morrendo de preocupação com você. — Qualquer tensão que o banho quente tenha ajudado a desfazer rapidamente se enreda de novo pelos meus músculos pela simples menção do *Papaizinho Querido*.

— Talvez ele devesse ter pensado na gente antes de decidir foder metade das mulheres de Washington até a Califórnia.

— Isso não é justo, Jackson. — Sério? Pensei que estava sendo mais legal do que *ele* sequer merecia. Controlei meus verdadeiros sentimentos em respeito a ela.

— Preciso ir.

— Quando você volta?

— Não sei.

Minha mãe fica em silêncio por um minuto. Por uma fração de segundo, me pergunto se talvez finalmente ela esteja se dando conta de que tudo isso não tem só a ver com meu pai. É também sobre nós dois. A mulher passou a vida inteira se preocupando com a carreira *dele*. A reputação *dele*. O sucesso *dele*. Às vezes, acho que ela se perdeu de quem *ela* era.

— Seu pai precisa da gente, Jackson. Ele precisa do nosso apoio agora mais do que nunca. — Ela faz uma pausa antes de dar o golpe final. — E a imprensa precisa ver que a gente o perdoou para ele ter alguma chance de o mundo o perdoar também.

— Tchau, mãe. — Não lhe dou chance de dizer mais nada antes de finalizar a ligação e jogar o celular de volta na mesinha de cabeceira.

Sentindo mais pena do que raiva após desligar o telefone, faço as malas e, sem me preocupar em me vestir ou puxar as cobertas, me jogo na grande cama macia. Amanhã eu sigo em frente. Nos meus próprios termos. Com *meus* próprios planos. Sem olhar para trás, para a vida que uma vez pensei que queria. Porque, de fato, nunca a quis, *ele* apenas me convenceu de que eu deveria querê-la e eu acreditei. E quer saber? Ele que se *foda*.

Após a melhor noite de sono que tive em semanas e um voo que, na verdade, aterrissou mais cedo do que o previsto, estou ansioso para começar na nova academia. No caminho, faço algumas ligações, despachando com meu diretor financeiro e meu assistente. Para minha sorte, tenho Brady Carlson. Ele não é apenas meu diretor financeiro, é também meu amigo mais antigo. E, nas últimas semanas, tem feito um malabarismo maior do que gerir minha uma vez próspera empresa de investimentos. Repórteres cercam nosso prédio e clientes nervosos ligam de hora em hora precisando de garantias de que a má reputação da minha família não irá afetá-los. Parece que a sujeira do meu pai chegou aos meus negócios para ficar de vez. Ouço estresse na voz dele. Provavelmente não dorme há uma semana. Definitivamente, lhe devo um bônus de seis dígitos novamente este ano.

Ele me atualiza sobre quem retirou os negócios da nossa empresa essa semana. Brady está mais preocupado do que eu. Honestamente, não me importaria nem um pouco se a empresa falisse, se não tivesse pessoas dependendo de mim para seu sustento. Faço o possível para garantir a ele que tudo se estabilizará, mas está difícil, já que nem eu acredito nas minhas palavras.

Nova York torna mais fácil eu passar despercebido. São muitas pessoas e um fluxo frenético de pedestres dando um jeito de chegar aos seus destinos, a maioria deles evitando contato visual. Perfeito depois do caos no qual fui envolvido em Washington. Ir caminhando para os lugares é muito mais atraente do que o habitual carro de luxo com vidros escuros ao qual cresci acostumado a me conduzir de um lugar para o outro.

Ao abrir a porta da academia, sou recebido por um homem musculoso de pé atrás do balcão da recepção. Ele ergue os olhos ansiosamente quando entro, me dá uma rápida olhada e praticamente rosna. Fica evidente que não sou eu quem ele está esperando.

Caminho até a recepção e o espero olhar de volta para mim, mas ele finge que não estou parado bem em frente a ele, a menos de sessenta centímetros de distância de seu rosto. Excelente atendimento ao cliente neste lugar.

— Você poderia me levar até o treinador Marco? Combinei de encontrá-lo aqui.

Sr. Musculoso aponta para trás, mas sem me olhar novamente. Bem-vindo a Nova York.

Marco é primo do meu treinador de Washington. Embora não o conhecesse, o teria reconhecido em qualquer lugar. Ele é a imagem cuspida e escarrada do seu primo, Mario. Apenas alguns fios grisalhos começaram a surgir no seu brilhante e espesso cabelo preto, que está alisado para trás no estilo dos velhos sopranos que apenas alguns poucos jovens podem usar sem parecer que estão se fantasiando. Esse cara não ficaria bem com nenhum outro estilo.

Nós treinamos por quase três horas, mas, mesmo assim, nenhum fio está fora do lugar.

— Por quanto tempo você ficará na cidade? Mario falou que talvez eu pudesse procurar algumas lutas locais para você aqui. — Marco me para assim que saio do vestiário, meus cabelos ainda úmidos do longo banho.

Rio para mim mesmo, mas Marco não entende a piada. O primo dele, Mario, tem tentado me colocar nos ringues há anos para algumas lutas de verdade. Não houve um dia sequer nos últimos oito anos quando terminávamos uma sessão sem que ele perguntasse "Quer que eu te inscreva em uma luta? Você está pronto, sabe disso, né?".

Luto desde que era criança. Os treinadores me falam que sou bom o suficiente para tentar os ringues, mas nunca pensei nisso de verdade. Sempre *esperaram* que eu trabalhasse com algo mais apropriado. "Afinal, você é um Knight", meu pai costumava dizer.

— Ainda não sei quanto tempo vou ficar. — Faço uma pausa, permitindo-me, pela primeira vez desde que eu era um garoto cheio de sonhos, pensar seriamente em entrar num ringue para uma luta de verdade. Entrar no ringue para uma luta profissional não fazia parte dos meus planos, mas essa é a beleza de se ter seus *próprios* planos, e não viver as expectativas de outra pessoa. Meus planos podem mudar... porque eles são *meus*.

— Quer saber? Vou pensar a respeito, Marco. — E, pela primeira vez, falo isso a sério.

Marco balança a cabeça.

— De qualquer forma, dá uma passada na recepção e pega meus horários para o resto da semana.

Jogo diagonalmente a alça da minha bolsa de academia no peito, aceno em despedida para um dos caras que foi meu *sparring* no treino e vou em direção à porta, com um levantar de queixo para Marco. Eu esperava encontrar o Sr. Simpatia de hoje de manhã na recepção, mas, ao invés disso, a paisagem é muito melhor. Uma linda mulher está sentada atrás do longo balcão. Ela está completamente concentrada no que está fazendo. Diferente do babaca dessa manhã, que me ignorou intencionalmente, ela não faz a menor ideia de que eu sequer estou parado à sua frente. Não consigo evitar de sorrir ao ver seu lápis cinza grosso mover-se fervorosamente esboçando no papel, suas pequenas mãos parcialmente cobertas por carvão. Um leve sorriso em seu rosto me diz que ela está em outro lugar... um bom lugar. Aquele que deve ser a sua fuga. Não consigo tirar os olhos dela enquanto ela estuda o desenho, seu sorriso crescendo cada vez mais quando levanta a cabeça para olhá-lo por completo. Ela gosta do que vê no papel, quase tanto quanto gosto do que vejo à minha frente.

Cabelo loiro longo e ondulado, metade casualmente preso no topo da cabeça em um tipo de coque; a outra metade pende livremente, emoldurando seu rosto de porcelana. Os grandes olhos azul-esverdeados brilham tanto que sinto necessidade de me aproximar, só para que possa estudá-los de perto e ver a verdadeira cor. Sua pele suave está sem a maquiagem que mulheres bonitas como ela acham que precisam para parecerem melhores, o que geralmente não acontece. Cílios grossos e negros moldam seus olhos em formato de amêndoa. Os lábios são volumosos e rosados, a metade inferior presa entre os dentes conforme ela se concentra, estudando o desenho. Linda. Parece quase um pecado interrompê-la.

— Oi — finalmente falo, começando a me sentir culpado pelo meu olhar fixo. Ela levanta a cabeça, os olhos viajando lentamente até meu rosto, antes de encontrarem os meus. Por alguns segundos, ela ainda não me vê, mesmo que esteja olhando diretamente para mim. Até que ela volta de onde quer que sua cabeça esteja e seus olhos se prendem aos meus, seus lábios carnudos se entreabrem e o choque de me encontrar parado ali a faz cair da cadeira.

Dois
Lily

Eu sabia o que chegar atrasada ao trabalho significava. Caden ficaria furioso comigo, mas não por ter que me cobrir na recepção por menos de uma hora. Na sua cabeça doentia, a única razão possível para eu atrasar cinquenta e cinco minutos numa sexta-feira de manhã era porque eu tinha dormido com alguém. Não importava quem. O garçom do restaurante, o cara que educadamente e inocentemente abriu a porta da cafeteria para mim, ou até mesmo o caixa do banco onde demorei um pouco mais do que o normal para fazer um depósito no outro dia.

Não me lembro exatamente quando o ciúme e a possessividade começaram. Talvez sempre estivessem lá, eu só estava muito cega para conseguir enxergar. Mas, quando enfim abri os olhos, acusações já faziam parte da nossa rotina diária. Acho que o fato de eu ser dona de uma academia não ajuda muito. Um lugar cheio de homens parrudos transbordando testosterona, onde Caden passa a maior parte dos seus dias treinando para a sua próxima luta no MMA *open*.

A Academia Ralley's foi fundada pelo meu pai e o sócio dele, o tio de Caden, Joe Ralley. Os dois homens eram melhores amigos desde pequenos. Ambos se dedicaram ao esporte: meu pai fez seu nome como lutador e Joe, como treinador profissional. Quinze anos atrás, meu pai — conhecido por todo mundo no universo das lutas como "The Saint" — se aposentou como campeão peso-médio da Conferência de Boxe dos Estados Unidos. Aproveitando-se da fama e do talento de Joe como treinador, os dois melhores amigos decidiram abrir uma academia dedicada a Artes Marciais Mistas. Na época, o esporte estava começando a ganhar popularidade a nível nacional e havia poucas academias destinadas a treinar lutadores que desejassem ser profissionais de MMA. A academia da dupla dinâmica deslanchou após o esporte crescer tanto e tão rapidamente. Uma academia se tornou duas, depois quatro, depois dezoito em apenas três anos. Hoje, o nome Ralley's detém o mercado de luta da costa leste, operando em sessenta e duas localidades.

Relutantemente, espio pela porta de vidro na entrada da academia. Sinto uma onda de alívio ao ver que ele não está lá. Sentado. Irritado. Esperando por mim para fazer uma inquisição ofensiva completa. Mas os malditos sinos amarrados em cima da porta balançam fortemente, mesmo eu tentando abrir cuidadosamente a porta. Merda, preciso me livrar dessas coisas.

— Onde você estava? — Caden já está em cima de mim antes mesmo que eu tenha terminado de tirar o casaco.

— Eu dormi demais. Desculpe ter te feito me cobrir aqui. — Abro um sorriso hesitante e forçado. Em seguida, dou de ombros, tentando parecer casual, e pego a correspondência em cima do balcão da recepção.

— Então, por que seu celular não te despertou? Eu liguei. Você devia estar muito *ocupada* para atender. — Não há nenhuma dúvida da raiva em sua voz e da ponta de sarcasmo ao dizer que estive *ocupada*.

Pegando meu celular na bolsa, olho a tela e vejo onze ligações perdidas. Todas de Caden. Uma rápida avaliação entre o tempo das chamadas me diz que ele estava ficando impaciente. E rápido. As primeiras ligações foram com intervalos de cinco minutos... as últimas, com menos de um minuto.

— Sinto muito. Devo ter esquecido de ativar o som novamente ontem à noite. Fui para a aula e depois caí no sono.

— Você está se desculpando muito essa manhã, não é?

Baixo o tom de voz. Não quero uma cena. De novo, não.

— Por favor, não faça isso, Caden. Eu fui para a aula e depois para casa. Não ouvi o alarme do celular pela mesma razão que não ouvi suas ligações. Ele estava no silencioso. Não transforme isso em algo mais do que é. — Faço uma pausa, ponderando as palavras por alguns segundos. — E você precisa parar de agir como se ainda estivéssemos juntos, Caden.

Não quero magoá-lo, mas ele precisa de mais do que um lembrete sutil de que não tem mais nenhum direito de questionar o que ando fazendo. Sei que está nervoso por causa da sua grande luta que está se aproximando, por isso venho pegando leve com ele. Obviamente, "pegar leve" não é a tática certa.

Pete, o *sparring* regular de Caden, assobia de longe. Caden parece dividido entre continuar a me interrogar e voltar ao treino. Para minha sorte, um grito alto e impaciente de Pete o ajuda a tomar a decisão, o que me rende um adiamento da conversa. Pelo menos, um temporário.

Apontando um dedo raivoso para mim antes de sair da recepção, Caden avisa:

— Essa conversa ainda não acabou.

Para mim definitivamente acabou.

Mesmo com o atraso, consigo fazer todo o meu trabalho até o início da tarde. Caden pode não ser o homem certo para mim, mas, nos últimos nove meses, ele fez bastante coisa para facilitar o meu trabalho. Após o infarto fulminante do meu pai, eu mal conseguia dar conta da minha função, muito menos administrar as sessenta e duas academias da família. O tio do Caden é um ótimo homem, mas a administração dos negócios era responsabilidade do meu pai. A ideia do Joe de manter a contabilidade correta significava jogar os recibos numa caixa de sapatos. Literalmente, numa caixa de sapatos.

Ainda atordoada por causa da morte do meu pai, único parente que eu tinha, tive a sorte de ter Caden por perto. Ele informatizou a contabilidade, instalou um sistema de folha de pagamento e até colocou os horários dos treinadores online para os clientes agendarem. Tudo isso enquanto eu mal dava conta de mim.

Fiquei em total estado de choque por causa da inesperada morte, me tornando quase inútil para trabalhar. Sinceramente, não sei o que teria feito sem ele. Só gostaria que as coisas entre nós tivessem ficado apenas no âmbito profissional. Envolver-me romanticamente com ele foi algo que simplesmente aconteceu. Ele não escondia que queria ficar comigo, e eu, bem, não disse não. Devastada pela perda do homem que era o centro do meu universo, eu estava desesperada para preencher o vazio. Achei que Caden era a resposta para isso na ocasião. Cara, eu estava errada.

Com Caden fora por algumas horas esta tarde, em uma reunião com seu agente e promotor de lutas, e com os telefones estranhamente silenciosos, para variar, consigo ter quase uma hora inteira para esboçar antes que o som da voz de um homem me assuste. Completamente absorta no meu desenho, sou pega de surpresa por um som grave e rouco que me faz dar um meio pulo da cadeira. Infelizmente, esse *meio* pulo não termina muito bem porque estou sentada em estilo indiano e uma perna fica presa no braço da cadeira conforme meu corpo inclina para frente em reação ao som que me pega desprevenida. O impulso faz meu corpo ter uma reação oposta à da cadeira, que tomba para trás e cai no chão, levando junto a minha perna. Claro, meu corpo inteiro é forçado a seguir a perna, me fazendo cair de costas. De alguma forma, a cadeira na qual fiquei presa cai em cima de mim.

— Você está bem? Eu não queria te assustar — diz a voz grave que começou essa bagunça. Depois de tirar a cadeira de cima de mim, uma mão grande me é estendida, oferecendo ajuda. Eu a pego, completamente envergonhada pela minha falta de jeito.

Ao ficar de pé, endireito minha roupa, puxando a blusa para baixo, que subiu quando caí de um jeito nada elegante para uma dama. Finalmente, quando olho para cima para ver o rosto associado à voz grave, meu olhar encontra um homem alto, largo e incrivelmente lindo. Sentindo-me aturdida pela combinação da queda e de encontrar uma criatura devastadoramente bonita parada de pé, tão perto de mim, fico aliviada ao ver meus esboços espalhados pelo chão. Isso me permite um minuto para recuperar o juízo. Abaixo-me e começo a recolher os papéis, mas o homem bonito também é um cavalheiro. Ele se ajoelha e me ajuda a recolher o bloco e os desenhos que se soltaram dele.

— Desculpe, não ouvi você entrar. — Claro, agora eu queria que os sinos tivessem tocado, mas eles não estão mais lá... eu os tirei da porta assim que Caden saiu. Talvez eles de fato servissem a um propósito além de denunciar minha chegada a Caden.

O homem lindo sorri.

— Não entrei agora, estou aqui há horas. Estava lá trás com o Marco.

— Ah.

Estendendo os papéis recolhidos para mim, ele pergunta:

— Foi você quem os desenhou?

Faço que sim com a cabeça.

— Todos eles? — O homem lindo gesticula para a meia dúzia de esboços que ele pegou do chão.

Balanço a cabeça novamente.

— Se importa se eu olhar?

Balanço a cabeça, negando. Ele abre um sorriso presunçoso diante da minha incapacidade de formar respostas verbais. Que droga! Meu pequeno tombo me deixou muda?

Enquanto o desconhecido estuda minunciosamente meus desenhos, faço o mesmo com ele. O cabelo é loiro escuro e está úmido de um banho recente; o corte é curto num estilo bagunçado e sexy, tipo "acabei de transar ". Meus olhos seguem a linha definida de seu queixo de um lado para o outro. Michelangelo não poderia ter criado um perfil masculino mais imponente do que esse. Incapaz de me controlar, desço o olhar até seu físico, que parece ser igualmente lindo e esculpido por baixo de uma justa camisa branca que mal cobre o peitoral largo.

Reunindo toda a minha força de vontade — mais do que eu

gostaria de admitir —, me forço a voltar a olhar para o homem, no exato momento em que ele olha de volta para mim. Seus olhos azuis bem claros se destacam debaixo dos cílios longos, grossos e negros; uma beleza bruta que me nocauteia e tira o fôlego, me fazendo ofegar. Nenhum homem deveria ser tão deslumbrante. Ele realmente precisa avisar antes de entrar em qualquer ambiente.

Uma leve erguida do lado direito de seus lábios perfeitamente grossos me diz que ele sabe o efeito que tem sobre mim. Fala sério, como não teria? Que mulher esse homem deslumbrante não afeta à primeira vista?

— Você é boa. — Sua voz grave é suave como a sensação de passar a mão num tapete macio de veludo.

Franzo a testa. Não faço a menor ideia do que ele está falando. O Sr. Maravilhoso dá uma leve risada ao se dar conta de que estou meio perdida.

— Seus desenhos, eles são realmente bons.

— Obrigada.

— Você costuma expor seu trabalho?

— Não, é só um hobby. Eu faço aulas de arte.

— Bem, você é muito boa para que seja só um hobby.

— Ah, obrigada. — Sorrio. — Eu adoraria desenhar você.

A declaração escapa dos meus lábios antes que meu cérebro consiga detê-la. Cubro a boca numa falha tentativa de parar as palavras, mas é tarde demais, elas já saíram.

Ele sorri, parecendo se divertir com meu pequeno deslize e, intrigado, arqueia uma sobrancelha.

— Eu adoraria.

— Adoraria o quê? — A voz raivosa de Caden surge de trás do Sr. Maravilhoso. Ter tirado os sinos foi realmente um erro. Pareço estar alheia ao ir e vir das pessoas hoje.

— Hum...

Sr. Maravilhoso se vira, pegando apenas um vislumbre da raiva de Caden. Ele me salva.

— Estou de visita aqui por algumas semanas. Tenho negócios com Joe Ralley. Preciso agendar mais alguns horários com Marco enquanto estou por aqui. Srta... — Ele se vira para mim novamente, esperando que eu preencha a lacuna.

E é o que eu faço.

— Lily.

— Lily. — Ele balança a cabeça e o canto de sua boca contrai levemente. Mas eu reparo. — Ia agendar os treinos para mim.

Ele inclina a cabeça e estreita os olhos, e, como se de repente se desse conta de algo, sorri.

— Por acaso você é filha do *The Saint*?

Confusa sobre como ele poderia saber disso, respondo:

— Sou sim.

Caden fica olhando entre nós dois, avaliando a situação.

— Eu agendo seus horários. Lily tem coisas mais importantes para fazer. — Seu tom deixa claro que isso não é uma sugestão, mas uma decisão.

— Não há nada mais importante do que ajudar nossos clientes — eu o repreendo, virando-me de frente para Caden. O maxilar dele retesa, os olhos escurecem com um estreitar furioso e a veia de seu pescoço vibra. Ele parece a ponto de explodir. Nos encaramos por alguns segundos até que eu finalmente cedo, soltando um suspiro frustrado. — Tudo bem — digo antes de me voltar para o Sr. Maravilhoso. — Caden vai fazer seus horários. Se precisar de mais alguma coisa, é só me avisar.

— Por mim, tudo bem. — O Sr. Maravilhoso estende a mão para Caden. — Jackson — ele diz para Caden, mas oferece a mim um meio-sorriso.

Caden hesita, mas, por fim, aceita a mão do homem com um breve aceno de cabeça.

— Caden Ralley.

Era para eu estar no restaurante há cinco minutos, mas ainda estou aqui delineando e esfumando os olhos com lápis cinza como se estivesse uma hora adiantada. Termino a maquiagem, verifico o rosto no espelho e gosto do resultado. Faz muito tempo que não sinto desejo de me arrumar. Sempre gostei de roupas, a forma como uma saia lápis justa e uma sandália de tiras conseguem levantar meu humor, fazendo com que eu me sinta uma mulher bonita, ao invés da rata de academia na qual deixei minha aparência se transformar nos últimos meses.

Sorrio ao me olhar no espelho, lembrando da última reunião de negócios que fui com Joe e meu pai. Um representante de um suplemento de proteína em pó nos convidou para sair, na esperança de nos convencer a vender sua linha de produtos em nossas academias. Tudo estava indo bem até que o pobre representante me fez um elogio.

— Você parece tão diferente de quando nos conhecemos na academia — ele comentou, seu tom de voz indicando que quis dizer *diferente* de maneira positiva.

— Obrigada. — Apontei para os meus sapatos de saltos perigosamente altos. — Esses dois não gostam quando meu salto agulha fura os tapetes.

— Bom, você é linda de qualquer forma. Mas os sapatos — o representante diminuiu a voz até que virasse um ronronar felino — são sexy pra caramba!

Papai assinou contrato com o representante de um suplemento de proteína concorrente na manhã seguinte.

Elegantemente atrasada mais de meia hora, finalmente chego ao Osteria Madena, o restaurante italiano favorito do Joe. É pequeno e todo mundo fica apertado e tão perto um do outro que os garçons têm que ser magros para poderem passar entre as mesas. Dou uma olhada pelo salão abarrotado e, à primeira vista, não encontro nem Joe nem o homem com quem iríamos nos encontrar. Olho para o relógio na esperança de que eles não tenham ido embora. Estou atrasada, mas isso não é nada com que Joe já não esteja acostumado a essa altura.

— Ahh... a linda *Bambina*. Aí está ela. — Fredo, o dono do restaurante, beija minhas bochechas. Meu pai, Joe e eu frequentamos esse lugar há anos; tem até uma foto autografada do meu pai pendurada orgulhosamente acima do bar. Fredo segura minhas mãos e se afasta para me examinar. — Você está muito magrinha, minha *bella donna*! Essa noite... vamos alimentá-la com um enorme prato de massa, não é? Fredo vai te engordar um pouquinho, está bem?

Sorrio, sabendo que vou comer uma massa, mesmo que eu peça frango.

— O Joe está aqui? Marquei de encontrá-lo, mas não o vejo.

— Sim, está sim. O Sr. Joe está no bar te esperando. Venha.

Fredo pega minha mão e me leva até o outro lado do bar, que não é visível de onde eu estava na entrada.

Joe levanta quando me vê.

— Você está linda. — Ele beija minha bochecha e, em seguida, balança a cabeça. — E deveria ter levado em conta o quanto nos deixou esperando.

— Desculpe. Perdi a noção do tempo — digo, notando um assento vazio ao lado de Joe. — O corretor está atrasado?

— Não, ele foi lá fora atender uma ligação. Na verdade, aqui está ele. — Joe aponta para trás de mim.

Viro-me, pronta para me desculpar pelo atraso, mas paro

subitamente quando meus olhos encontram o Sr. Maravilhoso da academia.

— Jackson Knight, esta é a minha sócia, Lily St. Claire — Joe faz as apresentações necessárias.

Jackson levanta uma sobrancelha, e um meio-sorriso lentamente surge no canto de sua boca.

— Nós já nos conhecemos. — Ele aperta a minha mão sem soltá-la de imediato. Seus olhos fazem uma rápida varredura em mim, dos pés à cabeça, e arqueio uma sobrancelha quando seus olhos voltam aos meus, fazendo-o perceber que o vi me avaliando. Mas, ao invés de ficar envergonhado por ter sigo flagrado, o meio-sorriso de Jackson se transforma num completo sorriso de arrancar a calcinha. Sério isso? Ridiculamente lindo *e* pretencioso.

— Desculpe pelo atraso — apresso-me em dizer, quando ele finalmente solta minha mão.

— Sem problema. Tenho certeza de que você tinha muitas coisas importantes a fazer — Jackson provoca, referindo-se ao comentário de Caden de mais cedo.

— Eu não sabia que vocês dois já tinham se conhecido — Joe nos interrompe.

— Nos conhecemos hoje na academia — explico para Joe, sem tirar os olhos de Jackson enquanto falo. — Mas Jackson não mencionou que era seu corretor nos negócios, ou melhor, Sr. Knight.

— Esqueci de mencionar isso? — Jackson flerta intencionalmente.

— Tenho certeza de que esqueceu. — Ergo uma sobrancelha sarcasticamente e sorrio.

— Hmmm, talvez eu tenha esquecido. Lembro-me de que nós fomos interrompidos.

Fredo reaparece do nada, pegando minha mão.

— Venha. Vamos alimentá-la agora, *si*? — Ele olha de volta

para Jackson enquanto andamos. — Ela é *molto bella*, não é?

— Com certeza. Fascinante também — ele acrescenta ao elogio de "muito bonita" que Fredo falou em italiano.

— Mas ela está muito magra, *sì*? Hoje vamos engordá-la com um pouco de *carbonara* caseira. Ok? — Ele não espera por uma resposta antes de nos mostrar nossa mesa. É a melhor do restaurante, afastada e no canto esquerdo, um dos poucos lugares onde há espaço entre as mesas.

Jackson puxa a cadeira para mim e espera que eu me sente para ocupar o lugar ao meu lado.

— Trarei mais *vino* e faremos pratos especiais para nossos clientes especiais. — Fredo desaparece.

— Acho que não precisamos olhar o cardápio, não é? — Jackson pergunta, divertindo-se.

— Você pode, se quiser. Mas se Fredo não gostar do que você escolher, ele irá mudar, de qualquer forma.

Quinze minutos depois, Fredo traz mais comida do que três pessoas conseguiriam comer. Tal como prometido, uma generosa porção de *fettucine carbonara* é colocada à minha frente. Conversamos enquanto comemos e flui tão fácil quanto o vinho.

Jackson Knight é o dono da Investimentos Knight, a empresa que reúne um grupo de investidores anônimos interessados em comprar metade das Academias Ralley's, para que Joe possa se aposentar. A morte do meu pai foi quase tão difícil para Joe quanto para mim. Fez com que ele pensasse duas vezes sobre a quantidade de horas que trabalha em vez de curtir sua família. Fico feliz que ele vá se aposentar, mas estaria mentindo se dissesse que não estou apavorada em pensar em perdê-lo no meu dia a dia.

Suspiro quando Fredo manda entregar uma enorme bandeja de sobremesas em nossa mesa. Sinto-me satisfeita, mas a torta de chocolate daqui é coisa de outro mundo. Não consigo resistir a dar pelo menos uma provadinha.

— Ele parece bastante decidido a te encher de calorias — Jackson diz quando a mesa fica repleta de coisas deliciosas.

— Aparentemente, perdi alguns quilos e ele está determinado a me ajudar a recuperá-los e corrigir meu corpo.

Joe está ocupado conversando com Fredo e não ouve a resposta de Jackson.

— Você parece perfeita para mim — ele diz, olhando-me diretamente nos olhos e, em seguida, seu olhar cai para o meu corpo e o percorre lentamente, antes de voltar aos meus olhos. — Não há nada que você precise corrigir.

Coro e mudo de assunto.

— Então, por que você não falou que vinha? — falo, cortando um pedaço da torta de chocolate.

— Pensei em verificar como as coisas funcionam sem ter ninguém me observado. — Ele faz uma pausa, depois acrescenta: — Para os investidores. Você descobre muito mais sobre um negócio quando aparece e é tratado como um cliente comum. Já que o financiamento está vindo de um grupo de investidores anônimos com poder de voto limitado, lido com as devidas diligências e volto com um relatório. — Jackson levanta seu garfo e o direciona para a torta à minha frente. — Se importa?

— De modo algum, sirva-se. Significa menos corrida para mim amanhã. — Ele ri e pega um pedaço da minha torta com o garfo. Observo com mais interesse do que devia enquanto ele engole, sentindo-me fascinada pela visão de sua garganta trabalhando.

— Algumas coisas você tem apenas um gostinho e já deseja consumir tudo. — A voz de Jackson tira meu foco da garganta dele.

Tento ignorar quão sexy a voz dele realmente é e respondo, afastando o olhar.

— Sim, a torta de chocolate daqui é realmente coisa de outro mundo.

— É, isso também — Jackson responde, seus olhos brilhando maliciosamente.

Os dois homens discutem sobre quem paga a conta e, depois, nossa conversa volta aos negócios por alguns minutos antes de irmos embora.

— Então, Lily, diga-me, qual é a sua maior preocupação sobre o grupo de investidores comprar a metade do Joe na academia? — Jackson pergunta educadamente.

Penso por um instante.

— É importante para mim manter a visão do meu pai nas academias. Ele não queria que elas se tornassem academias de exercícios comuns só para aumentar a clientela. O foco precisa permanecer no treinamento de lutadores. Acho que estou preocupada que o foco dos investidores não seja o mesmo. Sei que estamos fazendo isso com investidores anônimos com poder de voto limitado, e que estão praticamente se tornando acionistas, mas ainda fico nervosa por estar trazendo gente de fora pra cá.

Jackson concorda.

— É bom saber disso. Tenho treinado na Ralley's de Washington há anos e isso é uma das coisas que a diferencia das outras academias. Seria falta de visão transformá-las em outra coisa. Cadeias de academias normais vêm e vão. Os clientes não são fiéis porque há inúmeros locais onde podem conseguir a mesma coisa. A Ralley's é diferente, e, se permanecer assim, poderá continuar a crescer junto com o esporte. Eu e Joe conversamos um pouco sobre a escassez do fluxo de caixa com a qual a Ralley's tem tido que lidar ultimamente. Não é incomum para empresas que crescem rápido sentir um pouco a dor do crescimento. Esperançosamente, ter investidores com bolsos fundos também vai te dar alguma folga para não ter que depender tanto dos bancos.

É um alívio saber que pelo menos alguém que está envolvido na compra entende o que torna a Ralley's tão especial. Essas preocupações me fazem perder o sono todas as noites.

— Fico feliz que você entenda a Ralley's. É mais do que um negócio para mim. Para nós.

Jackson concorda.

— Você tem um gerenciamento esquematizado para ajudar? Um dos inconvenientes de fazer um negócio que envolve investidor anônimo é que o seu novo sócio não assume nenhuma responsabilidade nas operações diárias.

— Ainda estou dando um jeito nisso — digo concisa. Eu e Joe ainda precisamos ter uma longa conversa sobre o envolvimento de Caden depois que ele sair da sociedade. Já não tenho mais certeza se ele é a pessoa certa para o trabalho. Ele é um pouco esquentado demais e suas qualidades interpessoais não são das melhores, para não dizer coisa pior.

Conversamos um pouco mais sobre nossa visão a longo prazo da Ralley's. Estou impressionada com o quanto Jackson sabe e quão fácil parece entender minhas preocupações. Por fim, nos despedimos de Fredo e saímos para a noite quente de fim de verão.

— Por quanto tempo ficará na cidade, Jackson? — Joe pergunta, sinalizando para um táxi. Moro a alguns quarteirões de distância, mas aprendi há muito tempo que Joe nunca me deixará ir caminhando para casa sozinha à noite.

— Ainda não sei ao certo. O banco está mandando alguém para analisar a contabilidade na semana que vem, então, ficarei pelo menos algumas semanas.

Um táxi para no meio-fio.

— Vou ficar fora da cidade por uns dias enquanto você estiver aqui. Mas tenho certeza de que a Lily vai cuidar muito bem de você. — Os dois homens apertam as mãos.

Jackson se vira para mim com o seu jeito sedutor que me aquece por dentro e por fora. Ele se aproxima para se despedir enquanto Joe abre a porta do táxi e conversa com o motorista.

— Estou ansioso para você cuidar muito bem de mim — ele

sussurra e beija minha bochecha. Entro rápido no carro antes que ele possa ver o calor se espalhando pelo meu rosto.

No dia seguinte, decido dar uma geral na academia, na tentativa de disfarçar quem estou procurando. Quando meu olhar encontra o homem que eu esperava rever, ele está pulando corda num ritmo rápido, mas seus olhos já estão fixos em mim. Atrapalho-me toda por ter sido pega em flagrante e praticamente corro de volta para a recepção. No decorrer do dia, dou uma espiada em Jackson enquanto ele treina. Algumas vezes, ele me flagra e sorri. Por sorte, Caden não repara. A última coisa que preciso é outra cena na academia.

Sinto-me aliviada em saber que Caden já foi embora quando o Senhor Sedutor para na recepção após seu treino, já de banho tomado. Com os cabelos úmidos e uma toalha em volta do pescoço, ele certamente é um banquete para os olhos. Embora seu corpo pareça em forma, alguma coisa nele parece não se encaixar com os caras que costumam treinar na Ralley's. Ele é diferente, e não só pela falta de tatuagens nos braços e de cicatrizes no rosto. Algo na forma como fala e se comporta o distingue dos lutadores regulares que vejo por aqui.

— Então, tenho que admitir: pensei que você seria diferente, baseado na nossa troca de e-mails nos últimos meses — digo a Jackson, tentando ignorar o efeito que seu corpo úmido e recém-exercitado exerce sobre mim. Nós trocamos muitos e-mails nos últimos meses. Enviei relatórios solicitados por ele e respondi perguntas sobre a Ralley's para ajudá-lo a montar uma oferta para atrair os investidores. Mas nossa comunicação era estritamente profissional. Ele era todo sério, nada parecido com o homem brincalhão à minha frente.

— Como você achou que eu seria? — ele pergunta, colocando a bolsa no chão.

— Não sei. Diferente. Mais velho, talvez. — Sorrio. — Você é muito mais simpático pessoalmente.

— Então meus e-mails são velhos e antipáticos? — ele provoca.

— Eu não disse isso. Eles só são mais formais. Provavelmente foi por isso que achei que você fosse mais velho.

— Bom, espero que goste mais de mim ao vivo do que na sua imaginação.

Solto uma gargalhada.

— Sem dúvida.

— Ótimo. Algo mais que você tenha pensado sobre mim que eu possa me esforçar para melhorar suas expectativas?

Coro. Imaginei mais do que ouso dizer, mas não quero que ele saiba que andou invadindo meus pensamentos desde que coloquei os olhos nele ontem.

— Você sempre flerta com todo mundo? — pergunto timidamente, inclinando a cabeça.

— Isso não é flertar — ele responde com um sorriso sedutor.

— Não é? Então como você chama isso, Senhor Sedutor?

Seus olhos brilham.

— Preliminares.

Reviro os olhos e rio alto de ele chamar isso de preliminar. Embora a excitação em seus olhos me diga que ele realmente não está brincando. Isso faz meu estômago se contrair de nervoso e as mãos suarem. Crescer cercada de machos alfas que falam o que querem fez com que geralmente precise de muita coisa para me deixar envergonhada. Mesmo assim, algo no jeito como ele me olha quando fala faz com que eu me sinta como uma adolescente.

Tento forçar nossa conversa a voltar ao âmbito da academia. Já misturei negócios com prazer nos últimos tempos e aprendi a lição da forma mais difícil.

— Bom, e que tal a nossa academia, Jackson? — pergunto,

esforçando-me para manter o olhar no dele e não comer com os olhos a imensidão azul dos seus olhos magnéticos. Ele é bastante arrogante e não preciso lhe dar ainda mais munição.

— Acho que vou gostar daqui. — Seu sorriso torto cresce e faz com que eu ache que sua declaração tenha pouco a ver com o treinamento. — A propósito, as pessoas me chamam de Jax.

— Não o chamam de Jackson?

— Meus amigos me chamam de Jax.

— Então seremos amigos? — provoco.

— Espero que sim. — Seu sorriso alarga.

— Lembro-me de que você não falou para Caden te chamar de Jax ontem.

— Algo me diz que eu e Caden não seremos amigos. — Meu novo amigo arqueia uma sobrancelha e abre um sorriso diabólico. Ele cruza a alça da bolsa diagonalmente nos ombros. — Preciso ir, tenho uma videoconferência. Você estará aqui amanhã?

— Estou aqui quase todos os dias.

— Te vejo amanhã então, Lily. — Jax sorri e sai porta afora.

TRÊS
Jax

Depois de um bom treino, meu corpo está todo dolorido, mas me sinto muito bem. Sem dor, sem ganho. Há muita verdade no velho mantra. Cheio de adrenalina, é a primeira vez, em mais de seis meses, que sinto que estou indo na direção certa. Porra, é a primeira vez em muito tempo que sinto que estou indo para *qualquer* direção. E para completar, ainda tem a Lily, que é a cereja do bolo de um negócio que eu já achava que ia ser perfeito para mim.

Se eu tinha alguma dúvida sobre estar fazendo a escolha certa ao comprar essas academias, ter dado uma olhada em seu corpinho e a forma como seus mamilos endureceram quando apenas nos encostamos só arrematou o negócio. Nunca se sabe o que pode levar um comprador além do limite quando ele está cauteloso sobre uma compra de milhões de dólares. Sorrio para mim mesmo, pensando sobre quantos negócios podem ter sido fechados com uma mulher sexy.

Joe foi inflexível que o único tipo de investidor que ele estava buscando era um sócio oculto. Eu preferia ajudar no gerenciamento dos negócios desde o início, mas o acordo era bom demais para eu deixar passar, mesmo sem a oportunidade de comandar a empresa. Mas pensei que, quando desenvolvesse um bom relacionamento com meu novo sócio, poderia ter a oportunidade de ter um papel menos oculto. Agora, minha mente não para de pensar no papel diferente que eu gostaria de ter com a Lily.

Nos últimos tempos, as mulheres têm estado em segundo plano na minha vida. O desejo meio que sai pela janela quando sua vida explode em mil pedaços. O único lado bom de tudo era que eu estava ansioso para fechar negócio com as academias Ralley's. O fato de a minha sócia em potencial ser sexy pra caramba é a porra de um bônus.

A noite cai, mas ainda não consegui gastar toda a energia acumulada, então, decido sair para uma corrida. Ziguezaguear por entre os pedestres não é algo a que eu não esteja acostumado, já que sou de Washington, mas a quantidade de gente nas ruas é muito maior em Nova York. Uma multidão ainda está na rua mesmo depois das nove da noite. E, para minha surpresa, não me incomoda, muito pelo contrário, faz com que seja um desafio manobrar pelo caos sem interromper o caminho de ninguém.

De volta à minha suíte de hotel ridiculamente grande, tomo uma ducha e deito na cama me sentindo bem, algo que eu não sentia há muito tempo. O sorriso de Lily me faz companhia até eu pegar no sono, numa combinação perfeita de emoção e exaustão.

Ao abrir a porta da academia, sou brindado com o sorriso de Lily. É um rosto ao qual eu poderia me acostumar a ver todos os dias.

— Bom dia. — Sorrio para ela.

— Bom dia, Jax. — Jax, nem Senhor Sedutor, Jackson ou Sr. Knight? Eu tinha dito a ela que meus amigos me chamavam de Jax, mas, mesmo assim, não consigo evitar desejar ouvi-la pronunciando "Sr. Knight". Talvez numa voz rouca e ofegante dentro da minha calça.

Aproximo-me da mesa diante da qual ela está sentada e dou uma espiada no que está trabalhando. Ela está segurando seu caderno de desenho e um lápis preto, trabalhando em alguma coisa fluida cheia de linhas curvas, mas não consigo dizer o que é.

— Então, quando você quer fazer?

O rosto de Lily fica vermelho. Eu não havia pensado nas diversas possibilidades de interpretação dessa pergunta, mas gosto de como ela está pensando.

Ela tosse, limpando a garganta, e bebe um gole de água antes de falar.

— Fazer o quê?

— Me desenhar.

— Ah.

— Do que você achou que eu estava falando? — Levanto uma sobrancelha de maneira sugestiva, e o vermelho do rosto dela ganha um tom de escarlate.

— Oh... Eu... tudo bem, você não precisa. Eu não devia ter dito nada.

— Eu não me importo. — Não vou dizer a ela que passei metade da minha vida posando para fotografias. Quanto menos pessoas daqui souberem detalhes da minha vida, melhor.

— Bom, eu...

A porta atrás de mim se abre, interrompendo-nos. Já sei quem é antes mesmo de eu me virar, só pela expressão de Lily.

— Posso te ajudar em alguma coisa? — Com os ombros para trás, Caden se coloca entre mim e onde Lily está sentada, parecendo estar a ponto de explodir. Esse cara deve ter um radar, pois aparece toda vez que estou a centímetros de distância da Lily.

— Não, está tudo bem. — Mantenho-me onde estou, ciente de que ele está tentando me intimidar e não está sendo nem um pouco sutil em me dizer para cair fora.

— A Lily está ocupada. Ela está tentando trabalhar. — Caden cruza os braços na altura do peito.

— Caden — Lily o adverte. — Eu estou bem aqui. Por que você não vai fazer o que quer que seja que o trouxe aqui?

— Esse cara parece não entender que você está tentando trabalhar.

— Então a deixe trabalhar. Nós estamos tentando agendar algo aqui. — A sugestão de Jackson é firme, mas Caden ignora a nós dois.

— O que quer que esteja precisando, pode agendar comigo. —

Caden dá a volta no balcão.

— Precisarei de um *sparring* amanhã — minto. Bom, eu de fato preciso de um *sparring*, mas não era isso que eu estava tentando agendar.

Com um sorriso enigmático no rosto, sei qual é a resposta que esse babaca vai me dar antes mesmo que ele abra a boca.

— Seria um prazer para mim.

Quatro

Lily

Conheci Reed Baxter no primeiro dia de aula de arte do ensino médio. Mesmo aos treze anos, ele sabia exatamente quem era. O garoto já tinha estilo naquela época. E não se importava em parecer diferente. Ele queria parecer diferente, desejava ser quem ele de fato era. Eu o admirei logo de cara.

Aos dezesseis anos, quando meu primeiro namorado terminou comigo para sair com Candy Lattington porque não o deixei avançar para a terceira base, foi nos ombros de Reed que chorei. Ele me abraçou e disse que Candy era uma vadia. Quando eu tinha dezenove anos, bebi tanto que mal consegui andar, e Reed foi me buscar no bar. Ele segurou meu cabelo enquanto eu vomitava e depois me levou para a casa dele e me colocou para dormir na sua cama. Aos vinte e quatro, quando meu pai morreu com apenas cinquenta e oito anos de um infarto fulminante, ele segurou a minha mão enquanto acertávamos os detalhes do funeral e dormiu comigo de conchinha por dois dias seguidos, abraçando-me até que a última lágrima caísse. Reed Baxter é o melhor amigo.

— Adoro esse vestido azul. Realça a cor dos seus olhos. — Ele faz tão bem para a minha autoestima.

— Obrigada. — Fico na ponta dos pés e beijo sua bochecha. — Caden o comprou para mim. — Dou um sorriso forçado, sabendo qual será sua reação.

Reed franze o nariz.

— Pensando bem, acho que o vestido nem é tão bonito assim — ele provoca. Ultimamente, tenho me perguntado se eu não deveria ter ouvido a opinião dele sobre Caden, um ano atrás.

Reed examina a academia, que está cheia com uma variedade

de homens musculosos de todos os tamanhos e formas, como sempre.

— Me diz de novo por que eu não venho te buscar no trabalho todos os dias? — Ele suspira, olhando em volta como um lenhador faminto diante de um banquete.

— Porque você detesta lutas. — Sorrio e evidencio o maior obstáculo. — E o Caden.

— Falando no diabo... — Reed murmura. Viro-me e vejo Caden se aproximando.

— Reed. — Ele dá um aceno curto de cabeça para Reed. Os dois têm uma profunda antipatia um pelo outro. Mas Caden sempre soube que Reed é fundamental para mim, por isso ele mantém distância e se controla. Bem, mais ou menos.

— Caden. — Reed imita o aceno de cabeça, mas Caden nem percebe que está sendo zoado.

— Me liga quando chegar em casa — Caden ordena secamente.

— Provavelmente chegarei tarde.

— Não importa. — Caden acena para Reed novamente e tenta me beijar na boca antes de ir embora. Viro-me a tempo e o beijo atinge o canto da boca. Por sorte, Caden não vê o cumprimento que Reed lhe dá às suas costas.

— Você não deu o fora nele? Por que ele ainda te beija? — Reed pergunta com sinceridade.

Pensativamente, mordo meu lábio inferior.

— Ele não está aceitando o nosso término.

— O que isso quer dizer? Ele não tem a opção de aceitar ou não. Você deu o fora nele. Ele foi descartado. Na verdade, é muito simples.

— É uma longa história.

— Temos a noite inteira. Mal posso esperar para ouvir.

Antes que ele comece a lição de moral que sei que está prestes a dar, pego minha bolsa.

— Vou ao banheiro retocar a maquiagem. Pode ficar aí apreciando as atrações — digo e vou para os fundos da academia.

Alguns minutos depois, volto do banheiro e encontro Reed debruçado casualmente no balcão de entrada, com os tornozelos cruzados e os cotovelos sustentando seu peso. Com um sorrisinho malicioso e os olhos brilhando, eu reconheceria aquela expressão em qualquer lugar. Ele está flertando com alguém. Só espero que não seja com um dos ratos de academia musculosos que se tornam violentos quando percebem que outro homem está flertando com eles.

Depois de mais alguns passos, o objeto de atenção de Reed entra no meu campo de visão. Não consigo deixar de sorrir. Às vezes, nós realmente temos gostos parecidos.

— Oi, Jax. Pensei ter visto você sair mais cedo — digo, sem reparar de imediato que ele não está trajando mais roupas de academia. Ele está vestindo jeans escuro, camisa azul-marinho que acentua a cor clara de seus olhos e um casaco leve azul-marinho ainda mais escuro. Simples. Discreto. Urbano e absolutamente perfeito. Não é de se admirar que tenha atraído a atenção de Reed.

— Esqueci uma coisa. Passei só para ver se ainda estava aqui.

— Ah. O que você esqueceu? Nós temos um "achados e perdidos". — Vou para trás do balcão da recepção, pronta para pegar a caixa onde colocamos todos os fones de ouvido e luvas de treino.

Jax olha para Reed. Eles se entendem através de alguma linguagem masculina silenciosa e Reed levanta as mãos.

— Eu jogo no outro time, cara. — Reed dá de ombros e Jax ri.

— Eu queria saber se podia fazer você aceitar aquela proposta.

Franzo o cenho.

— Proposta?

— A de me desenhar.

Reed ri. Não, na verdade, ele ri tão alto que faz barulho com o nariz.

— Não a deixe se aproveitar de você. Ela usa essa bobagem artística para fazer os homens tirarem a roupa o tempo todo.

Dou um tapa em Reed. Sei que ele está me zoando, e espero que Jax também saiba que ele está brincando, mas, mesmo assim, não consigo evitar o rubor de vergonha que surge em meu rosto.

— Não liga para o Reed. Ele ainda está chateado porque não permiti que convidasse para sair um modelo na noite em que estávamos desenhando nus artísticos.

Jax sorri. Ele parece se divertir com a brincadeira entre mim e Reed. Tão diferente da reação de Caden... Ele sempre teve ciúmes da minha relação com Reed, mesmo sabendo que nunca ia rolar nada entre a gente.

— Nós estamos indo para a minha exibição na galeria no SoHo. Por que não vem conosco? Acho que você vai gostar de ver algumas das pinturas de mulheres nuas. — Reed dá uma piscadinha para ele.

Arregalo os olhos quando me dou conta do que ele está fazendo. Em pânico, falo rápido e sem parar:

— Na verdade, vai estar muito cheio. Reed convidou muito mais gente do que a lista de convidados, pra variar.

É notável o desapontamento no rosto de Jax, mas ainda assim ele é polido.

— Tudo bem. Quem sabe uma outra noite.

Merda. Agora ele acha que estou tentando dispensá-lo ao fazê-lo desistir do convite de Reed porque não quero que ele vá.

— Me desculpe. Isso não soou legal. Eu adoraria que você viesse conosco. É só que... — Paro, mordendo meu lábio em ansiedade enquanto busco as palavras certas.

— Ela vai estar completamente nua — Reed termina minha frase. Não era exatamente como eu diria isso, mas sou salva de ter que dizer essas palavras.

Embora tenha ficado confuso com a declaração de Reed, Jax entende que há mais na história e parece intrigado.

— Você vai ficar nua numa galeria? — Um esboço de safadeza em seu rosto ridiculamente lindo não torna as coisas mais fáceis de explicar.

— Eu deixo Reed me pintar — explico calmamente. — Nós pintamos um ao outro. — Repensando minhas palavras, esclareço: — Não exatamente o corpo um do outro. É pintura em tela — tropeço nervosamente nas palavras. — Foi o nosso projeto de aula. Ele incluiu o dele como parte de sua exibição.

Jax levanta uma sobrancelha perfeita.

— Então a galeria vai expor uma pintura de você nua?

— Vai, e a pintura dela ganhou uma linda nota dez — Reed responde antes mesmo que eu consiga abrir a boca. — Acho que ela planeja me colocar de pé na frente dela a noite toda.

— E eu acho que você só quer expor na galeria para ter uma desculpa de convidar o Frederick — reajo.

— Frederick? — Jax pergunta, tentando seguir a conversa.

— O modelo do nu artístico que não deixei que ele convidasse para sair enquanto estávamos pintando.

Jax balança a cabeça, rindo.

— Parece que você terá dificuldades em mantê-lo na frente da sua pintura se o Frederick estiver passeando pela galeria. Mas divirtam-se. Uma outra hora, talvez?

Concordo com a cabeça e assisto Jax apertar a mão de Reed

com gosto. Um instante antes de ele alcançar a porta, solto as palavras antes que meu cérebro consiga frear a decisão:

— Por que não vem com a gente?

Ele se vira de volta, hesitante em aceitar minha oferta. Franze o cenho, avalia minha sinceridade e pergunta:

— Tem certeza?

Concordo com a cabeça e respondo provocativamente:

— Você é maior do que o Reed. Pode cobrir mais da pintura.

Ele sorri e concorda.

— Pode deixar!

CINCO
Jax

A galeria está lotada quando chegamos, mas uma mulher baixa vestida de preto e com tatuagens cobrindo toda a parte exposta dos braços nos encontra imediatamente.

— Lily! Meu Deus, está todo mundo delirando com a sua pintura! — A mulher a abraça, mas vejo seu rosto murchar com as palavras. Com a expressão tensa, Lily morde com força o lábio inferior, tentando sorrir, querendo compartilhar o ânimo da amiga, mas está claro que ela está nervosa.

Um homem com um sotaque francês bem carregado agarra o braço de Reed, murmura algumas palavras e os dois desaparecem tão rápido quanto ele veio, com a promessa de devolvê-lo assim que possível.

— Você está bem? — Inclino-me e sussurro para Lily.

— Parece que não estou?

— Não muito. — Sorrio ao mentir.

Lily ri.

— Desculpe. Não sabia quão difícil seria ter pessoas olhando. Vejo modelos sem roupa o tempo todo e isso não me incomoda nem um pouco. Vejo arte, não uma mulher nua. Porém, quando se trata de mim, fico completamente nervosa com o fato de as pessoas me verem nua.

Paro uma garçonete quando ela passa, pego duas taças e ofereço uma a Lily. Ela recusa.

— Tem certeza? Pode ajudar a acalmar os nervos.

— Tenho. — Um sorriso franco dança em seus lábios. — Dá

para perceber que estou nervosa?

— Você está linda — digo, não apenas porque quero acalmá-la e fazê-la se sentir melhor. Ela é realmente linda. A iluminação cuidadosamente direcionada da galeria realça seu longo cabelo loiro ondulado, dando-lhe um brilho dourado que reflete o verde em seus olhos azuis. Umas poucas sardas pintam seu nariz perfeito, descendo até os lábios cheios e rosados. Ela trocou as roupas de academia por um sexy vestido azul que a abraça em todos os lugares certos. Uma insinuação de decote me distrai pra caramba. Se a pintura for quase tão boa quanto a realidade, será uma obra de arte.

Alguns minutos depois, Reed retorna segurando uma taça vazia de champanhe em cada mão.

— Está pronta para vê-la?

Observo-a respirar fundo e brincar com o cabelo nervosamente. Mas, então, algo muda. Uma determinação passa por suas feições delicadas. Se eu não a estivesse observando tão de perto, provavelmente não teria percebido. Mas percebi e isso me faz sorrir. Ela é mais forte do que parece por fora e isso a torna ainda mais atraente para mim, se é que é possível.

Juntos, nós três andamos pela galeria, parando para ver cada quadro em silêncio. Enquanto passamos pelas pinturas, minha pulsação começar a acelerar, imaginando se a próxima seria a tal.

Uma dúzia de quadros depois, estou ficando impaciente. Ansioso, talvez. Não faço ideia. Já vi várias mulheres nuas antes, tanto ao vivo quanto pintadas. Porra, cresci cercado por arte, então, por que cada passo está fazendo com que meu coração bata mais alto no peito em antecipação?

Após uma curva e próximo a um canto, uma pequena multidão se aglomera em frente a um quadro grande, e os murmúrios de uma leve discussão estão mais altos aqui do que em qualquer outro lugar. Sei, antes de ver, que é a pintura dela. Ao nos aproximarmos, dois homens altos se encaminham para a pintura seguinte, deixando uma pequena brecha na multidão... perfeita para meu campo de visão. Paro no meio do passo. Respirar se torna mais difícil quando meus olhos caem sobre a mais bela visão que já tive.

Sentada em uma cama espaçosa com somente um lençol branco que parece ter sido gentilmente jogado para cobrir sua pele radiante, sua cabeça está levemente inclinada e os olhos azuis cativantes olham para o artista por debaixo de cílios grossos. Ela parece um anjo. Realmente não consigo decidir se a pose é inocente ou sedutora, mas a tensão sexual que irradia das camadas de tinta é palpável. É a coisa mais excitante que já vi na vida. Doce, ainda que incrivelmente sedutora. Sensual. Linda. Cada curva de seu corpo é suave e convidativa, porém, firme e incrivelmente erótica ao mesmo tempo. O rosado dos seus mamilos entumecidos se destaca em sua alva pele luxuriosa, e uma mão descansa casualmente sobre as coxas levemente abertas, dando a ilusão de se poder ver o que está debaixo de suas pernas perfeitamente posicionadas, embora nada de fato esteja aparecendo.

Com a boca incapaz de formar palavras, não falo nada quando Lily olha para mim. Forço minha respiração a se acalmar e engulo com dificuldade, buscando controlar meus pensamentos. Ela tem um sorriso nervoso no rosto e a voz é tão baixa que mal consigo escutá-la sobre o som do meu próprio coração martelando no peito.

— O que você achou?

Lutando para olhar para a mulher que está falando comigo e não para a pintura da qual não consigo desgrudar os olhos, respondo:

— Acho que vou ficar na frente dela bloqueando a visão dos outros, porém, acho que vou ficar de frente para ela.

Lily sorri e me dá uma leve cotovelada nas costelas.

— Você é terrível.

— O quê? Sou um grande fã de artes. Preciso estudar as pinceladas. E as curvas. Definitivamente preciso estudar as curvas — respondo.

A voz de um homem atrás de mim transforma em raiva a

tensão sexual que estou sentindo, arrancando-me do lugar pacífico para o qual a pintura havia me transportado e me fazendo fechar os punhos ao lado do corpo com apenas três palavras: *Eu a comeria*.

Infelizmente, não sou a única pessoa a ouvir. Lily parece horrorizada, e os dois babacas têm sorte de eu tomar a decisão de afastar Lily do comentário ao invés de bater neles. Enquanto a conduzo para a pintura seguinte, flagro Reed sussurrando algo para os homens por entre os dentes, pouco antes de ambos debandarem rapidamente com os rostos lívidos.

Quando chegamos à pintura seguinte, peço licença por um momento. Volto a encontrar Reed e Lily no momento em que eles terminam de ver a exposição.

— Preciso encontrar algumas pessoas e cumprimentá-las. Sei que será uma tortura, mas você se importa de ficar com a Lily um pouco? — Reed me pergunta, brincando, quando retorno. Ele se vira para ela. — E você, não deixe que isso suba à sua cabeça. Eu te deixei linda no quadro. Você na verdade é uma meretriz horrorosa.

Ele se abaixa para beijá-la carinhosamente na testa, apertando seus ombros. Eu o ouço falar baixinho para ela:

— Seu quadro é maravilhoso, assim como você. Relaxe e aproveite.

Ela revira os olhos, brincalhona.

Reed estende a mão para mim com uma piscadinha que Lily não percebe.

— Cuide bem da minha garota.

Concordo e sorrio.

— Claro.

Nós passeamos por aproximadamente uma hora, conversando sem parar. Por fim, a galeria se transforma do estágio anterior com os observadores sérios para o início de uma festa. Lily olha em volta, desconfortável.

— Quer ir embora? — pergunto.

— Você se importa? Meio que me dá nos nervos estar na mesma sala que aquela pintura. — Ela gesticula para o canto onde o quadro está pendurado. É a área mais movimentada do salão.

Ao nos dirigirmos para a porta, observo o dono da galeria cobrir a pintura de Lily, marcando-a como vendida. Felizmente, Lily não percebe.

SEIS
Lily

As ruas de Nova York estão estranhamente calmas para o início da madrugada de uma sexta-feira. Juntos, eu e Jax andamos sem pressa, e nossa conversa flui tranquilamente.

— Então, como você sabe tanto sobre arte? Quem é você de verdade, Jackson Knight? — provoco, embora esteja realmente curiosa com o fato de que cada comentário que ele fez na exposição foi bastante certeiro. Relacionar partes do trabalho de um artista qualquer com os mestres conhecidos, como Van Gogh, Chopin, Dali e Munich, geralmente requer um olho bem treinado. Mas Jax conseguiu destacar qualidades discretas e relacioná-las com os artistas menos conhecidos.

— Ninguém importante. — Espero pela sua resposta espirituosa e pretenciosa, mas, ao invés, ele sorri sem entusiasmo e encolhe os ombros. — Minha mãe achava que eu tinha que ser bastante culto. História da arte foi minha formação secundária na faculdade.

— Bastante culto, é? Você foi um pirralho de escola particular? — Brincando, bato meu ombro no dele enquanto esperamos o sinal fechar.

Jax joga o foco de volta em mim.

— Me fale de você. Alguma vez já pensou em ser uma artista profissional ou sempre foi seu sonho ser dona de uma cadeia de academias recheada de testosterona de homens deslumbrantes?

— Não. Quando eu era criança, sonhava em ser bailarina — respondo orgulhosamente.

— Bailarina, é?

— Aham.

— E o que aconteceu?

— Você testemunhou naquele dia quão graciosa sou, quando caí da cadeira. Preciso explicar mais?

— Então aquilo não foi uma coisa eventual? — Jax ri ao falar.

— Infelizmente, não.

— Quantos anos você tinha quando se deu conta de que não ia se tornar uma bailarina?

— Seis.

— E como exatamente percebeu que ser bailarina não era para você?

— Eu caí do palco quando tentei dar uma pirueta no meu primeiro recital de balé.

Jax para, sorrindo, mas olha para mim incrédulo.

— Você caiu do palco?

— Aham.

— E o que aconteceu depois?

— Eu chorei. Meu pai veio para a frente do palco e me pegou. No ano seguinte, quando ele foi me matricular, a instrutora sugeriu que eu poderia me sair melhor no karatê. — Faço beicinho.

Incapaz de se controlar, Jax cai na gargalhada, jogando a cabeça para trás e se divertindo às minhas custas. Finjo estar chateada, mas ele sabe que não estou.

— Desculpe. Eu não queria rir, mas isso é muito engraçado.

— Você me deve uma história vergonhosa agora — falo.

— Tudo bem, mas posso precisar de um tempinho para inventar uma. Estou perto de ser perfeito, sabia?

— E extremamente convencido também.

— Isso também. — Ele sorri. — Então, ser uma magnata das academias era sua segunda escolha?

— Talvez a terceira. Posso ter querido ser uma borboleta em algum momento entre ser uma bailarina e uma magnata — admito. — O que você queria ser quando era criança?

— Um boxeador profissional.

— Agora você está treinando para uma luta?

— Na verdade, não. É mais um hobby.

— Então, a Investimentos Knight é a sua paixão?

— Na verdade, não. Lutar sempre foi minha paixão. Mas sou bom no que faço na Investimentos Knight.

— E o que é que você faz? Ajuda as pessoas a venderem suas empresas?

— Às vezes. Eu administro o dinheiro das pessoas.

— Como um corretor da bolsa?

— Mais ou menos. Eu os ajudo a entender no que investir. Às vezes, pode ser em uma empresa, outras, em um fundo. Depende do que elas querem e do quão dispostas estão a se arriscar.

— Por que as pessoas querer arriscar seu dinheiro?

— Porque geralmente quanto maior for o risco, maior a recompensa.

— Parece meio entediante — provoco.

— E é. — Jax ri.

— Então, por que você trabalha com isso?

Jax fica quieto por um minuto, pensando em sua resposta.

— Já nem sei mais. — Há tristeza em seu rosto, embora ele tente disfarçá-la com um sorriso forçado.

Cedo demais, chegamos ao meu prédio.

— Eu moro aqui. — Aponto para o prédio antigo localizado entre modernos arranha-céus.

Jax se vira para mim, dando um passo mais perto. Devagar, ele pega a minha mão e a coloca entre as suas. Nem percebo que estou evitando contato visual até ele me chamar.

— Lily.

Meus olhos rapidamente encontram os dele. Estar tão perto desse homem me deixa nervosa, por alguma razão.

— Eu adoraria vê-la novamente. — Ele sorri. — E você nem precisa se exibir nua na próxima vez. — Um sorrisinho safado substitui o anterior. — A não ser que queira, claro.

Não consigo me controlar e sorrio de volta. Mas a ideia de ter que dizer não a um convite para um encontro de verdade com Jax faz com que meu sorriso desapareça rapidamente.

— Desculpe. Eu adoraria, mas não posso.

O sorriso dele desaparece também.

— Adoraria, mas não pode? — Jax tenta entender minha resposta.

— Misturar negócios com vida pessoal não funcionou para mim uma vez. Já fui por esse caminho com meu ex-namorado e ainda estou lutando para separar a bagunça pessoal dos negócios. — Faço uma pausa. — Eu gosto de você, Jax. De verdade. Mas não acho que seja uma boa ideia.

— Você não acha que seja uma boa ideia? — Jax pergunta.

— Sim. Foi o que eu disse — confirmo minhas palavras, confusa.

Jax abre um sorriso.

— Posso lidar com isso.

— Pode lidar com o quê?

— Você disse que não *acha* que seja uma boa ideia. Você não parece muito convencida sobre essa nova regra. — Ele encolhe os ombros e sorri.

Eu rio.

— Boa noite, Jax.

Ele puxa minha mão que ainda está segurando para que eu me aproxime dele. Em seguida, se inclina e me dá um abraço inesperado. Ao se afastar, sua boca se aproxima do meu ouvido, e uma voz grave sussurra para mim, enviando ondas elétricas pela minha espinha:

— O quadro ficou lindo.

Ele afasta a cabeça e sua boca se curva em um sorriso pecaminoso.

— Vou ter doces sonhos hoje à noite. — Deixando-me sem palavras, ele se afasta e vai embora, sorrindo para mim ao olhar para trás, por cima do ombro, enquanto fico grudada no mesmo lugar em que ele me deixou.

SETE
Jax

Eu não estava brincando quando disse a Lily ontem à noite que teria bons sonhos após ter visto a pintura dela. Embora metade deles tenha se transformado em devaneios, em vez de sonhos, já que fiquei rolando na cama tentando dormir com visões de seu corpo sexy na minha cabeça a noite inteira. Uma noite sem dormir porque não consegui parar de pensar na Lily é muito melhor do que uma noite sem dormir por causa das merdas que têm me mantido acordado nos últimos seis meses.

Com muito custo, consegui sair da cama, mas minha mente continua tão presa à visão da pintura de Lily que nem percebo dois homens com câmeras do lado de fora da academia até que seja tarde demais.

— Jackson, como você se sente com o anúncio da candidatura do seu pai à reeleição no mesmo dia em que seu meio-irmão anuncia que será o anfitrião do MMA Open em Vegas este ano? É verdade que você cortou laços com sua família? Você está treinando aqui para entrar no octógono com seu irmão, Vince Stone? — Os dois tiram fotos e gritam perguntas para mim enquanto forço passagem para a academia. Eles tentam me seguir, mas são barrados na porta.

— Essa é uma empresa privada. Vocês não são bem-vindos aqui. — Lily aparece e bate a porta na cara deles, fechando as persianas para que ninguém possa ver do lado de dentro.

— Obrigado. — Tanto esforço por um pouco de anonimato...

— Ninguém importante, hein? — Lily cita as minhas palavras de ontem à noite, mas está sorrindo quando as diz, provocando.

— Eu realmente não sou. Eles estão interessados na minha família, não em mim.

Caden aparece, vindo da parte de trás da academia. Esse cara nunca vai para casa?

— O que está acontecendo? — Ele direciona sua pergunta a Lily em um tom que me deixa tenso só de ouvir.

— Nada. Você está pronto para ser meu *spare*? — respondo, embora ele não tenha falado comigo.

Um sorriso torto ilumina o rosto de Caden.

— Pode apostar, bonitão. Você pode ser meu aquecimento.

— Fale para o tio Joe quando ele chegar que o nosso voo foi adiado para as duas horas — Caden grita para Lily. A forma como ele fala com ela me irrita. E é mais do que apenas o tom que ele usa. Eu não consigo identificar, mas parece que ele está fazendo *bullying* com ela, tirando vantagem de alguma forma.

— Tá — ela responde baixinho.

Caden vira e retorna para a academia. Jogo diagonalmente a alça da minha bolsa de academia no peito e começo a segui-lo, mas, então, paro e me viro.

— Lily?

Ela ergue os olhos.

— Ele é a razão pela qual você criou sua nova regra? — Inclino a cabeça na direção de Caden Ralley.

Ela morde o lábio sem responder de imediato.

— É uma longa história.

Concordo com a cabeça e me encaminho para me trocar — mais ansioso do que imaginei — para descontar minha frustração no meu parceiro de treino.

Algumas pessoas precisam de álcool ou drogas para se sentir doidões. Eu, bom, apenas me dê um bom dia de luta e tudo parece se tornar mais fácil. Ser um s*parring* teoricamente significa seguir os movimentos do boxeador, praticar as suas técnicas e melhorar os seus golpes, sem de fato dar nenhum golpe forte. Mas você não saberia disso assistindo meu treino com Caden essa manhã. Se não fosse por Joe Ralley nos separar algumas vezes, eu e Caden teríamos transformado o treino numa luta de verdade.

Definitivamente, eu o surpreendi. Geralmente faço isso quando se trata de ratos de academia que são burros o suficiente por julgar a capacidade de uma pessoa pela aparência delas. Que idiota decidiu que apenas valentões cheios de tatuagens e cicatrizes, cabeça raspada e problemas com controle de raiva poderiam ter talento no ringue? Uma posição na *Ivy League* e eles já acham que você é moleza. Em dias como o de hoje, a ideia pré-concebida conta a meu favor. Caden não esperava que o *Bonitão* fosse acabar com ele. Mais de uma vez. E, definitivamente, não previu seu nariz sangrar também. Porém, hoje de manhã, eu tinha muito a descontar no ringue, e Caden foi o babaca perfeito para o papel.

O longo treino não foi suficiente para me acalmar. A adrenalina continuou bombeando ferozmente em minhas veias, então decidi correr vinte quilômetros na esteira. E não foi sem querer que escolhi uma máquina já quase no final, que me dá uma visão ampla da recepção. Uma clara visão da Lily. Nos primeiros dez minutos, observo-a absorta em desenhar alguma coisa. Ela parece compenetrada e focada, entregue ao que quer que sua imaginação direcione para o papel enquanto sua mão trabalha avidamente.

Então, Caden se aproxima, de banho recém-tomado, com uma grande sacola de viagem preta jogada nas costas. Ele sequer leva em consideração que ela está trabalhando e a interrompe. Ela sorri enquanto ele fala, mas é um sorriso fraco e forçado, um sorriso educado, quando muito. Alguns minutos depois, Joe Ralley vai até a recepção e os três conversam por um tempo. Joe aponta para a porta e diz algo; Lily responde, olhando ao redor na academia, encontrando-me rapidamente e apontando na minha direção. Os dois homens olham para mim enquanto ela fala. Acho que os repórteres ainda não foram embora.

Caden, por fim, dá a volta na mesa da recepção e coloca uma mão no pescoço de Lily, que está sentada. Ele se inclina e puxa o rosto dela na direção do dele, arriscando um beijo na boca, mas, no último segundo, ela vira o rosto, dando-lhe a bochecha para beijar. Perfeito. Porra, muito bom. Termino a corrida e me demoro no banho, na esperança de que os repórteres já tenham desistido quando eu me arriscar a sair novamente.

Lily dá um sorriso hesitante quando me aproximo da recepção.

— Está tudo bem? — Seu rosto deixa claro que não.

— Hum... Os repórteres ainda estão lá fora. — Sua voz é incerta.

Curioso, vou até a porta e dou uma espiada através da persiana. Os dois repórteres de hoje de manhã se multiplicaram. *Em dez vezes.* Pelo menos.

— Merda. — Passo os dedos com raiva pelo cabelo molhado. A ideia de ser perseguido por um bando de repórteres, mais uma vez, traz de volta todo o estresse que o meu treino de hoje mais cedo conseguiu aliviar.

— Eu sei. Sinto muito. Eles têm se multiplicado de hora em hora desde que aqueles dois te viram hoje de manhã.

— Vou ter que trocar de hotel de novo. Isso está virando notícia velha. Sempre que minha família faz alguma coisa, começa tudo outra vez — resmungo comigo mesmo.

— Eles não vão te seguir de onde você está para o seu novo hotel?

Solto o ar exasperadamente. Lily tem razão, embora eu quisesse que não.

— É, você provavelmente está certa.

Ficamos juntos em silêncio por alguns minutos, ouvindo a corja de repórteres criando uma comoção a apenas alguns metros de distância, do outro lado da porta.

Lily quebra o silêncio.

— Tenho uma ideia. Há um apartamento vazio aqui em cima. O filho do Joe se mudou dele no mês passado. Ele era treinador aqui, mas decidiu que queria ser ator, então, se mudou para Los Angeles. Nós vamos acabar alugando o espaço, mas talvez, se você ficar alguns dias, os repórteres pensem que você foi embora para outro lugar. Há uma entrada interna para a academia, pelos fundos. Ao menos você poderia vir treinar e se encontrar com o Joe sem ser incomodado.

— O que os homens Ralley pensariam disso? — Não que eu me importe se o Caden vai gostar ou não, mas não quero causar nenhum problema para Lily no trabalho.

— Joe está animado por você estar aqui. Lembra do jantar naquele dia, quando ele me pediu para cuidar de você? — Ela sorri maliciosamente. — Além disso, Joe e Caden viajaram e vão ficar fora por cinco dias, então, eles sequer saberiam. Joe está pensando em comprar uma academia pequena no sul, para quando se aposentar, e Caden o acompanhou para dar uma olhada. Depois, eles vão para Vegas para alguma ação promocional da próxima luta do Caden.

Não ser perseguido por repórteres toda vez que eu me mexo é bem tentador. E a ideia de ficar mais perto da Lily é definitivamente atraente.

— Se você não se incomodar em me ter aqui por muito mais tempo, essa seria uma ótima solução, na verdade.

Oito
Lily

    Pareceu uma ótima ideia no momento, mas, enquanto subo a escada para o apartamento acima da academia, fico me perguntando se talvez não tenha sido um erro convidar Jax para ficar aqui. Caden provavelmente terá um ataque, e ficar perto de Jax não é um lembrete sutil dos motivos pelos quais eu acabei terminando com Caden, para início de conversa.

    Jax mexe comigo. E isso é algo que Caden não faz mais — ou talvez nunca tenha feito. Definitivamente, há algo certo sobre não se envolver com ninguém logo após perder alguém que se ama. Mas, como sempre, não ouvi ninguém. Desesperada por algo que aliviasse a dor da repentina perda do meu pai, acabou que Caden estava lá para preencher a vaga. Eu estava despedaçada e ele apareceu para juntar meus cacos. E o deixei fazê-lo, sem medir as consequências de ter que separar conflitos pessoais dos meus negócios quando terminamos. Agora, não posso simplesmente fechar a porta e me afastar do comportamento possessivo persistente dele. Já tentei educadamente, porém, com ele trabalhando e treinando na academia, além de ser sobrinho do Joe, toda vez que fecho a porta, ele a abre com a maldita chave. Além disso, há também meu sentimento de culpa por permitir que ele me ajudasse num período tão profundamente difícil e depois dispensá-lo quando estava pronta para ficar de pé novamente. Eu nunca quis magoá-lo. Não posso voltar atrás, mas posso aprender com os meus erros.

    Coloco a chave na fechadura e tento abri-la, mas ela emperra. Tento chacoalhar, mas ela nem se mexe.

    — Deixe-me tentar. — A voz de Jax é baixa. Ele está um ou dois degraus abaixo do meu, mas sobe até o último, fazendo com que eu fique pressionada nele quando estende os braços ao meu redor — uma mão na chave e a outra segurando firme a maçaneta

—, prendendo-me entre a porta e seu corpo quente. Os pelinhos da minha nuca se arrepiam ao perceber o corpo divino parado tão perto de mim. *Definitivamente, isso não é uma boa ideia.*

Rápido demais, a fechadura cede e a porta abre, fazendo com que eu dê um passo para dentro, embora preferisse passar um pouquinho mais de tempo pressionada entre a porta e Jax atrás de mim.

Acendo a luz e o cômodo escuro entra em foco. O lugar é simples, mas está limpo e arrumado.

— Não é muita coisa, mas pelo menos você não será incomodado ao entrar e sair.

Jax olha ao redor e sorri acolhedoramente.

— É perfeito.

— Você quer que eu vá buscar algumas das suas coisas no hotel?

Jax parece relutante, quase como se quisesse que eu fosse, mas não quisesse pedir.

— Eu não me importo, sério — eu o encorajo.

Seu olhar observa calmamente meu rosto.

— Tá certo, mas você terá que me deixar lhe pagar o jantar.

— Terei? — provoco.

— Aham, ou não deixarei você fazer mais nada legal para mim.

— E isso seria uma tragédia. — Coloco as mãos no coração, fingindo desapontamento.

— Espertinha — Jax rebate, sorrindo.

— É melhor você ser legal comigo, Jackson, ou vou mostrar o caminho aqui para cima para os repórteres.

— Jackson, é? Achava que era Jax, já que somos amigos e tudo.

— Parece que Jackson simplesmente escapa dos meus lábios quando tenho que colocar você no seu lugar.

Jax solta uma gargalhada, uma profunda, verdadeira e natural gargalhada, do tipo que não se pode fingir. Esse som me faz sorrir.

— Vou ligar para o meu motorista e pedir para vir te buscar e levá-la ao meu hotel. Ele pode comprar algo em algum restaurante para a gente enquanto você pega as minhas coisas.

— Seu motorista? Achei que você não era alguém importante.

Jax abre a carteira, puxa um cartão preto e brilhoso do hotel e me entrega.

— Não sou. O que não significa que tenha sempre que ficar andando a pé — ele provoca.

Eu reviro os olhos.

Um carro preto de luxo estaciona no hotel e o motorista se vira e me entrega um cartão de visitas. Com um sotaque russo bem carregado, ele se apresenta como Alex e diz:

— O Sr. Knight pediu que eu comprasse o jantar enquanto você estiver lá em cima. Por favor, me ligue quando terminar e eu estarei esperando aqui fora.

Saio do carro e observo a linda arquitetura do lugar. Eu já tinha passado pelo hotel San Marzo antes e até pensei em desenhá-lo, mas nunca havia chegado a entrar nele. Ao me aproximar das grandes portas duplas, um porteiro uniformizado as abre para mim e toca seu quepe em cumprimento.

— Boa noite.

Do lado de dentro, a magnitude do hotel rouba o meu fôlego. Jax tem sorte de eu não estar com meu bloco de desenhos comigo, ou, do contrário, ele iria comer o jantar como café da manhã, usando as mesmas roupas que está trajando hoje.

Depois de alguns minutos me maravilhando com tudo, forço-me a parar de cobiçar o *lobby*. Entro no elevador e coloco a chave, tal como Jax me instruiu, e ele começa a se mexer sem eu sequer apertar qualquer botão. Uma subida longa, porém rápida, me leva ao topo do prédio e, então, as portas se abrem, mas não para um corredor, como eu imaginava. Ao contrário, elas se abrem direto para a cobertura: uma suíte linda, elegante e completamente intimidadora, com uma sala de estar que é maior do que o meu apartamento.

Fico aliviada por estar sozinha aqui porque isso me dá a chance de admirar o lugar por inteiro. Encontro *closets* grandes o suficiente para conter meu armário e me pergunto se as pessoas moram aqui ou se vêm passar apenas algumas noites. O primeiro banheiro que entro brilha do chão ao teto em mármore branco. Há uma banheira grande o suficiente para seis pessoas e um amplo box para pelo menos outras seis. Dois outros banheiros menores são igualmente luxuosos, um na saída da sala de estar e o outro no segundo quarto. *Sério, quem precisa de três banheiros quando se está sozinho em um hotel?*

A porta para o quarto principal está aberta e a enorme cama de dossel está adornada com uma coberta de cor borgonha e dourada. Há dois chocolates envoltos em papel dourado no meio da pilha de travesseiros macios. O único sinal de que alguém esteve aqui, nessa insanamente luxuosa suíte, é o *closet*, no qual Jax disse que eu encontraria sua mala e algumas roupas. Sentindo-me levemente culpada por estar mexendo em suas coisas — embora não seja o suficiente para me impedir —, dou uma olhada nas etiquetas de cada peça e as coloco na mala. Coisa cara. Nada que chame a atenção, mas a textura e os nomes dos estilistas me dizem que elas custaram uma pequena fortuna.

Guardo roupas suficientes para alguns dias, pego seus itens de *toillete* do banheiro e puxo a mala inteira até o elevador. Enquanto o aguardo chegar, dou uma olhada ao redor e uma pequena mesa com uma bandeja de madeira me chama a atenção. Ali estão alguns papéis e umas chaves, como se fossem o conteúdo dos bolsos de Jax de um outro dia. A curiosidade me vence e, enquanto espero, vejo-me abrindo um artigo de jornal antes mesmo de eu pensar em me deter. *Campeão de Pesos-Médios, Vince "Invencível" Stone, confirma o boato de que é filho do Senador Preston Knight.* A foto mostra um homem bonito empurrando um fotógrafo com uma das mãos e a outra protetoramente envolvendo uma ruiva bonita enquanto tentam passar pela multidão de repórteres do lado de fora de uma academia. A porta do elevador se abre e, em seguida, fecha, pois ainda estou entretida nas últimas duas páginas da notícia.

A data chama a minha atenção. Ele vem carregando aquilo por algum tempo. Não muito depois que perdi meu pai, Jax também perdeu o dele. Pode não ter sido uma perda física como a minha, mas, se admirava seu pai apenas um pouquinho do quanto eu admirava o meu, pode ter sido uma perda tão devastadora quanto.

Cuidadosamente, dobro o jornal novamente no formato do pequeno quadrado que estava antes e examino os cartões de visita presos em um prendedor prateado com um lindo monograma *JPK*. Passo os dedos pelos cartões incomuns, pois não são de papel, mas de algum tipo de metal prateado, como um papel fino, mas resistente. Letras em relevo mostram uma mensagem de três linhas: *Knight Investimentos Internacionais, Jackson P. Knight. Presidente.* Apenas um número de telefone no cartão, em vez das seis linhas comuns de e-mail, fax e outros meios de comunicação. O cartão combina com o homem. Intrigante, forte, tenso e, ainda assim, com um ar soberano... e muito sexy também.

Jax tira meia dúzia de embalagens para viagem de dentro da sacola. A não ser que ele esteja planejando alimentar os repórteres, definitivamente haverá uma tonelada de sobras. Ele serve dois pratos com um pouco de cada embalagem e os coloca na pequena mesa da cozinha.

— Pedi para Alex comprar uma garrafa de vinho tinto para acompanhar o jantar. Espero que você goste. — Ele puxa uma garrafa de dentro da sacola e começa a abrir as gavetas em busca de um saca-rolhas.

— Apenas água para mim, obrigada.

— Então parece que será apenas água para nós dois. Que tipo de pessoa não tem um abridor em casa?

— O filho do Joe é mais o tipo de cara que bebe cerveja.

Jax enche duas taças de vinho com água, coloca-as na mesa e olha para mim.

— O que faz de um cara ser do tipo cerveja? — pergunta num tom brincalhão e insinuante. Ele puxa uma cadeira e fica atrás dela, esperando que eu me sente, antes de ocupar seu lugar à minha frente.

Penso por um momento. É difícil descrever "um tipo de cara", você simplesmente sabe essas coisas quando conhece um.

— O tipo de cara que não puxa minha cadeira à mesa. — Eu lhe ofereço um sorriso torto.

Jax ri da minha definição e responde:

— Eu não sabia que boas maneiras tinham a ver com o tipo de preferência para bebidas.

— Acho que talvez tenha, *Sr. Knight*.

Uma sobrancelha questionadora se levanta em surpresa, esperando por mais.

— O porteiro, o motorista, a suíte na cobertura... apenas parece muito mais com o Sr. Knight do que com o Jax.

Ele concorda, mas se mantém em silêncio.

— Por que sinto como se estivessem faltando algumas peças do quebra-cabeça? — Há uma mudança nele quando faço essa pergunta. Ele olha para mim, procurando, deliberando sobre sua resposta. Mas pensar demais impede uma resposta livre, por isso, forço um pouco mais.

— Então... — Aguardo com expectativa.

Jax inspira profundamente antes de começar a falar.

— Meu pai é um senador. Você provavelmente já viu o rosto dele na TV... nos jornais. Preston Knight. Ele tem estado nos noticiários ultimamente. Muito. Por causa de umas merdas que ele fez. A história se tornou manchete seis meses atrás, quando foi descoberto que ele tinha um filho ilegítimo. Meu meio-irmão é Vince Stone, o atual campeão de Pesos-Médios do MMA. A história veio à tona logo depois de Vince ganhar o título, e pegou minha família de surpresa. Só agora, depois de seis meses, é que as coisas começaram a se estabelecer. Então, meu pai anunciou que vai se candidatar à reeleição no mesmo dia em que foi divulgado que Vince será o anfitrião do MMA Open, e o circo da mídia recomeçou. E, de alguma forma, isso faz de mim uma potencial notícia, por associação.

Concordo com a cabeça, sem saber exatamente o que dizer.

— Então você achou que conseguiria um pouco de paz aqui em Nova York, enquanto verificava a academia, e a imprensa te encontrou?

Jax finge um sorriso conciliatório.

— Eu vivo em Washington e mudei de hotel duas vezes lá, então, pensei que, se viesse para Nova York por uns tempos, poderia me afastar do circo.

— Seu plano parece estar funcionando bem — brinco, cheia de sarcasmo, antes de pegar um ravióli do meu prato.

Surpreso com o meu comentário, suas sobrancelhas levantam, mas ele parece estar se divertindo também.

— Cuidado, se você ficar bancando a espertinha assim, não vou deixar que me faça nenhum outro favor.

— Ai, meu Deus. — Fecho os olhos para saborear o gosto em minha língua, de tão bom que é. — Isso é a melhor coisa que eu já comi. É ravióli de quê?

Jax sorri, consciente do que falo.

— De lagosta com manteiga dourada.

— Nossa! Se eu fosse um cachorro, estaria abanando o rabo agora. Isso está divino!

Ele ri.

— É a única razão pela qual eu fico naquele hotel quando venho para cá.

Engulo outra garfada pecaminosa da deliciosa massa e o provoco:

— Então, não tem nada a ver com os pisos de mármore e os três banheiros?

Jax levanta uma sobrancelha.

— Vejo que você ficou observando tudo enquanto esteve lá.

Sinto meu rosto corar. Timidamente, respondo:

— Desculpe. Eu nunca vi nada igual, não consegui evitar.

— Não se preocupe, estou só brincando.

— Posso lhe perguntar uma coisa?

— O que você quiser.

— Sério?

— Claro. Eu não disse que responderia, mas definitivamente você pode me perguntar o que quiser. — Ele ri.

Faço uma bolinha com o guardanapo e a arremesso nele, atingindo-o no nariz.

— Muito maduro da sua parte. — Jax sorri, erguendo sua taça de água. Ele mergulha os dedos nela e joga respingos em mim. As gotas caem nas minhas bochechas, nariz e testa.

Com os olhos arregalados de surpresa pela sua atitude, estreito o olhar, encarando-o por alguns segundos. Ele o sustenta, seu rosto demonstrando confiança. Sem interromper o contato visual, me debruço na mesa e alcanço um ravióli do seu prato, enfiando-o rapidamente na boca.

Balançando a cabeça, ele se debruça sobre a mesa e alcança uma das minhas duas almôndegas, enfiando-a inteirinha na boca.

Quando termina de mastigar, alcança meu prato novamente, corta a outra almôndega ao meio e a leva aos lábios.

— Então, qual era a pergunta que você queria fazer? — Ele ri provocativamente antes de enfiar a metade da almôndega na boca.

Seguindo sua deixa, alcanço o prato de Jax e também corto a almôndega dele ao meio e a trago até quase a boca, antes de falar:

— Por que precisa de uma suíte de hotel tão grande se é uma pessoa só? — Como a meia almôndega, esperando a resposta. Deus, isso também está delicioso.

Jax alcança o meu lado da mesa e seus dedos envolvem minha taça de água. Ele a leva aos lábios, bebe quase metade e a devolve de onde pegou. Depois, dá de ombros.

— Não faço a menor ideia.

Sua resposta sincera me surpreende.

— Parece um desperdício — falo.

Ele sorri e depois concorda.

— É um pouco demais, né?

— Sim, Sr. Knight. É — ralho, brincando.

Jax me conta um pouco sobre seu pai, mas a maior parte do que fala eu já sabia, por ter bisbilhotado o jornal na sua suíte. Terminamos nosso jantar comendo um do prato do outro sem nem sequer discutirmos nossas atitudes, mas os sorrisos trocados falam em alto e bom som.

Após o jantar, limpamos tudo juntos e guardamos o que sobrou na geladeira.

— Obrigada pelo jantar.

— Obrigado por compartilhar seu jantar comigo. — Jax abre um sorriso e se debruça casualmente sobre o balcão da cozinha, os braços cruzados na altura do peito. Ficamos calados por um momento. Há uma mudança no ar, uma tensão que sinto no calor que se espalha pelo meu corpo. Sinto os olhos dele em mim, observando-me com intensidade.

— Tenho que ir.

Um dos braços de Jax engancha em volta do meu pescoço.

— Vem cá.

Com os lábios entreabertos, inspiro profundamente antes de ele me puxar para perto. Com o rosto a poucos centímetros do meu, ele para. Perco-me por um instante ao fitar seus olhos azul-claros. A mão que não está no meu pescoço se aproxima do meu rosto e, com o dedão, esfrega o canto da minha boca.

— Molho — ele sussurra com um sorriso largo.

— Hum... obrigada. — Ele retira a mão do meu pescoço, mas, preguiçosamente, desce-a pela minha coluna até onde está a outra mão, prendendo-as em volta da minha cintura, mantendo-me perto. Sei que deveria me afastar, mas uma corrente elétrica percorre toda a minha pele. E a forma com que ele me olha, tão focado e intenso, faz com que meus olhos se prendam aos dele e todo o resto vire um borrão.

— Você é realmente linda. — Jax estuda meu rosto enquanto fala. A voz dele é baixa e rouca. Há uma crueza nela que provoca algo em mim. A combinação do som sedutor e da proximidade torna minha respiração irregular.

Com meu coração pulando no peito, encaro-o, esquecendo-me de tudo por um momento. Seu aperto na minha cintura se intensifica. Devagar, ele me puxa em sua direção, encurtando a pequena distância entre nós até que nossos corpos estejam alinhados. Seus olhos nunca deixam os meus, o que força a minha cabeça a se inclinar para cima para sustentar o olhar quando nossos corpos se aproximam. Sentindo o calor de seu peito duro contra o meu, meus olhos se fecham. É tão bom, tão certo, tão natural.

Respirando profundamente, abro os olhos. O olhar fixo de Jax percorrendo meu rosto encontra o meu olhar novamente. E se mantém. Nossos lábios estão tão próximos, que, se um de nós se mexer um pouquinho, eles se unem. Jax umedece os lábios e seus olhos descem para a minha boca. A batida do meu coração fica descontrolada por causa dos nervos e da excitação, tudo junto numa grande bola de expectativa. Lentamente, eles voltam a encontrar os meus, só que agora estão encobertos, mudando da doçura e da adoração para o desejo e a necessidade. Cheios de pura paixão e cobiça. Seu olhar impulsiona a minha libido.

— Seu corpo parece se encaixar tão bem no meu — Jax sussurra, suas palavras saindo com esforço, como se fosse difícil para ele falar.

Com dificuldade para engolir, evito seus olhos, sabendo que ele está me observando, esperando que eu diga alguma coisa. Qualquer coisa. Porém, mesmo que as palavras dele soem como verdade, que eu sinta o corpo dele tão perfeito junto ao meu, algo dentro de mim me impede de me entregar ao que estou sentindo. Ao que eu sei que nós dois estamos sentindo.

— Preciso ir — digo novamente, evitando seus olhos.

Ficamos calados por uns instantes. Minha mente está tão acelerada quanto meu coração.

— Lily? — Uma de suas mãos levanta meu queixo, gentilmente forçando meu olhar a encontrar o seu. Observo-o estudar meu rosto, absorvendo calmamente cada centímetro dele. Por fim, quando nossos olhos se encontram novamente, ele grunhe. — Não vá embora.

Sem conseguir dizer não para aqueles olhos, ciente de que eles poderiam facilmente mudar a minha opinião, afasto o olhar, falando com a voz baixa:

— Tenho que ir. Eu... eu preciso ir. — Dou dois passos para trás e Jax me liberta sem protestar.

Por mais que eu queira ficar, ainda nem arrumei a bagunça na qual me coloquei com o Caden. Sei que é uma péssima ideia me envolver novamente com alguém que está conectado ao meu trabalho. Principalmente alguém importante para o Joe agora.

Apresso-me para pegar minha bolsa, me encaminho para a porta e dou um meio-sorriso para ele quando alcanço a maçaneta.

— Boa noite, Jax.

Ainda debruçado no balcão da cozinha, vejo uma expressão confusa nele quando passo pela porta e praticamente corro escada abaixo.

NOVE
Lily

No momento em que entro em casa, meu celular toca pela quinta vez, só que agora não clico em REJEITAR. Sinto-me culpada, embora não tenha feito nada de errado.

— Alô — atendo.

— Finalmente! — A voz de Caden está carregada de raiva e impaciência. — Estou tentando falar com você há uma hora.

— Estava tomando banho — minto, pois é mais fácil.

— Durante uma hora?

— Sequei o cabelo depois. — Minhas palavras encontram o silêncio e decido tentar mudar o rumo que a conversa está prestes a tomar. — Como está a viagem?

— Você realmente se importa, Lily? — ele replica secamente.

— Por favor, Caden. Eu me importo. Você tem sido muito bom para mim. Sei disso. Eu só preciso de um pouco de espaço. Já te falei isso. Para dar certo sermos amigos e trabalharmos juntos, precisamos de mais espaço entre nós.

— Você não precisou de espaço quando estive contigo todas as noites enquanto chorava a perda do seu pai.

A culpa toma conta de mim. Não apenas por ter passado um tempo com o Jax, mas por ter me apoiado tanto em Caden e, em seguida, tê-lo afastado assim que me senti forte o suficiente para me reerguer.

— Desculpe, Caden.

— Você tem outra pessoa, não é?

Respiro profundamente e me forço a me lembrar quão bom ele foi para mim quando precisei dele, me abraçando enquanto eu chorava, secando minhas lágrimas, segurando a barra na academia quando eu não conseguia raciocinar. Ele me deu o que precisei e seria errado da minha parte afastá-lo completamente.

— Não há ninguém. — Não é mentira, nada aconteceu entre mim e Jax, ainda assim, parece que estou mentindo em dizer a ele que não há outra pessoa.

Conversamos por mais uns dez minutos. Esforço-me para manter a conversa tranquila, focando em coisas triviais... o tempo, os planos para o dia seguinte. Por fim, ele me deixa desligar, prometendo ligar assim que acordar — o conceito de me dar espaço não é registrado ou ele opta por ignorá-lo.

Deito na cama e sinto meu cérebro mentalmente exausto. Adormeço pensando em apenas um homem... Jackson Knight.

Mesmo eu tendo corrido porta afora ontem à noite, literalmente correndo dos braços de Jax, acordo ainda mais cedo, ansiosa para voltar à academia e vê-lo novamente. Paro no mercado e compro algumas coisas, pois sei que sua geladeira tem apenas os restos do jantar e vinho sem abridor.

Os repórteres ainda estão acampados do lado de fora quando chego à academia uma hora antes do horário de abertura. Ignoro as perguntas e entro rapidamente, trancando a porta e puxando as persianas novamente. Acendo algumas luzes e caminho para a porta dos fundos que conduz ao apartamento.

Já no topo da escada escura, bato gentilmente na porta, dando-me conta de que eu sequer sei se ele acorda tão cedo assim. Sinto-me desapontada quando Jax não responde. Dou meia-volta e começo a descer as escadas quando ouço a porta abrir.

— Lily? — A voz de Jax é gutural, cheia de torpor matutino.

Viro a apenas alguns degraus de distância e levanto as sacolas para me explicar.

— Imaginei que você precisaria de comida aí dentro. Os repórteres ainda estão lá fora.

Jax caminha em minha direção e pega as sacolas.

— Obrigado, mas você não precisava fazer isso.

— Sinto muito tê-lo acordado.

— Eu não — ele brinca. — Quer entrar?

Hesito, com um sentimento conflitante. Jax resolve a questão antes de eu conseguir falar.

— Vamos, Lily. Prometo ficar a um metro de distância o tempo todo — ele diz, meio que provocando.

Sentindo-me ridícula por não entrar quando me sinto perfeitamente segura perto dele, concordo. Jax leva as sacolas para o apartamento escuro e acende uma luz quando passa. Capto um vislumbre do que ele está usando, ou não, e sinto meu rosto corar. Mesmo assim, não desvio o olhar.

Ele está sem camisa. Comparo o que vejo com o que eu imaginava que seria, só que a versão real é bem melhor. Ele é robusto, bem definido... Músculos esculpidos em uma pele perfeita, embora não seja isso que me deixa sem fala. É a parte de baixo que deixa meu queixo caído. Ele está usando apenas uma cueca boxer preta colada ao corpo. Uma das que deixa muito pouco para a imaginação, embora a minha comece a correr fora de controle imediatamente.

Jax coloca as sacolas de compras no balcão da cozinha e se volta para mim, flagrando-me secá-lo. Ele olha para baixo como se só então se desse conta do que está vestindo, sorri brincalhão e diz:

— Desculpe, eu estava dormindo. Vou colocar uma calça. — Embora seu sorriso me diga que ele não sente muito de verdade.

Um minuto depois, Jax surge do pequeno quarto dos fundos usando a calça cinza que eu trouxe ontem, porém, ainda sem camisa. Olhando-o como um todo, a forma como o moletom cai em seus quadris, o V profundo esculpido que leva a um lugar que eu já sei ser bem-dotado, penso comigo mesma que teria sido mais fácil lidar com a cueca.

Sentindo-me perturbada, me ocupo em desempacotar as compras tão logo consigo desgrudar os olhos do banquete que encontrei. Não é uma tarefa fácil.

— Os repórteres ainda estão lá fora? — Jax pergunta, soando um pouco desanimado.

— Estão. — Termino uma sacola. — Desculpe-me por tê-lo acordado. Eu sequer pensei que talvez você não fosse uma pessoa matutina.

— Na verdade, eu sou uma pessoa matutina. — Jax se junta a mim para guardar as coisas. — Eu geralmente saio para correr às seis e estou no escritório às sete. — Ao flagrar meu olhar, ele sorri e continua: — Apenas tive dificuldade para dormir ontem à noite.

— Provavelmente por conta do ambiente diferente.

Jax sacode a cabeça lentamente.

— Não foi por isso. — Não há necessidade de ele pronunciar as palavras. Nós dois sabemos o que manteve o *senhor dos sonhos* longe ontem à noite. Para nós dois.

— Calda de chocolate amargo? — ele pergunta com uma sobrancelha franzida.

— Você não gosta de chocolate amargo?

— Eu amo! E você?

— É minha fraqueza.

Terminamos de tirar as compras das sacolas: ovos, queijo, pão, leite, amendoim, peru, *whey protein*. Jax pega o último item da sacola e sorri ao levantar o saca-rolha.

— Agora você terá que voltar hoje à noite para tomar aquela taça de vinho — ele diz com um sorrisinho de menino e brilho nos olhos diante dos quais não consigo evitar sorrir de volta.

Guardamos as poucas coisas que comprei nos armários vazios da cozinha e digo a ele que é melhor eu descer para trabalhar.

Encaminho-me para a porta e pergunto:

— Você vai treinar hoje?

— Às dez com o Marco.

— Te vejo mais tarde, então.

Jax concorda.

Abro a porta, mas a voz de Jax me para.

— Lily?

Viro-me.

— Sobre ontem à noite... — ele começa, a voz meio distante.

— Está tudo bem, não aconteceu nada.

— Não. Mas eu queria — ele admite com um sorriso tímido.

— Jax, eu...

Ele me interrompe.

— Você não precisa explicar. Eu só queria me desculpar. Posso te compensar com um jantar?

Luto contra um sorriso e aviso:

— Jax...

— Lily — ele devolve, quase tão firme quanto o meu aviso, talvez até mais. — Ah, vai. Amigos podem jantar juntos, certo?

— Acho que sim, mas...

— Vamos começar de novo. — Jax anda até mim com a mão estendida. — Oi, eu sou Jax Knight.

Não consigo evitar um sorriso, mesmo que ele esteja tentando ao máximo parecer sério.

— Lily St. Claire. — Aperto sua mão.

Seus olhos se estreitam quase tão suavemente quanto brilham.

— Escute, *amiga*— ele delineia a palavra amiga. — Sou novo na cidade, e estou meio que enfurnado aqui neste lugar. Você gostaria de jantar comigo, de uma maneira puramente platônica?

Atiço meu olhar na tentativa de pescar sua sinceridade, e meu tom deixa claro que não estou convencida:

— Puramente platônica, é?

— Com certeza. — Ele balança a cabeça.

— Tudo bem.

— Tudo bem? — Seu tom questionador revela que fui mais fácil de convencer do que ele havia imaginado.

— Suponho que vamos comer sanduíches de peru? — provoco.

— Não.

— Ovos?

— Não.

— Você não tem muito mais que isso.

— Vou cuidar de tudo.

Passando pela porta, já com um sorriso no rosto, Jax me para novamente.

— Lily St. Claire.

— Sim. — Não faço a menor ideia do porquê, mas o som do meu nome saindo de sua boca causa algum efeito em mim. Meu sorriso se alarga.

— Seu nome é lindo. Combina com você.

Balançando a cabeça ao gargalhar, saio, e, sem me virar, digo:

— Te vejo mais tarde, *amigo*.

A manhã passa tão tranquilamente que até me pego assobiando enquanto descarrego os produtos que acabaram de ser entregues. Não tenho certeza se é a ausência de Caden ou os constantes sorrisos que ganho de Jax quando nossos olhares se encontram, mas sinto-me mais relaxada hoje do que há meses. O dia fica melhor ainda quando Reed aparece inesperadamente. Ele beija minha testa e enrola uma echarpe escarlate em meu pescoço.

— Você parece deslumbrante hoje — ele fala com um tipo de sotaque, embora eu não faça ideia do que isso signifique. Um sotaque australiano fajuto, talvez?

— Pensei que você gostasse de mim com o cabelo solto e sem maquiagem — gracejo para meu o melhor amigo, jogando suas próprias palavras na sua cara.

— Digo isso apenas quando estamos atrasados e quero que você se apresse e fique pronta. — Ele dá um sorriso falso, inclinando-se para frente e pegando meu bloco de desenhos para ver no que estou trabalhando.

Sem olhar para cima, Reed traça o contorno do lápis do meu desenho com o dedo, os elevados de um dorso sem rosto começando a tomar forma.

— O "Sr. Gostoso que nos faz arrancar a calcinha" está aqui hoje?

Fingindo que não faço a menor ideia sobre quem ele está falando, franzo a testa. Primeiro, menciona que estou bonita; depois, pergunta se Jax está... sou tão óbvia assim? Não pensei no assunto essa manhã, mas, de fato, provei alguns modelitos e sequei o cabelo ao invés de fazer meu costumeiro rabo-de-cavalo e usar o que quer que estivesse limpo no guarda-roupa. Olho para Jax e Reed acompanha minha linha de visão. Sentindo quatro olhos encarando-o, ele olha para cima e sorri para a gente, levantando o queixo para Reed em um cumprimento típico de homens.

Nós dois o encaramos por um pouco mais de tempo, nenhum de nós querendo desviar os olhos do homem suado do outro lado da sala. A camisa branca gruda nos músculos de seu peitoral a cada elevação que ele faz na barra, e um vislumbre da pele bronzeada se revela cada vez que ele desce. Nós dois suspiramos ao mesmo tempo.

Forço minha atenção para longe daquela perfeição e trago meu foco de volta a Reed.

— Então, o que o traz aqui? Veio visitar os pobres? — Embora seja impossível descobrir por suas atitudes, Reed é provavelmente a pessoa mais rica que conheço. Bom, talvez não após ver a suíte de hotel na qual Jax estava hospedado. O pai dele é o CEO de uma das maiores empresas de produtos para o lar nos Estados Unidos. Além disso, também é um teimoso conservador ferrenho de carteirinha. Movido pelo dinheiro e difícil de mudar, ele é a antítese de tudo que Reed é.

— Hum... a gente ia almoçar juntos, lembra? E o que tá pegando com esse povo todo acampado do lado de fora?

— Longa história.

— Me conta uma versão resumida.

— Eles estão atrás do Jax.

— Por quê? — Reed se inclina e coloca os cotovelos no balcão da recepção, sustentando a cabeça com as mãos, preparando-se para uma fofoca das boas. O homem fica louco quando se trata de fofoca. Ele nem precisa conhecer a pessoa para ficar interessado na roupa suja de alguém.

— O pai dele é senador e traiu a esposa. Ele descobriu que tem um irmão, que é o atual campeão de pesos-médios do MMA. O pai vai concorrer à reeleição. Os repórteres o seguiram de Washington até aqui.

— Men-ti-ra! — Reed destaca cada sílaba, como uma verdadeira rainha do drama, erguendo delicadamente a cabeça.

Ele olha novamente para Jax e suspira ruidosamente.

— Riquinho e com problemas com o papai? Tem certeza de que ele não é gay? Seria perfeito para mim.

— *Definitivamente* ele não é gay. — Meu tom denuncia mais do que eu pretendia.

Os olhos de Reed se arregalam como dois pires e a boca fica aberta por um minuto antes de ele falar:

— Você não fez isso! — ele acusa com um sorriso tão grande que não deixa espaço para dúvidas de que ficaria muito feliz se eu tivesse feito o que ele acha que fiz.

— Não, não fiz.

— Mas você queria.

— Também não disse isso.

— Então, o que você estava dizendo?

— Não estou dizendo nada! Você está colocando palavras na minha boca!

Olhando para Jax novamente, Reed sorri e acena com entusiasmo.

— O homem é um pecado dos infernos. — Ele suspira dramaticamente.

De rabo de olho, vejo Jax sorrir para a gente. Fica ridiculamente óbvio que estamos falando dele. Mas Reed está certo, é difícil desviar os olhos mesmo quando eu deveria. É a minha vez de suspirar alto.

— Não posso argumentar contra isso.

— Ele parece ser um cara legal também.

— E é.

Reed cruza os braços na altura do peito quando fala comigo em um tom paternal:

— Então, ele é lindo, legal, suponho que seja rico e inteligente também, já que o pai é senador. É, eu consigo entender por que você prefere se manter afastada. — Ele enruga o nariz como se tivesse farejado um erro. — Um total fracassado. Você está muito melhor com o Caden. — Ele levanta a mão melodramaticamente e começa a contar a comparação nos dedos. — Vejamos, Caden não é bonito, não é legal, não é rico, nem muito inteligente. Claro que você escolheria o Caden e dispensaria o Jax.

— É complicado e você sabe disso.

— Não precisa ser.

Frustrada, sei que não vou conseguir vencer essa discussão, por isso, mudo de assunto.

— Desculpe... eu esqueci completamente do nosso almoço. Não posso sair, não tem ninguém para me cobrir. O Joe ainda está viajando.

Reed dá de ombros. Ele é a pessoa mais flexível que conheço.

— Então, vamos pedir para entregar. — É realmente admirável quão maleável ele é, considerando que é o produto de duas das pessoas mais inflexíveis do mundo. Ele retira o celular do bolso e pede sushi, sem necessidade de perguntar o que eu quero.

Puxo a echarpe que ele colocou no meu pescoço e a examino. *Chanel*. Estreito os olhos, ciente de como aquele homem generoso funciona.

— A echarpe é linda. — Faço uma pausa, passando-a entre os dedos. — Conte-me sobre o rapaz que você conheceu.

— Que rapaz? — Reed responde num tom de culpa, que confirma minha suspeita.

— Você vai na *Barneys and Bergdorf* quando conhece um cara novo. Devoluções e compras de segunda-mão ocorrem quando você termina com alguém.

— Eu n... — Reed segue meu raciocínio, seu cérebro percorrendo uma carga de bagagem mental sobre as ocasiões em que ele fez suas últimas compras. Ele tenta terminar sua frase duas vezes, e, a cada vez, pensa melhor antes de fazê-lo. Por fim, desiste e revira os olhos, que se iluminam quando fala:

— Ele é assistente do meu professor.

Reed está tentando tirar o diploma em História da Arte. Há dois anos, decidimos que voltaríamos juntos em meio-período para terminar a graduação que havíamos começado. Eu tenho graduação em administração com especialização em arte. Ele tem graduação em arte com especialização em administração. Nós sempre damos um jeito de termos uma aula juntos por semestre.

— Isso não é contra as regras?

— Espero que sim. Isso tornaria tudo mais excitante. — Gracejando sobre a ideia de um pecado proibido, Reed se vira quando os sinos da porta soam. Os pensamentos sobre seu professor-assistente fogem quando ele rapidamente se distrai com um entregador bonito que entra pela porta. Ele é bem magricelo e parece ter acabado de acordar após três dias de farra, embora seja atraente se você olhar além das maçãs do rosto salientes.

— Entrega para o Sr. Knight?

Sem tirar os olhos do coitado do entregador, Reed acena na minha direção.

— Vá pegar o "qualémesmoonomedele?".

— "Qualémesmoonomedele?" — Tão inconstante! Não demorou nem cinco minutos para ele esquecer que estava babando pelo Jax e prestes a dar os detalhes do seu casinho com o professor-assistente.

Tendo terminado a barra, Jax está no saco de bater enquanto me encaminho para os fundos da academia. Seus braços se destacam a cada soco e me dói ter que interrompê-lo e estragar a visão.

— Tem uma entrega para você.

— Obrigado. — Ele pega uma toalha, seca o rosto e a prende na cintura do short, fazendo-o ficar ainda mais baixo. Um pedacinho de pele aparece quando ele levanta o braço e passa os dedos pelo cabelo bagunçado e sexy. Meus olhos demoram por um segundo a mais. Jax me flagra e ri.

Reed está ocupado conversando com o *garoto magricela*, por isso eu e Jax aguardamos a alguns passos de distância. Ele se apoia perto de mim e sussurra de modo que só eu posso ouvir:

— Você tem um cheiro delicioso.

Sorrio, inclinando um pouco a cabeça para mais perto dele, mas mantenho-a voltada para frente quando respondo:

— Você só acha isso porque provavelmente está fedendo a suor.

Jax se vira, voltando seu corpo para me encarar.

— Aposto que você cheira bem mesmo quando está toda suada.

Combatendo o sentimento iminente de me sentir excitada, tento suavizar a sensação que estar tão próxima a esse homem causa.

— Acha que devemos interromper os pombinhos para que você possa pegar sua entrega?

Reed finalmente se dá conta de que estamos esperando e levanta uma sobrancelha para mim quando Jax se aproxima para pagar a entrega.

— Vou pegar as outras sacolas — o entregador diz na direção de Jax, mas sem tirar os olhos de Reed.

— Eu te ajudo. — Reed segue o rapazinho, que parece quase menor de idade.

Jax coloca as sacolas na mesa da recepção e sua atenção se vira para o meu bloco de desenhos. Ele o pega e estuda o esboço de um rosto que ainda está tomando forma no meu desenho.

— Alguém que eu conheço? — ele pergunta com ar conhecedor, seus olhos brilhando de satisfação.

— Não — minto, mas o vermelho no meu rosto me denuncia facilmente.

Por sorte, Reed volta, o que força Jax a voltar a atenção à sua tarefa imediata. Jax pega a sacola das mãos de Reed.

— Posso adiar nosso almoço? — Reed pergunta timidamente, com um sorrisinho safado pouco disfarçado.

Reviro os olhos, mas ele sabe que não estou chateada. Beija-me na bochecha e fala sobre minha cabeça com Jax.

— Você gosta de *dragon rolls*?

— Claro.

— Ótimo. O almoço estará aqui em vinte minutos. — Ele joga uma nota de cinquenta na mesa da recepção. — Aproveitem vocês dois. — Ele me beija na testa e praticamente corre para a porta, deixando-me sem chance nenhuma de argumentar.

Vinte minutos mais tarde, um Jax de banho tomado retorna no momento em que estou arrumando nosso almoço. Como sempre, Reed pediu comida suficiente para uma família de cinco pessoas, mesmo sendo apenas nós dois.

— Não posso sair da recepção. Espero que não se incomode.

Encaminho-me para a cadeira que eu havia puxado para perto da minha, atrás do balcão.

— Por mim tudo bem. — Jax sorri, vai para trás do balcão alto, roça levemente nas minhas costas, sua mão se demorando um pouquinho demais na parte de trás da minha cintura enquanto se encolhe para passar por mim. Meu corpo inteiro se torna consciente da proximidade, uma tensão me fazendo apertar os joelhos. Ele puxa minha cadeira e me espera sentar antes de ocupar a dele.

Começo a abrir as embalagens de comida quando meu celular vibra. O nome Joe Ralley aparece na tela e nós dois o lemos.

— Desculpe, é o Joe. Preciso atender.

Jax assume a tarefa de organizar o sushi, abrir os potes de molho e colocar o gengibre e o wasabi em um prato entre a gente.

— Alô? Sim, está tudo bem aqui. — Joe me pergunta sobre Jax. — Sim, o Sr. Knight parece bastante satisfeito com tudo na academia. — Jax olha para cima, balança as sobrancelhas de maneira brincalhona e um sorrisinho maroto surge em seu rosto. Falo com Joe por alguns minutos e depois ele passa o telefone para Caden, antes que eu possa educadamente dar uma desculpa para não falar com ele. Joe sabe que nós terminamos, mas não falei sobre o comportamento obsessivo do Caden. Espero desemaranhar minha vida pessoal dos nossos negócios sem ter que envolver Joe e jogar ainda mais lama nisso.

— Oi. — Minha voz diminui de tom, ficando menos entusiasmada. — Como está a viagem?

— Boa — ele responde. O som de uma porta se fechando soa ao fundo e, em seguida, ele imediatamente muda o assunto para nós reatarmos, perguntando se poderíamos viajar no final de semana seguinte e tentarmos resolver as coisas entre a gente. — Eu pensei que, com o Joe se aposentando, eu provavelmente devo assumir uma participação maior na Ralley's também.

Ele se recusa a aceitar o que insisto em dizer. Se eu soubesse que Caden ia pegar o telefone, teria deixado a ligação cair na caixa postal. Ele tem sido mais insistente do que o normal. A conversa está claramente se encaminhando para uma direção, mas prefiro tê-la mais tarde, em vez de agora. E sem ter Jax sentado ao meu lado.

— Acho que não, Caden. Desculpe.

— Você não quer viajar ou não quer que eu lhe ajude a gerenciar a Ralley's?

Detesto ter que magoá-lo, mas ele precisa ouvir a verdade.

— As duas coisas.

Jax olha para mim, prendendo o meu olhar, e faço o meu melhor para sorrir, mas sai um sorriso forçado e tímido. Seus olhos vasculham meu rosto, e então ele para por um segundo e sorri. É um sorriso de menino e eu posso adivinhar que ele está aprontando alguma coisa. Com seu hashi, ele rouba um *Alaska roll* que está à minha frente e coloca-o inteiro na boca.

Meus olhos se abrem e eu perco o foco na conversa que deveria estar tendo com Caden. Pego meu hashi enquanto Jax me observa e brinca enquanto mastiga. Alcanço um *dragon roll* do prato dele e o coloco na boca, entre meus lábios sorridentes. Minha boca fica cheia, deixando-me incapaz de responder à pergunta que Caden me faz ao telefone.

— Desculpe, entrou um cliente — digo, por fim, enquanto engulo a última porção. Jax ri da minha mentira. — Não. Eu estou ocupada, Caden. Não estou ignorando você.

Jax arqueia as sobrancelhas, curtindo o que ouve da minha parte da conversa e ameaça pegar outro pedaço do meu almoço. Só que dessa vez eu bato nos nós dos dedos dele com o meu hashi e o pedaço que ele tinha pegado cai de volta no prato. Aponto o dedo para ele e ofereço-lhe o meu melhor olhar de irritação fingida, avisando-o para se comportar.

— Podemos falar sobre isso quando você voltar? — pergunto e o ouço novamente dizer que minhas escolhas estão erradas. Claro, ele joga na minha cara que esteve ao meu lado quando precisei dele.

Ele não me permite desligar o telefone, mesmo dizendo que estou ocupada. Caden continua insistindo.

— Você nem está me ouvindo — ele acusa em um tom mais ríspido.

— Estou te ouvindo e estou respondendo. Você é que não gosta do que estou dizendo. — Paro e solto um suspiro de frustração. — Tenho que ir, Caden.

— Você está bem? — Jax pergunta, um tom de preocupação evidente depois que eu desligo. Seu ar brincalhão já era.

— Estou. Desculpe por isso.

— Quer conversar a respeito? — Sua voz é baixa e cautelosa, mas ele olha diretamente nos meus olhos, demonstrando que a oferta é sincera.

— Não, mas obrigada.

Sentindo a necessidade de suavizar o clima, roubo mais um pedaço de sushi do prato dele e sorrio enquanto o trago à boca.

— Então, o que você pediu nessas sacolas? — pergunto, depois de colocar mais um sushi na boca.

— Apenas algumas coisinhas para um jantar com uma amiga. — Jax me dá um sorriso torto.

— Você percebe que teremos compartilhado todas as três refeições ao final do dia?

— Sou um cara de sorte — Jax responde. — E quando você diz compartilhado, é num sentido bastante literal. — Ele rouba mais um pedaço de sushi do meu prato e o leva à metade do caminho em direção à sua boca. — Você quer provar um pouco do meu *Alaska roll*? — Provocativamente, ele sustenta o pedaço de sushi.

— Claro.

Jax traz o sushi aos meus lábios e eu os abro. Gentilmente, ele o coloca na minha boca. Com os olhos completamente focados em meus lábios, sinto o calor do seu olhar e isso me aquece por dentro.

Terminamos nosso almoço nos alternando entre o prato um do outro, e, ocasionalmente, damos de comer na boca do outro. A conversa flui tranquilamente. Comparamos as aulas de arte e de administração que estou tendo com as que ele teve na faculdade. Ele me conta que visitou o Louvre, em Paris, e eu lhe conto sobre as dezenas de museus da cidade, os quais ele não visitou ainda. Nós dois parecemos contentes em estarmos sentados juntos, conversando.

Até que meu celular vibra novamente e nós dois olhamos para baixo ao mesmo tempo, para o nome que está piscando: Caden. De novo.

— Ele é persistente. Isso não se pode negar. — Tento ao máximo soar casual, mas não consigo.

— Acho que não posso culpá-lo. — Jax prende meus olhos em seu lindo olhar azul. — Também não sou um homem que é facilmente dissuadido quando há algo que eu quero.

Suas palavras me assustam, mas também me deixam estranhamente esperançosa.

DEZ
Jax

Crescer numa casa cheia de funcionários não me ajudou a aprender a cozinhar muitas coisas, mas sei preparar algumas boas refeições, principalmente porque minha avó me ensinou a fazê-las quando meus pais me largavam em *Cape Cod* todo verão.

Lily bate na porta pontualmente às sete horas. Ela está linda num jeans velho desbotado, regata branca e chinelos coloridos. Seu cabelo volumoso está preso em uma trança de lado e o rosto está quase sem maquiagem, exceto por um delineador escuro que faz seus olhos azul-esverdeados parecerem mais com um tom de jade do que com azul.

Lily é diferente das mulheres com quem costumo sair. Ela não parece do tipo que um estilista escolhe seu vestuário e um maquiador retoca o rosto perfeito. Ela tem uma beleza realmente natural, do tipo que não precisa de mais nada. É sem esforço e simples, e é a coisa mais sexy que já vi.

Tendo crescido cercada por homens e ser a filha do "The Saint", suponho que ela teria sido colocada num pedestal. Mas ela não age como se fosse um troféu. Ao contrário, tem uma confiança tranquila e bem feminina. Nenhuma grande exibição é necessária para que meus pensamentos passem da reverência para a indecência.

— Está tudo bem? — ela pergunta ao inclinar a cabeça, enquanto estou perdido em sua beleza.

— Tudo. — Sorrio, envolvendo sua cintura com uma mão e aproximando-me para beijar sua bochecha. Demoro-me um pouco mais nesta posição ao sentir seu cheiro, mais do que um amigo faria ao cumprimentar. — Você está cheirosa — sussurro, minha boca próxima à sua orelha. Um pequeno tremor a percorre, e eu o sinto, mas ela tenta escondê-lo.

— Obrigada — ela responde ofegante, mas demonstra incerteza no rosto. Fico aliviado em saber que não sou o único afetado por estarmos tão próximos.

Concentrando-me em respirar, tento reunir meus pensamentos.

— Fiz alcachofras recheadas e bifes.

— Hum... — Lily fecha os olhos. — Está com um cheiro maravilhoso aqui dentro.

Realmente está, mas não tem nada a ver com a comida no forno.

— Quer uma taça de vinho? Agora eu tenho um saca-rolha. — Lily me segue até a cozinha e abre a porta do forno para espiar.

— Não, obrigada.

— Você não gosta de tinto? Pedi para entregarem um branco também, por via das dúvidas. — Mostro a garrafa na geladeira.

— Não, eu gosto do tinto. Apenas sou meio fraca para essas coisas. Duas taças e estarei dormindo no seu sofá.

— Eu te deixo dormir na cama.

Ela balança a cabeça, divertida.

— Sempre gentil. Você me daria a sua cama e dormiria naquele sofazinho. — Ela aponta para o sofá da sala no qual provavelmente caberia apenas metade do meu corpo.

— Quem disse que eu dormiria no sofá? — Coloco o saca-rolha na garrafa e arqueio uma sobrancelha sugestivamente.

Seu rosto cora um pouco e ela tenta mudar de assunto.

— Então, você sabe cozinhar? — Ela se debruça no balcão enquanto tiro o jantar do forno.

— É um dos meus *muitos* talentos.

— *Muitos* talentos? — Ela revira os olhos de maneira

brincalhona, mas fala, de qualquer forma: — Vou fingir que acredito e, embora algo me diga que vou me arrepender por perguntar, quais são seus outros *muitos* talentos?

— Ah, a lista é longa — provoco. — Posso andar com as mãos.

Lily sorri.

— Isso *é* um talento. E o que mais?

— Posso soletrar o alfabeto de trás pra frente tão rápido quanto uma pessoa diria na ordem normal.

— E por que você faria isso?

Dou de ombros.

— Por que não?

Ela ri.

— Você quer me ouvir dizer, não é?

Ela sorri, vencida.

— Na verdade, quero, embora não tenha ideia do por quê.

— Zyxwvutsrqponmlkjihgfedcba — percorro o conjunto de letras rapidamente.

Lily ri.

— De um jeito estranho, isso foi realmente impressionante.

— E quais talentos você tem?

— Os seus talentos já acabaram?

— Com certeza não. Tem muito mais de onde esses vieram. Mas não quero intimidá-la, por isso preciso me conter um pouco — provoco.

Lily pensa por um momento.

— Posso tocar meu nariz com a língua.

O SEDUTOR 93

Minhas sobrancelhas levantam — e outra parte do meu corpo também — diante dessa confissão. Cruzo os braços na altura do peito e me apoio no balcão da cozinha, concordando com a cabeça, dando-lhe silenciosamente a oportunidade de demonstrar. E ela o faz. Sua língua pequenina e rosa sai da boca e se curva para cima, tocando a ponta do nariz. Minha calça fica um pouco apertada.

— Muito bom. — Solto um ar contido, enchendo as taças de vinho e oferecendo uma a ela. Tomo um longo gole, esperando que o líquido refresque o calor que sinto emanar do meu corpo.

— Posso dizer quando uma pessoa está mentindo baseando-me na linguagem corporal dela — digo, tentando impressioná-la com uma lista sem fim de talentos.

— Gostaria de ver uma demonstração *desse talento*.

— Pode deixar. Conte-me três coisas sobre você e digo qual delas é mentira.

Lily pondera um pouco, inconscientemente mordendo o lábio inferior enquanto pensa no que está prestes a compartilhar. Sinto o impulso de puxar aquele lábio rubi de seus dentes e enfiar minha língua nele. Merda, esse negócio de sermos amigos não será fácil.

Ela balança um pouco os ombros para trás, ficando um pouco mais alta, e olha para mim, prendendo nossos olhares e sustentando-o enquanto fala:

— Minha cor favorita é verde. Já mergulhei os dedos do pé na Fonte Bethesda, no Central Park. O cheiro de mostarda me dá náuseas. — Ela sorri confiante, certa de que irá provar que meu talento é uma mentira.

— É uma pena. Ouvi dizer que a água da Fonte Bethesda é muito boa.

Seus olhos se arregalam.

— Como você sabia?

— Linguagem corporal.

— Mas eu não me mexi. Certifiquei-me disso.

— Ah... então você estava tentando me contradizer.

— Claro. Vamos tentar de novo. Isso foi apenas sorte de principiante.

Sorrio com gosto, tendo entendido sua linha de pensamento. Isso vai ser moleza.

— Vá em frente — digo seguro de mim, brindando minha taça na dela antes de beber mais um pouco.

Lily se concentra, evitando contato visual, mas não tiro os olhos dela. Gosto de observá-la pensar, flagrar o suave levantar de canto de lábios quando ela pensa em algo que acha que irá me enganar.

— O apelido que meu pai me deu era Lily Vanilly. Eu já beijei uma garota. E tive uma tartaruga chamada Speedy.

Ela está confiante de que conseguiu me enganar, e eu brinco um pouco. Mas não há dúvida na dilatação das pupilas dela quando mente, embora se esforce em se conter completamente quando lista os três fatos.

Coço o queixo como se estivesse ponderando e finjo estar tendo dificuldades em decidir sobre o episódio falso.

— Sabe, eu já beijei uma garota. Talvez você realmente devesse tentar algum dia. Funciona comigo.

Lily me dá um tapa de brincadeira.

— Como você faz isso?

— Talento. Falei para você.

— Deixe-me tentar. Cite três coisas.

— Está bem.

Penso por um segundo. Sustentando seu olhar, falo diretamente com ela, sem sequer piscar para não interromper nosso contato.

O SEDUTOR 95

— Barcos me deixam enjoado. Já estive em quarenta e nove estados. E estou a fim de uma amiga minha.

O rosto dela fica vermelho e seus olhos se estreitam enquanto ela tenta me ler.

— Barcos não te deixam enjoado — diz sem muita convicção.

— Deixam sim. Mas estive em apenas quarenta e oito estados.

O alarme do fogão toca, interrompendo o nosso jogo. Lily me ajuda a levar tudo para a mesa e, em seguida, nos sentamos.

— Quais são os dois?

Franzo o cenho, sem entender.

— Estados. Quais não foram agraciados com sua presença? — ela me repreende sarcasticamente por uma das minhas revelações.

Estou prestes a responder quando o celular de Lily começa a vibrar. Nós dois olhamos para baixo e vemos o nome Caden piscando na tela. Sua feição muda, e uma tristeza toma conta da felicidade genuína. Antes que um de nós pudesse dizer algo, meu celular também começa a vibrar. "Pai" aparece na tela. Ignoro a vibração na mesa e sorrio, roubando uma folha da alcachofra recheada do prato dela e trazendo-a para a boca para raspar com os dentes a parte comestível.

Lily parece devastada. Olhando os celulares vibrando ao nosso lado da mesa e de volta para mim duas vezes, ela sorri quando toma sua decisão sem pronunciá-la. Ela alcança meu prato, rouba uma folha da minha alcachofra e a leva à sua boca sorridente. Ambos fingimos que nossos telefones não estão pulando em cima da mesa, ao nosso lado.

Meu pai e Caden ligam duas vezes mais durante o jantar. Nós não falamos sobre as ligações, mas sorrimos, ignorando o som e continuando a comer.

Limpamos tudo juntos na cozinha minúscula. Intencionalmente, roço de leve nela quando me estico por cima de sua cabeça para guardar os pratos na prateleira de cima. Quando ela está na geladeira guardando as sobras, passo meu braço pelo dela ao colocar uma jarra na porta. Eu poderia ter esperado, mas adoro a forma como o corpo dela reage ao mínimo contato que fazemos. Não consigo me controlar, embora a veja tentando disfarçar. As minhas reações também são... uma contração, um inchaço, um engrossamento, uma dor e um fogo maldito nas calças. Sim, sem dúvida meu corpo também gosta de roçar no dela.

— Está se sentindo ousada o suficiente para fazer algo comigo? — Coço o queixo quando uma ideia surge em minha cabeça.

Um rubor aparece nas bochechas de Lily.

— Eu... eu... — A voz de Lily some, fazendo-me imaginar o que ela deve estar pensando que vou perguntar.

Um sorriso preguiçoso surge em meus lábios.

— Você tem uma mente pervertida. Eu ia perguntar se você topa uma escapada dos fotógrafos.

Suas adoráveis bochechas ficam rubras de vergonha, e ela tenta se recuperar.

— Eu não estava pensando em nada pervertido. — Nós dois sabemos que ela está mentindo.

Ela está apoiada no balcão da cozinha, e eu diminuo a distância entre nós, invadindo seu espaço pessoal, mas sem tocar nossos corpos.

— Estava sim. — Aproximo-me um milímetro a mais. — Já não concordamos que eu consigo identificar uma mentira facilmente?

Ela engole em seco, querendo negar, mas, ao invés, tenta mudar de assunto.

— O que você queria fazer?

Elimino o pequeno espaço que há entre nós, meu corpo agora levemente roçando no dela, o que me força a olhar para baixo, para ela. Não digo nada até que ela olha para cima, para mim.

— Bom, agora não tenho certeza. O que você tinha em mente? Acho que posso preferir o que você quer fazer — provoco, embora estejamos tão perto que ela provavelmente pode sentir a rigidez em minhas calças e adivinhar o que eu realmente gostaria de fazer com ela.

Um olhar de descrença misturado com vergonha passa pelo rosto de Lily.

— Você é inacreditável.

Sorrio, considerando suas palavras um elogio.

— Obrigado.

— Não disse isso como um elogio.

Ignoro sua réplica e continuo com o pensamento de via única.

— Me diga o que você pensou que eu quis dizer.

— Você sabe o que pensei que tinha sugerido.

— Sim, mas quero ouvir você dizer.

— Por quê? — Seus olhos se arregalam com a minha confissão. Claramente, ela não consegue acreditar no que estou dizendo.

— Porque eu quero ouvir você falar sacanagens para mim.

Coloco as mãos dela em meu peito e ela me empurra um pouco, mas não o suficiente para me fazer sair do lugar, como se, de fato, não quisesse que eu me afastasse.

— Use a sua imaginação.

Agarro os dois lados do balcão no qual ela está apoiada, prendendo-a. Ela olha para a esquerda e para a direita, dando-se conta da posição na qual me coloquei. Sua respiração está entrecortada, não há dúvida. Ela gosta disso, e eu também.

— Ah, tenho usado bastante a minha imaginação ultimamente. — Rio, e então paro. — Fala pra mim ou não liberto você.

— Eu não vou falar nada para você, seu maluco.

— Então ficaremos aqui por um tempo. — Eu me instalo, meus olhos dizendo-lhe que estou falando sério sobre mantê-la onde está. É uma situação em que, qualquer que seja o resultado, eu ganho. Se ela não falar nada, mantenho o incrível corpo dela preso ao meu. Se disser o que estava pensando, vou ouvi-la admitir que tem pensamentos pecaminosos sobre mim. Não sei qual das duas opções me agrada mais neste momento.

— Você vai me manter presa nesse balcão?

— Eu meio que gosto disso.

— Achei que íamos ter um jantar platônico.

— E íamos. Até você começar a ter pensamentos pecaminosos sobre mim.

— Você é terrível! — Lily dá um gritinho, mas ainda há um sorriso em seu rosto, mesmo que tente disfarçá-lo.

Eu me inclino um pouco em sua direção, forçando-a a arquear levemente a coluna para trás.

— Pensando bem, não diga nada. — Paro, meus olhos sendo direcionados para sua boca rosada. Seus lábios se entreabrem um pouco enquanto me observa. Voltando meus olhos para os dela, continuo: — Eu prefiro continuar bem aqui.

Ela prende a respiração quando me inclino para mais perto. Só que dessa vez ela não arqueia, de modo que ficamos cara a cara.

— Você gosta que eu fique aqui, tão perto de você, prendendo-a sem que consiga se mover. Não é?

Ela ofega, mas desvia o olhar.

— Lily — digo seu nome sério. Seus olhos voltam aos meus. — Me responda.

Ela parece indecisa, mas sussurra a verdade mesmo assim.

— Gosto.

— Você tem três segundos, mas vou te beijar, ultrapassando a linha entre negócios e prazer ou não, a não ser que você me impeça.

Ela arregala os olhos, mas não diz nada. Ainda estamos imprensados um contra o outro. Não há forma de ela não sentir a ereção que está testando os limites do meu jeans.

— 3. — começo a contagem regressiva.

Seus olhos se arregalam ainda mais.

— 2.

Sua boca abre, mas nenhuma palavra sai.

— 1. — No instante em que o número sai da minha boca, eu a beijo. Seus lábios podem ter começado a se abrir em protesto, mas não lhe dou a chance de dizer nada.

O começo é gentil, com nossos lábios se tocando suavemente e nossas línguas começando a explorar uma a outra. Até que a sinto pressionar os seios no meu peito, numa confirmação silenciosa de que quer o beijo tanto quanto eu. Então não consigo me satisfazer rápido o suficiente. A mão que estava gentilmente trançando seus volumosos cabelos loiros aperta um punhado deles e eu os puxo, forçando a cabeça mais para trás para aprofundar o beijo. Lily geme em resposta à aspereza do meu gesto e isso me deixa completamente selvagem. Devorando sua boca, pressiono-me com mais força contra ela. Pego uma de suas pernas com firmeza e a levanto, conduzindo-a a envolvê-la em minha cintura. Sua outra perna obedece sem precisar que eu auxilie.

Suas coxas se abrem, as pernas estão ao redor de minha cintura e o calor entre nós esquenta ao ponto de combustão. Fogo pulsa em minhas veias, e minha mente e corpo se juntam em um só propósito: esse beijo. Ele me consome tão rapidamente quanto começou. O cheiro dela, os gemidos, a sensação de seu corpo deliciosamente pressionado com força contra o meu. Não tenho a menor ideia de quanto tempo dura, mas, definitivamente, é rápido demais. Sem ar, nós o interrompemos para respirar. Mas ainda não estou pronto para parar. Pego seu lábio inferior entre os dentes — aquele que vem me provocando desde que a conheci — e o mordo de leve. Quando a mordida se torna mais bruta, ela faz um som que é uma mistura de suspiro e gemido, e é preciso cada grama de autocontrole meu para não carregá-la para o quarto enquanto mantenho nossas bocas seladas, de modo que não teria como objetar enquanto eu me enterrasse nela.

Por mais difícil que seja, recupero o autocontrole. Por fim, libero sua boca, e permanecemos calados, ambos ofegantes, nossas testas encostadas e os olhos fechados, até nossa respiração voltar ao normal.

Lily é a primeira a falar, embora sua voz soe mais como um sussurro.

— Você não contou do 1 ao 0.

— Sou o tipo de homem que só conta até 1, Anjo. — Brinco com uma mecha de seu cabelo que se soltou da trança e a coloco de volta atrás da orelha.

Ela sorri, mas vejo o bom senso voltar a ela. O que quer que a esteja segurando volta a controlar sua razão.

— Não podemos fazer isso, Jax — ela sussurra, sua voz soando tão desapontada ao dizer essas palavras quanto é para eu ouvi-las.

Ficamos calados por um minuto, nos encarando. Como se estivesse à espera, o som de um dos celulares vibrando na mesa chama nossa atenção.

— É o seu ou o meu? — pergunto sem me mover. Ela olha em volta para verificar. É o telefone dela que está saltando na mesa, a vibração fazendo um som insistente contra a madeira.

— Meu. — Seu rosto se entristece. Antes que o telefone dela pare de vibrar, uma segunda vibração começa, indicando que agora o meu celular também está recebendo uma chamada. Ela olha para a mesa e depois para mim. O canto dos seus lábios se eleva e uma pontada de diversão surge quando ela diz: — E o seu também.

Amenizando a tensão que o beijo deixou no ar, nós dois rimos, mas sem que nenhum de nós faça um movimento para atender as ligações. Dou um pequeno passo para trás, sem querer forçá-la a fazer nada, muito embora seu corpo pareça estar dizendo tudo. Mechas de cabelo soltaram de sua trança, as bochechas estão coradas e os lábios, inchados do meu beijo. Ela está linda. Não estou preparado para soltá-la. Temo que ela saia correndo como na noite anterior se eu não lhe der algum espaço, por isso decido que meu plano original ainda pode ser divertido.

— Você acha que pode correr mais do que alguns fotógrafos?

Ela sorri, pescando a ideia de uma aventura.

— Com certeza.

A multidão noturna já minguou. Apenas alguns *paparazzi* obstinados ainda aguardam perto da academia já escura. Nós saímos com camisetas de malhar cobrindo metade de nossos rostos. Digo a Lily para ir para a direita, que eu vou para a esquerda. Assim que abrimos a porta, começamos a correr. Lily para e a tranca antes de sair, o que permite aos fotógrafos começarem a tirar fotos e fazerem perguntas a ela. Faço uma virada brusca para a esquerda, e metade dos fotógrafos me segue.

Dez minutos mais tarde, nos encontramos no local planejado. Ambos conseguimos despistar os fotógrafos durante a perseguição.

— Bom trabalho — digo, impressionado com a capacidade dela de despistar pessoas durante a perseguição.

— Não é a primeira vez que tenho que correr para fugir de alguém. — Lily sorri maliciosamente. Há uma história nisso e quero ouvir. Mas não agora, precisamos continuar andando, colocar mais distância entre o rato e o queijo.

Andamos por um quarteirão e ainda há um fotógrafo nos seguindo do outro lado da rua. Antes que ele nos veja, seguro a mão de Lily, mudo a direção e aumentamos o ritmo para uma corrida de verdade.

— Venha.

ONZE

Lily

Demos voltas pelas ruas por quase meia hora até que Jax teve certeza que ninguém estava nos seguindo. Nossas mãos estão tão firmemente unidas e os dedos entrelaçados que nem presto atenção para onde estamos indo. Contente por uma conversa fácil que flui naturalmente e com a sensação da mão grande de Jax cobrindo a minha, paro quando chegamos ao destino ao qual Jax devia estar nos conduzindo o tempo todo: *a Fonte Bethesda*.

— Agora você não poderá dizer mais que isso é uma mentira — Jax diz com um sorrisinho, empurrando-me em direção à fonte.

— Acho que você é realmente louco — provoco, gargalhando do fato de ele ter me trazido à fonte só para que eu pudesse mergulhar os pés nela. — *Você* já mergulhou seus pés aí?

Lentamente, Jax balança a cabeça para os lados, negando.

— Bom, tire os sapatos, senhor. Não vou pegar cólera sozinha.

Sem argumentar, ele tira os sapatos. Levanto a mão e toco a água... está congelante e o vento fresco do fim de noite de verão não me faz querer mergulhar de imediato.

— Está fria — reclamo, soando como uma garotinha, enrugando o nariz.

Jax se abaixa e sente a água. Um sorriso perverso surge em seus lábios... bem antes de ele espirrar um pouco da água da fonte em mim, me molhando da cabeça aos pés.

— Você. Não. Fez. Isso — eu rosno, chocada com sua atitude.

Jax fica parado e cruza os braços na altura do peito. Um sorriso inabalável se espalha por seu rosto perfeito.

— Fiz sim.

Tento reunir o máximo de água possível e jogo em sua direção. Jax pula para trás e nenhuma gota o atinge. Ele arqueia uma sobrancelha.

— Estou toda molhada! — grito. O sorrisinho safado de Jax e uma sobrancelha brincalhona erguida me dizem aonde sua mente suja levou meu comentário sem sequer ter que dizer nenhuma palavra.

Tento novamente molhá-lo, mas é em vão. É inútil. Não tenho o elemento surpresa como ele teve e sempre adivinha quando tento espirrar água nele.

— Jackson Knight! — eu o repreendo, água ainda pingando do meu nariz.

— Lily St. Claire — ele zomba de mim em resposta.

— Espere e verás! Vou empatar o jogo quando você menos esperar. — É uma promessa, não uma ameaça. Ele não sabe, mas eu posso ser rancorosa. Jogar para igualar o jogo é um esporte para mim.

— Mal posso esperar. — Ele tem a audácia de sorrir, como se fosse algo pelo qual realmente estivesse ansioso. — Agora, vá em frente e mergulhe seus pés aí.

— Mergulhar meus pés? Metade do meu corpo está molhado, não acho que haja a menor necessidade de colocar os pés aí a essa altura.

— Claro que há. — A cabeça de Jax se inclina na minha direção e há um olhar de determinação em seu rosto. Corro para o lado oposto. Leva menos de uma volta inteira ao redor da fonte para ele me alcançar. Ele me carrega no colo e caminha comigo em direção à cascata de água gelada. Meus protestos são completamente ignorados quando ele sobe no banco de concreto que circula a fonte e caminha em linha reta comigo em seus braços.

— Não! — grito, ao me dar conta de que ele está indo direto

para o centro da fonte, onde a água ainda está jorrando. Tento ao máximo me livrar do seu aperto, chutando e gritando, esperneando, mas é inútil. Ele apenas ri satisfeito da minha tentativa, quando entra debaixo da água congelante. Ambos estamos encharcados da cabeça aos pés quando ele finalmente sai da fonte, comigo ainda em seus braços.

Eu deveria estar com raiva, mas a cena toda é muito engraçada. Já é tarde, mas ainda há algumas pessoas por ali e todas pararam para assistir a cena que criamos. Algumas estão indecisas se estou realmente chateada ou se estamos brincando. De qualquer forma, com o tamanho de Jax e os músculos dele realçando através da camisa molhada, ninguém intervém.

Ainda estamos rindo quando Jax finalmente me coloca de pé no chão novamente, deslizando-me por seu corpo molhado e forte. Não tenho certeza se é intencional ou não, mas esse homem tem uma forma de me aquecer, mesmo quando estou ensopada, molhada e congelando. Um arrepio passa por mim quando meu peito desliza pelo dele.

— Está com frio? — Jax pergunta.

— O que lhe daria tal ideia? — respondo sarcasticamente, torcendo o cabelo e fazendo a água escorrer dele.

Jax olha para meus mamilos e depois para mim. E sorri. Nenhuma resposta é necessária.

— Tome, coloque isso. — Ele me dá sua camisa tão molhada quanto a que estou usando.

— Hum, não acho que seja necessário. A minha já está molhada.

— Sua camisa molhada é branca e você está com frio. Coloque esta.

Olho para baixo e percebo meus mamilos enrijecidos; minhas três camadas de roupa branca estão quase transparentes.

Jax me ajuda a vestir sua blusa molhada antes mesmo que eu

concorde.

Paramos de pingar quando chegamos ao meu apartamento, mas este é o sinal de que precisamos nos secar.

— Você quer subir e se secar? Os paparazzi provavelmente terão um dia bastante ocupado se você andar por aí vestido assim.

— Finalmente algo de bom vindo dos fotógrafos que me perseguiram. Ganhei um convite para subir no seu apartamento — Jax diz, com um sorriso malicioso em seu rosto.

Depois de ter visto sua suíte no hotel, tenho certeza de que minha casa irá parecer um closet para ele. Não é normal eu ficar autoconsciente sobre as coisas, mas não consigo evitar ficar um pouco nervosa ao convidá-lo para subir.

— É aqui que eu moro. Não é exatamente uma suíte do San Marcos, mas sinta-se em casa.

Jax olha ao redor, absorvendo meu estilo bagunçado-chique. Minha velha mesa de cozinha estilo açougueiro é cercada por quatro cadeiras diferentes, ornamentadas e decoradas com material luxuoso. Nada combina com nada, mas, no conjunto, tudo funciona. Ao menos é assim que eu penso.

— Sinto como se tivesse acabado de entrar numa dessas lojas de departamento de prestígio que está tentando parecer casual e chique. Exceto que o resultado é que elas saem copiadas, imitando a coisa verdadeira. Eu só não sabia o que elas estavam tentando copiar, até agora. Esse lugar é ótimo.

Sorrio, considerando que eu projetei e fiz metade dos objetos.

— Venha... vou lhe dar algo para vestir.

Jax me segue para meu minúsculo quarto. O armário está organizado, mas cheio até o topo. Puxo uma calça de moletom masculina e uma camiseta e as entrego a ele.

Ele as pega, mas olha para mim hesitante.

— São do...

— Reed — preencho a lacuna. — Ele não vai se importar. Nós deixamos roupas no apartamento um do outro. Às vezes, fazemos maratonas de filmes e ficamos na cama por dois dias seguidos.

Jax concorda, parecendo aliviado.

— Vocês são amigos desde pequenos?

Ele começa a tirar as calças.

— Hum, tem um banheiro logo ali. — Aponto para o corredor.

— Desculpe. Achei que já tínhamos passado dessa fase. Você já me viu de cueca — ele graceja e balança as sobrancelhas. — E eu te vi nua.

— Sim, mas sua cueca também está molhada... você não vai tirá-la?

Jax para de tirar a roupa e olha para mim consternado.

— Não é legal usar calça de outro homem sem cueca.

Eu rio.

— Tenho certeza de que, se Reed descobrir que você usou a calça dele sem cueca, ele nunca mais vai lavá-la.

— Pensando bem, talvez eu fique com minhas roupas molhadas mesmo — Jax provoca.

— Se troque aqui mesmo. Tire tudo. Vou colocar para secar.

— Se você me queria sem roupa, era só pedir — ele flerta em resposta.

— Você é inacreditável. — Pego minhas roupas, jogo um travesseiro na cara dele e me encaminho para o banheiro. Ouço a risada baixa de Jax por todo o corredor.

DOZE
Jax

Lily limpa a maquiagem que manchou o rosto e seca o cabelo com uma toalha. Então sai do banheiro usando uma calça de moletom com a barra enrolada abaixo da cintura e uma blusa rosa, e eu flagro um pedaço de sua cintura fina enquanto prende o cabelo úmido em um rabo-de-cavalo. Ela é a vizinha gostosa. Do tipo que faz um garoto ter bons sonhos por anos sem querer. Sonhos molhados e melados.

— O quê? — Ela inclina a cabeça e se olha de cima a baixo. Meu olhar a faz pensar que algo está fora do lugar.

— Nada. — Sorrio descaradamente. *Jesus Cristo, essa mulher me deixa excitado vestindo somente moletom.*

— Você está olhando para mim como se eu estivesse usando calcinha por cima da calça — ela provoca.

Calcinha. A calcinha da Lily. Se controla, homem, ou ela vai te chutar para fora com você usando roupas de outro homem.

— Gosto de você sem maquiagem. — *E seus mamilos estão entumecidos nessa maldita blusinha. Não encare, olhe para cima, foque no rosto. Apenas no rosto.* Tento convencer meus olhos a colaborarem comigo. Não funciona. Como ímãs, eles são atraídos para baixo.

Ela estreita os olhos, incerta se a estou provocando ou não, e balança a cabeça com um sorriso.

— Vou colocar suas roupas na secadora. Quer beber alguma coisa? — ela pergunta sobre o ombro enquanto enche a secadora.

— Claro. O que você for beber.

Ela pega duas garrafas de água e me oferece uma, seu rosto vacilando enquanto fala.

— Não tenho muito mais do que isso em casa. Espero que não se importe.

— Está ótimo — tento assegurá-la. Eu realmente não me importo, mas algo mudou, seu humor agora parece triste e distante.

Nos sentamos juntos no sofá. Fico feliz por ele ser pequeno; mesmo que ela se sente na outra ponta, ainda assim é perto e a sensação é gostosa.

— Me dê seus pés. — Eu me abaixo, puxo suas pernas para cima, e coloco-as em meu colo. — Eles estão congelando — falo, quando pego um. Seus dedinhos pequeninos e pintados de rosa são como pingentes de gelo.

— É porque alguém me jogou dentro de uma fonte congelante — ela provoca, e o sorriso volta ao seu rosto.

— Que horrível. — Sorrio e começo a massagear os pés dela.

— Uau. Isso é bom.

— Sou bom com as mãos — comento rapidamente, esperando demonstrar o que eu poderia fazer com *outras* partes de seu corpo.

— Hum... — Ela fecha os olhos e deixa escapar um pequeno gemido de apreciação enquanto eu trabalho no arco do pé com os polegares. Massageio metodicamente para cima e para baixo, curtindo ver seu rosto lentamente relaxar ao meu toque. Talvez eu esteja curtindo um pouco demais, o que me força a mexer levemente para disfarçar uma protuberância crescendo na minha calça antes que ela possa reparar.

Depois de uns dez minutos, Lily abre os olhos, que agora estão turvos por causa da massagem.

— Sério, isso foi incrível. E eu nem gosto que toquem nos meus pés.

— Eu não sou uma pessoa qualquer — digo, tentando mascarar

o quanto eu estava gostando de tocar qualquer parte dela. Já estou aceitando qualquer coisa que ela me ofereça. Infelizmente, estou me contentando com um pé.

Lily revira os olhos e tenta puxar o pé, mas eu o seguro, impedindo-a.

— O que você está fazendo? — ela pergunta quando o agarro firme.

— Mantendo-a confortável.

Lily estreita os olhos, mirando-me com suspeitas.

— Com meus pés no seu colo?

— É um sofá pequeno. Você não deveria ter que ficar toda espremida só porque eu estou aqui — explico, embora seu rosto me diga que ela não está acreditando, mas também não tenta puxar a perna de volta novamente.

— Então, me diga, Jackson Knight, você tem uma namorada na sua cidade?

Balanço a cabeça em negativa, sorrindo quase interrogativamente para ela.

— A vaga está aberta, se você conhecer alguém.

— Hum... — ela responde, provocativamente. — Talvez eu conheça. Diga-me o que está procurando.

Entrelaço as mãos atrás da cabeça, fingindo pensar na resposta. Mas sei exatamente o que quero.

— Ela tem que ser inteligente — começo. — E tem que adorar artes.

— Artes, é? — Lily questiona, suspeitando.

— Sim. Você sabe, já que tenho especialização em artes e tal.

— Aham. — Ela entra no jogo, sorrindo.

— E eu tendo a gostar de loiras, prefiro cabelos longos e

ondulados. Talvez o tipo que tenha luzes, que me façam lembrar fios de ouro.

— Isso é bastante específico.

— Ei. Eu sei do que gosto. — Dou de ombros.

— Claro que sabe — ela concorda.

— E olhos azuis. Eu realmente babo por olhos azuis. Na verdade, há um tipo de azul que tem um toque de verde, quase como se pudesse mudar de acordo com o humor — reflito. — São bastante raros, mas é a cor que eu mais gosto.

— Algo mais? — ela ousa perguntar.

— Curvas. Gosto de mulher com curvas. Não magra demais. Talvez com cerca de um metro e sessenta. — Esfrego o queixo como se estivesse ponderando sobre a descrição da mulher perfeita, embora tudo que eu tenha que fazer é olhar para frente e esquecer de todo o resto.

— Não um metro e sessenta e cinco? Tem certeza?

— Certeza. Sou muito específico com relação à altura.

— Vou tentar lembrar disso. Algo mais?

— Hum... — Finjo pensar duas vezes antes de jogar meu último requisito. — Ela tem que gostar de massagem nos pés.

— Massagem nos pés?

— Sim. Eu gosto de começar pelos pés.

Lily engole em seco, tentando fingir que não a estou afetando, mas sei que estou.

— Começar?

Concordo lentamente com a cabeça.

— Gosto de fazer as coisas sem pressa. Tirar a tensão dos pés antes de subir pelas pernas. A panturrilha. A parte interna das coxas. A...

Lily pula do sofá abruptamente.

— Melhor eu verificar suas roupas. Elas estavam bastante molhadas. Talvez um ciclo não seja suficiente.

Sorrio ao vê-la se afastar, e não apenas por causa da visão. Vê-la toda atrapalhada por causa do que eu disse, do que eu disse que gostava, me dá esperança de que talvez eu tenha uma chance.

Um pouco depois, estamos de volta ao sofá, e sei que minhas roupas já devem estar quase secas. Estamos à vontade, por isso, tento sondar qual é o lance dela com Caden.

— Então, Caden parece bastante protetor em relação a você.

Lily força um sorriso, embora a menção a Caden definitivamente mude seu humor.

— Isso ele é. — Seu tom me diz que isso não é algo que a deixa feliz.

Fico quieto por um momento, tentando pensar numa tática de fazer a pergunta, mas às vezes ser direto é a maneira mais rápida de se conseguir chegar onde você quer e causa menos resistência.

— Vocês estão juntos? — Olho-a nos olhos quando vou direto ao ponto.

— Não. Não mais.

— Mas estavam?

— Sim, estávamos. — Ela respira fundo e então acrescenta: — É complicado.

— Então vocês não estão dormindo juntos?

— Não! — ela responde, chocada de eu ter feito tal pergunta. Mas não há a menor possibilidade de eu dividir uma mulher como a Lily.

— Então, não é complicado.

— Você não... — O alarme da secadora interrompe nossa conversa e Lily fica ansiosa para escapar. Um minuto depois, ela traz minhas roupas.

— Estão secas — diz, e acho que ouço uma pontada de desapontamento em sua voz. Eu me troco no banheiro, colocando minha calça aquecida, mas me dou conta de que ela me deu uma de suas blusas, ao invés da minha.

— Acho que isso não vai caber em mim. — Saio do banheiro sem camisa, segurando a blusa dela.

Lily se vira. Sem responder com palavras, vejo quando seus olhos descem do rosto para meu corpo. Engolindo com dificuldade, seus olhos vagarosamente traçam o meu comprimento, parando na altura do meu jeans desabotoado. Seus lábios se abrem e, com um olhar lascivo, ouço um leve suspiro que me faz perder a pequena resolução que eu tinha de ser cavalheiro.

— Ah, foda-se! — rosno, dando dois passos largos até alcançá-la rapidamente, encontrando todas as emoções em seus olhos que há dentro de mim. Luxúria. Necessidade. Fome sexual. Uma fome tão intensa que me consome.

Faço com que andemos dois passos até que as costas dela estejam contra a parede, e, então, me abaixo e a levanto facilmente. Prendo o corpo dela entre o meu e a parede, envolvo suas pernas na minha cintura e afundo o rosto em seu pescoço, inspirando profundamente para sentir seu perfume.

Com excitação pulsando selvagemente nas veias, afasto a cabeça e empurro os quadris mais profundamente em suas pernas abertas, para que ela possa sentir como está me afetando e eu possa reivindicar sua boca em um beijo.

Um gemido baixo escapa de sua boca quando paramos para respirar, os dois ofegantes, nossos peitos subindo e descendo no ritmo, pressionados firmemente um contra o outro.

— Deus, eu amo esse som — rosno, selando minha boca de volta na dela antes mesmo de termos recuperado o fôlego.

O gosto dela é maravilhoso. Como alguém pode ter um gosto tão bom? Doce e viciante, como uma droga que você sabe que não deve experimentar uma primeira vez, porque não poderá voltar a ser quem era antes. Você precisa dela. Deseja. Implora por ela.

Descendo a boca para o seu pescoço, lambo e sugo, abrindo caminho para a orelha, onde mordo o lóbulo macio. Ouço a mudança em sua respiração e entendo que ela gosta que minha língua explore cada pedacinho que consegue alcançar. Mas não é o suficiente. Preciso de mais.

— Jesus, o que vou fazer com você? — gemo.

Escorrego uma mão para trás de sua cabeça e a outra sustenta o peso dela na curva da bunda. Desencosto-a da parede e a carrego para o sofá. Gentilmente, eu a deito, colocando suas costas no couro macio e me deito sobre ela. Seus grandes olhos azul-esverdeados olham para mim com um desejo contido, mas há algo mais ali. Algo que me interrompe, não importa quão desejoso eu esteja.

— Você está bem, Anjo? — pergunto. Minha voz sai rouca, e me esforço para me controlar.

Ela hesita.

— Eu... eu não deveria.

Essas simples palavras são como se alguém tivesse jogado um balde de água fria na minha cabeça. *Merda*. Eu me levanto, passo as mãos pelo cabelo, frustrado, enquanto o puxo forte. Por que diabos eu tinha que arruinar o momento parando para falar, quando estávamos indo tão bem sem conversas?

— Desculpe — Lily diz em uma voz tímida, sentando-se e puxando os joelhos até a altura do peito.

— Não se desculpe. A culpa é minha. Tenho que ir embora.

Viro as costas para ela, pego a camisa de Reed, em vez de esperar que ela vá pegar a minha da secadora, e me encaminho para a porta. Visto-a rapidamente, pego meus sapatos e saio do apartamento sem olhar para trás.

Repasso os últimos vinte minutos na cabeça sem parar enquanto desço os quatro lances de escada até o *lobby*. *Eu não deveria*, ela disse, e não "eu não quero".

Dou meia-volta e começo a subir a escada de dois em dois degraus.

Treze
Lily

Qual é o problema comigo? Eu sequer me lembro de desejar tanto algo antes, mesmo assim o coloco porta afora. E por quê? Por causa de uma má experiência em me envolver com alguém, ou melhor, em me envolver com Caden? Por que me sinto mal em terminar com um homem por quem não estou apaixonada? Um homem a quem nunca desejei, como desejo Jax. Durante quase um ano, perambulei com um vazio que nunca achei que seria completado. E então chega um homem que me faz sentir mais viva do que jamais senti, e o que eu faço? Afasto-o como uma idiota.

Pego o celular para ligar para Reed, como sempre faço quando tenho um problema. Mas, quando estou digitando seu número, me dou conta de que sei o que ele vai me dizer. Que se dane. Penso nas consequências amanhã. Escancaro a porta do meu apartamento, sem me importar em colocar os sapatos, e corro na direção da escada, na esperança de que não seja tarde demais. Quando vou abrir a porta pesada que conduz à escada, ela se abre repentinamente e eu encontro os lindos olhos azuis olhando para mim.

— Aonde você vai? — ele pergunta, seu peito subindo e descendo como se tivesse acabado de subir correndo os quatro lances de escada.

— Buscar você — sussurro.

Jax dá um passo para mais perto de mim, segura meu queixo e percorre saudosamente meu lábio inferior com o polegar, antes de levantar minha cabeça para que meus olhos encontrem os seus.

— Você disse que não deveria. Não disse que não queria. — Ele esquadrinha meus olhos, esperando por algo, embora eu não saiba o que mais ele precisa. Eu vim atrás dele.

— Diga — Jax exige, baixando o rosto para que fiquemos olho no olho. — Diga que você me quer tanto quanto eu te quero. Não me importo nem um pouco com o que você deveria ou não fazer. Só preciso ouvir você dizer. Diga que me quer.

— Sim. — Solto o ar e me sinto aliviada por dizer essas palavras.

— Diga, então — Jax pede com mais firmeza, dando mais um passo em minha direção. Estamos praticamente nos tocando, mas não é o suficiente. Eu o quero contra mim, seu corpo duro contra o meu de novo.

— Eu quero você — guincho e sai como um pouco mais do que um sussurro.

— De novo. Mais alto.

Jax envolve minha cintura com um braço, puxando-me para mais perto dele. A outra mão dá suporte à minha cabeça. Enlaçando seus dedos em meu cabelo, ele inclina minha cabeça. Não dói, mas sinto a força de suas mãos e isso me chama a atenção, forçando-me a olhar para cima... e talvez até faça com que eu fique ainda mais molhada entre as pernas. Olho para ele. Ele espera pacientemente. Ele quer que eu diga olhando-o nos olhos.

— Eu quero você — digo mais alto, com mais força, com mais significado.

Um sorriso perverso surge em seu rosto, e isso diz tudo. Ele me ergue e nossas bocas colidem com uma necessidade tão intensa que sequer me dou conta de que ele nos levou de volta ao meu apartamento. Só quando a porta se fecha e minhas costas encostam nela é que percebo.

Uma de suas grandes mãos segura meus pulsos e os puxa acima da minha cabeça. Isso faz com que eu me sinta pequena e vulnerável, mas, em vez de me assustar, me excita. Eu quero que ele me coma. E nem me importo que seja aqui na parede. Meu corpo inteiro grita de desejo.

Inclinando-se, acho que ele vai me beijar, mas, em vez disso, enterra o rosto no meu pescoço. A sensação de sua respiração cálida na minha orelha eleva minha necessidade a um nível insuportável. Minhas mãos estão firmes acima da minha cabeça, de modo que não tenho como tocá-lo, não tenho como agarrá-lo para puxar sua boca para onde mais preciso, então faço a única coisa que consigo para forçar mais contato: arqueio as costas e empurro meu corpo com força na direção dele até que estejamos pressionados um no outro. Mas não é suficiente. Eu ainda preciso de mais.

— Por favor — digo quase suplicando. Preciso senti-lo novamente contra mim, saber que ele está de fato aqui novamente. — Me beija — gemo, enquanto ele mordisca do meu pescoço até a fina pele do ombro.

Ele joga a cabeça para trás. Sua voz não é mais do que um sussurro áspero, um delicioso contorcer da sua boca pecaminosa:

— Ah, eu vou te beijar, Anjo. Cada parte sua. Da ponta dos dedos dos pés ao topo da cabeça. Vou enterrar minha boca tão profundamente dentro de você que você vai me implorar para *parar* de te beijar.

De alguma forma, registro Jax me elevar e carregar, mas estou ocupada demais concentrada na forma como ele chupa a minha língua dentro de sua boca e me beija com mais paixão do que eu jamais fui beijada.

Ele me coloca deitada na cama e fica de pé, olhando para mim com fome nos olhos, o que provoca arrepios na minha pele, mesmo que ele ainda não tenha me tocado.

Eu lhe ofereço a mão, pois o quero perto de mim, mas ele ri provocativamente e nega com a cabeça. Seu olhar é quase predatório. Ele se inclina para baixo, o rosto na altura dos meus seios, e abaixa a parte de cima da minha blusa, revelando meus mamilos protuberantes e desejosos.

— Saber que você estava sem sutiã estava me matando — ele sibila, e então, sem aviso prévio, afunda o rosto, sugando profundamente um mamilo enquanto olha para mim... observando minha reação. Sua língua contorna as nervuras do mamilo antes de ele o morder, e eu ofego com a dor inesperada. Embora seja o tipo de dor boa, ele rapidamente me enche de beijos para fazer com que eu me sinta melhor.

Depois de tirar minha blusa para ter melhor acesso, ele foca sua atenção no outro seio. Novamente, sua língua circula gentilmente, despertando cada nervo, deixando meu corpo em estado de alerta antes de me morder com força, o suficiente para me fazer ofegar.

Minhas unhas afundam em seus ombros e tento puxá-lo para cima, mas é em vão. Em todo caso, não era bem para cima. Com uma velocidade irritantemente devagar, ele beija e mordisca o caminho de volta aos meus seios, centímetro por centímetro, não deixando nenhum pedaço de pele intocado enquanto se encaminha para a beirada da cama.

Caindo de joelhos, ele me observa. Seus olhos azuis cativantes me queimam enquanto ele me puxa até que minha bunda esteja na beirada da cama. Então tira minha calça com apenas um movimento, deixando-me deitada ali apenas de calcinha preta de renda.

Ele acaricia com as pontas dos dedos a borda da renda antes de deslizar a mão para baixo. Seu polegar passa suavemente por cima do meu clitóris, mas é o suficiente para me fazer arquejar com o simples toque e fazer com que meu corpo lateje por ele. A tensão dentro de mim cresce ainda mais quando ele desliza um dedo dentro de mim, encontrando-me já molhada.

— Você está tão molhadinha pra mim — ele murmura em aprovação.

Ele desliza um segundo dedo, enfiando e retirando num ritmo constante, devagar e sem pressa. Ele foca em meus olhos e observa como meu corpo reage a cada um dos seus toques. Vê-lo tão interessado em ler as reações do meu corpo contribui para aumentar a intensidade do que estou sentindo. Eu não sabia quão incrivelmente sexy podia ser um homem estar tão concentrado em dar prazer a uma mulher. Dar prazer a *mim*.

Ele aumenta a velocidade e sinto meu corpo se elevar a cada doce estimulação. Mas eu o quero comigo. Quero-o dentro de mim quando eu gozar, quero que ele caia sem forças quando eu me jogar do topo da montanha para a qual ele me trouxe.

— Por favor, Jax. — Tomo fôlego, tentando alcançar seus ombros e trazê-lo para mim.

— Shh... mais tarde, prometo. — Um sorrisinho safado surge em seu rosto. — Estou apenas começando.

Ele coloca o polegar no meu clitóris e o esfrega suavemente em círculos enquanto continua a enfiar dois dedos em mim. Eles deslizam para dentro e para fora rápido e firmemente, para dentro e para fora. Estou quase lá... caindo pelo túnel que conduz direto à euforia.

— Preciso te ver gozar, sentir sua bocetinha melada apertando meus dedos. Deixe acontecer, Anjo. Mal posso esperar por vê-la gozar e lamber cada gota sua. — As palavras dele são suficientes para me fazer espiralar além do limite, e meu corpo começa a convulsionar, apertando seus dedos quando alcanço o clímax. Entre o instinto natural de fechar os olhos e me entregar e a intimidade daquele momento, luto para conseguir sustentar seu olhar. Consigo, porque é a única coisa que eu posso dar a ele nesse instante, e os olhos dele brilham de satisfação enquanto me observa alcançar o lugar para onde ele me levou.

Ainda me recuperando, sinto-me numa neblina. Ele retira minha calcinha, agora totalmente molhada, e levanta uma das minhas pernas e começa a beijar do meu tornozelo até a coxa. Devagar, ele levanta e cultua minha outra perna, mas, dessa vez, coloca as duas em seus ombros.

A primeira lambida de sua língua quente provoca um inesperado estremecimento que percorre meu corpo. Eu gemo, e uma sensação de êxtase toma conta de mim, dividido entre a força do meu orgasmo alguns minutos atrás e a sensação de sua língua lambendo de forma esfomeada meus fluidos, quase como uma necessidade, fazendo minhas emoções me consumirem.

Meu corpo arqueia para fora da cama, avidamente desejando mais. E ele me proporciona isso, generosamente, com sua língua entrando fundo em mim, lambendo e sugando, bebendo tudo o que meu corpo está liberando como se ele precisasse disso para sobreviver.

Minha respiração acelera e um gemido gutural conduz a outro. Meu corpo começa a tremer sob sua boca. Agarro e puxo os cabelos dele quando meu orgasmo me invade como uma maré cheia e me condiciona sob sua fúria até que eu tenha que lutar para respirar.

Estou em uma névoa de euforia, mas percebo a movimentação ao meu redor, embora meu cérebro não consiga registrar o que está acontecendo até que ouço o rasgar de algo e sinto o roçar da grossa ereção de Jax esperando pacientemente perto da minha abertura.

Jax paira sobre mim hesitante, um braço segurando todo o seu peso enquanto com a outra mão afasta meu cabelo do rosto, com um toque suave.

— Você está bem, Anjo? — ele pergunta, com uma preocupação genuína na voz, muito embora seja eu quem deveria perguntar se ele está bem, depois da maratona que me proporcionou.

Concordo com a cabeça e ofereço um sorriso meio abobalhado, que aparentemente ele acha divertido. Sem pressa, ele beija gentilmente cada pedacinho dos meus lábios, sua língua entrando para se misturar com a minha vagarosamente. Seu sorriso ainda está lá quando ele joga a cabeça para trás para me olhar nos olhos. Levanto a pélvis brevemente, debaixo do peso dele, desejando silenciosamente que ele me possua. Ele sabe o que eu quero e vejo quando seu olhar muda de brincalhão para sedento, cheio de puro desejo.

— Você quer meu pau dentro de você? — ele sussurra.

Digo que sim com a cabeça novamente. Minha sede por este homem mal fora saciada, mesmo depois do que ele acabara de fazer comigo. Ele mantém os olhos nos meus e, com um forte avançar de seus quadris, finalmente afunda lentamente em mim. Ele é grande. E grosso. Nunca o vi pelado antes e não sei o que esperar.

Mas qualquer que fosse a minha expectativa, a realidade manda a fantasia embora. Meticulosamente devagar, ele entra em mim pouco a pouco, alargando-me sem pressa, como se soubesse que precisa levar o seu tempo, até que finalmente sua base encosta em mim.

É como estar no paraíso. Mais do que ele dentro de mim, sinto-me preenchida por ele, possuída completamente e totalmente conectada. Como se tivéssemos nos isolado do mundo e apenas nós existíssemos. Juntos, como uma só pessoa.

Ele leva o tempo que precisa, dando-me chance de me ajustar à sua grande circunferência antes de começar a se mexer. Com nossos dedos entrelaçados, ele começa a conduzir nosso ritmo. No início, é lento e gentil. Envolvo as pernas em sua cintura, o que o permite enterrar-se ainda mais fundo. Sussurro seu nome e Jax responde com um som que eu só posso descrever como um rosnado. Em seguida, o devagar e constante vai embora e Jax enfia em mim rápido e com força, estocando implacavelmente até que meu aperto furioso em suas costas enfraquece e nós dois gozamos com um gemido feroz que ele silencia com um beijo.

Não me lembro de adormecer, mas acordo completamente emaranhada em Jax, nossos braços e pernas envoltos fortemente colados um no outro. Minha cabeça está em seu peito. Olho para cima esperando encontrá-lo ainda dormindo, mas ele já está acordado.

— Bom dia — ele diz numa rouca e grave voz matutina, que é sexy pra caramba.

— Bom dia. — Sorrio para ele e me aconchego um pouco mais. É tão bom! Tão certo! Fiquei meses com o Caden e nunca quis ficar o dia inteiro na cama. Ficar abraçadinho nunca foi minha praia... até agora.

— Há quanto tempo você está acordado? — pergunto.

Jax acaricia meu cabelo. Seu toque acalma mais do que a minha recém-desperta cabeça.

— Não sei. Uma hora, talvez.

— Você tem que ir a algum lugar? — pergunto, intimamente torcendo para que ele diga não.

— Não. E você?

— É minha folga na academia. O gerente da outra filial vem me cobrir hoje. — Faço uma pausa. — Embora eu tenha que esboçar algo em algum momento do dia. Estou um pouco atrasada por causa de todas as horas extras que estou fazendo enquanto Joe está viajando.

Sem que eu perceba, Jax me vira de costas e tira o lençol que me cobre, colocando um dos meus mamilos na boca.

— Você pode me desenhar.

— Posso, não posso? — provoco, fingindo que ele é arrogante e que na verdade não quero desenhá-lo, embora não há nada que eu queira mais do que traçar seu maxilar em um papel desde a primeira vez que coloquei meus olhos nele.

— Aham. — Ele sorri, mudando sua atenção para meu outro mamilo e me mordendo até que eu grite. — Pelado.

— E se eu não quiser desenhá-lo pelado?

— Então você pode fazer outras coisas comigo pelado. — Ele balança as sobrancelhas de modo brincalhão.

— Hum... escolha difícil. Eu realmente gosto de desenhar. Que outras coisas você tem em mente? Preciso que seja um pouco mais específico para que eu possa decidir — provoco.

— Vejamos... meu pau tem tantas ideias... — Ele desliza dois dedos dentro de mim.

Eu ofego.

— Posso deixar para desenhar mais tarde.

— Boa escolha, Anjo.

Se sexo matinal fosse sempre assim como o que acabamos de fazer, ficaria ansiosa por ir dormir todas as noites, só para acordar de manhã. Sentado na minha cozinha usando só a cueca boxer preta justa, Jax me faz companhia enquanto faço panquecas.

— Posso te perguntar uma coisa?

— Dezesseis — Jax responde, sem ouvir minha pergunta.

— Dezesseis o quê? — Quase tenho medo de perguntar.

— Esta é a resposta para a sua pergunta.

— Mas eu não fiz a pergunta ainda.

— Ah. Achei que você fosse perguntar quantas vezes eu posso transar com você em um único dia. — Jax ri enquanto fala.

— Espertinho... peraí, o quê? Dezesseis?

— Você acha que estou exagerando?

— Claro.

Ele se aproxima do meu prato e pega um pedaço da minha panqueca, levando-a aos lábios, mas não consegue colocá-la toda na boca.

— Só há uma maneira de saber.

— Deixe-me adivinhar: vamos tentar? — Reviro os olhos, brincando.

— Exatamente! — Ele me recompensa com um sorriso cheio de covinhas.

Meu celular vibra no balcão próximo à mesa. É a terceira vez em uma hora. Tenho quase certeza de que é Caden, mas o pego mesmo assim só para checar. Aperto o botão REJEITAR e o coloco novamente no balcão.

Quase imediatamente, o telefone de Jax começa a tocar.

O SEDUTOR 125

— Acho que somos bastante populares.

Ele pega o celular, vê o nome do pai na tela e aperta REJEITAR com um trincar de maxilar.

— Então, qual é a pergunta?

Ele tenta voltar à nossa brincadeira, embora eu perceba que o nome no visor tenha mudado seu humor.

— Por que você não luta profissionalmente? Marco disse que você é muito bom.

Jax levanta uma sobrancelha e um sorriso juvenil de satisfação levanta o canto de seu lábio enquanto fala:

— Andou perguntando sobre mim, é? — Ele engarfa mais um pedaço de panqueca do meu prato.

Claro que andei perguntando, mas não esperava que ele soubesse disso. Este homem viu cada parte do meu corpo. Porra, ele lambeu, chupou e mordeu a maior parte dele... Era de se esperar que eu tivesse superado a fase da vergonha, mas, mesmo assim, sinto minhas bochechas arderem por ter sido flagrada por bisbilhotar um pouco... perguntar sobre ele.

Na tentativa de evitar a pergunta, me direciono ao prato dele e pego uma panqueca com o meu garfo, mergulhando-a na calda vagarosamente. Um rubor toma conta do meu rosto. Seus olhos nunca deixam os meus; ele me observa com intensidade. Trago o garfo para a boca e tento desviar o assunto.

— Você está evitando a minha pergunta, Jackson Knight?

— Talvez. — Seu rosto fica sério. — Acho que eu gostaria de ter uma razão melhor para te dizer. — Ele para, pensando sobre algo antes de continuar. — Eu gostaria de ter uma razão melhor até pra mim.

— Tenho certeza de que o quer que tenha decidido, você teve uma boa razão na época. Às vezes, as coisas que escolhemos fazer têm o maior sentido em um momento... mas, depois, olhando para trás, não conseguimos imaginar no que estávamos pensando.

Jax examina cuidadosamente meus olhos.

— Acho que você está certa.

— Geralmente estou — provoco, tentando suavizar o clima.

— Bom, eu poderia ter escutado você dez anos atrás, quando decidi seguir as escolhas de carreira que o meu pai tinha para mim, em vez de seguir o que eu queria.

— É por isso que você não luta? Não queria desapontar seu pai?

A expressão de Jax fica tensa.

— Não foi o meu melhor momento.

— Na verdade, acho bem honrado que você tenha seguido a sugestão dele.

— Na época, eu achava que ele era uma pessoa honrada.

Sempre soube quão sortuda eu era por ter o pai que tive. Entristece-me saber que o pai do Jax o tenha desapontado quando ele se espelhava tanto nele. Tento lhe oferecer algum conforto:

— Pais também são humanos. Às vezes, eles tomam decisões erradas.

Levantando, Jax parece ansioso para mudar de assunto, mas não antes de dizer seu pensamento final.

— E às vezes eles são más pessoas.

Lavamos a louça juntos em relativo silêncio. Porém, o silêncio não é tão confortável quanto era mais cedo. Parece que ele construiu um muro e eu fiquei do outro lado. A conversa recente ainda está claramente pesando nos ombros dele.

— Vou tomar uma ducha rápida.

Jax concorda com a cabeça.

O calor da água ajuda a acalmar meus músculos doloridos. Já fazia tempo que eu não usava alguns deles. Fecho os olhos e sorrio com as memórias da noite passada sendo repetidas na minha cabeça. O sexo com Caden, mesmo no começo, quando as coisas ainda eram boas, nunca foi como foi com o Jax ontem. Era apenas sexo. Uma atividade. Um alívio mútuo que eu gostava na época, mas nunca tivemos uma conexão para elevar a coisa de fazer sexo para fazer amor. Ontem à noite pareceu mais como se eu estivesse fazendo amor, uma sensação maior do que jamais vivenciei em toda a minha vida. Eu não entreguei só o meu corpo ao Jax... foi mais do que isso. Eu o deixei entrar, lhe dei um pedaço de mim. Talvez um pedaço que eu nunca mais recupere.

Quando fico suficientemente enrugada, enrolo uma toalha no corpo e abro a porta do banheiro, que leva ao meu quarto, e encontro Jax deitado na minha cama. O lençol o cobre até a cintura e a visão do seu dorso sem camisa é suficiente para trazer o meu corpo recém-relaxado pelo banho de volta à vida.

— Oi — Jax diz suavemente.

— Oi. — Sorrio e caminho até a cômoda para pegar uma muda de roupa.

— Vem cá. — A voz dele é baixa, mas seu tom faz essas duas palavrinhas soarem mais como uma exigência do que um pedido, e isso mexe com alguma coisa dentro de mim.

Ainda enrolada na toalha, sento-me na beirada da cama, próxima a ele.

— Me desculpe.

— Pelo quê? Você não fez nada.

Jax retira alguns fios molhados do meu cabelo do rosto.

— Eu me fechei quando você estava só querendo me conhecer melhor.

Sorrio, gostando de saber que ele refletiu sobre a nossa conversa e sua capacidade de reconhecer o que fez. É sinal de maturidade, algo com o qual não estou acostumada nos homens com quem namorei.

— Obrigada. — Sorrio.

Jax acena. Ele cruza os braços atrás da cabeça e se apoia vagarosamente na cabeceira.

— Tive uma epifania enquanto você estava no banho.

— Uma epifania, é? — Arqueio uma sobrancelha. Meu banho parece ter lavado algo para nós dois.

— Sim. Estou virando para uma nova página. De agora em diante, não vou esconder o que eu quero. Não vou mais me preocupar com minha família, com a imprensa, com os reflexos que minhas atitudes possam ter no precioso legado dos Knight. Deixe-os tirar fotos. Eu sei quem *eu* sou.

— Isso parece ótimo! — digo, porque realmente parece. E ele faz com que também pareça fácil.

Jax se inclina para frente e me puxa de volta para a cama. Em seguida, me coloca em seu colo.

— O que você está fazendo? — Eu rio.

— Começando com o primeiro item dos meus interesses — ele responde, tocando a parte de cima da minha toalha até desfazer o nó que a prende, fazendo com que ela se abra.

Sentada completamente nua em seu colo, começo a me contorcer, e Jax esfrega as mãos nas laterais dos meus braços. Arrepios tomam conta da minha pele.

— E seu primeiro item de interesse é...

— Ver você me cavalgar. — Seus braços apertam em volta da minha cintura. Ele literalmente come com os olhos o meu corpo ainda úmido, agora completamente exposto diante dele, enquanto o sol da manhã brilha através da janela próxima.

A epifania de Jax pode fazer com que eu caminhe um pouco engraçado amanhã. Mas vou me preocupar com isso depois.

CATORZE
Jax

Paz. É isso o que sinto quando acordo no fim da tarde. Não me lembro da última vez que cochilei durante o dia, mas me faz sentir bem pra caralho, embora provavelmente tenha algo a ver com o lindo anjo que está agarrado em mim, com a cabeça tão pertinho e a bochecha pressionada acima do meu coração. Ouço o som de sua respiração tranquila. Observo a respiração cadenciada e a boca se contrair de leve de vez em quando, como se o que quer que estivesse em seus sonhos a fizesse feliz. Não consigo evitar sorrir toda vez que isso acontece. De alguma forma, ver a felicidade dela se torna o suficiente para trazer de volta a minha.

Na mesinha de cabeceira, seu celular vibra novamente. O som a faz sussurrar enquanto dorme. Alguns minutos mais tarde, volta a tocar, e, dessa vez, ela levanta a cabeça. Pego o celular dela e olho. Porra de Caden! Qualquer paz que eu estivesse curtindo é rapidamente substituída por uma onda de outras emoções: raiva, ciúmes, até mesmo um pouco de mágoa, embora ela não tenha feito nada para que eu me sinta dessa forma.

— É o seu ou o meu? — ela sussurra com a voz cheia de sono.

— O seu. — Sem intenção, a palavra sai um pouco entrecortada.

Ela levanta o braço, achando que vou lhe entregar o aparelho, mas não entrego. Ao contrário, aperto REJEITAR e o coloco de volta na mesinha de cabeceira.

Olhando para mim, suas sobrancelhas se juntam, refletindo uma confusão inicial, mas, depois, uma expressão de compreensão a substitui rapidamente.

— Caden? — ela pergunta baixinho.

Nunca fui do tipo ciumento, mas até ouvi-la pronunciar o nome dele invoca um sentimento confuso dentro de mim. Tenho que me forçar para não tentar imaginar se ele já esteve nesta cama, deitado como eu estou neste momento.

— Qual é o lance com esse cara?

Lily ergue o olhar até o meu. Ela olha dentro dos meus olhos, possivelmente buscando uma forma de responder. Mas eu apenas a encaro, aguardando pacientemente por sua resposta.

Ela fecha os olhos brevemente e, em seguida, os abre. Ela havia mencionado que era uma longa história. Não sei se quero ouvir tudo, mas preciso saber de alguma coisa. Ver o nome de outro cara aparecer repetidamente no visor do celular dela enquanto estou deitado na cama, me apaixonando por ela a cada minuto, não vai me deixar calado por muito tempo.

— Nós ficamos juntos por um tempo — ela fala sem entusiasmo.

Cerro o maxilar. Eu já sabia que tinha sido algo mais do que apenas uma noite... Ela não é esse tipo de mulher e há algum tipo de lealdade aqui, o que eu normalmente respeito, mas ter aberto os olhos recentemente me tornou mais ardiloso com relação a confundir lealdade equivocada a um homem que não a merece.

— Quando meu pai morreu, eu fiquei devastada. Caden havia se mudado para cá alguns meses antes, para treinar com um cara que Joe achou que seria uma boa ideia. Nós também o contratamos meio-expediente para ajudar na academia. Éramos amigáveis um com o outro, mas não nos conhecíamos tão bem. Mas, quando meu pai morreu, ele ficou ao meu lado. Ajudou-me a superar.

Meu abraço aperta automaticamente ao seu redor, sem eu seque pensar. Não sei ao certo se é porque ela menciona que passou por um período difícil ou se porque estou com ciúmes só de ouvir o nome daquele idiota sair dos lábios dela. As duas coisas, provavelmente.

— Ele nem sempre foi um babaca. — Seus olhos desviam dos meus enquanto pensa por um momento. Então ela encolhe os ombros e sorri quase em arrependimento. — Talvez ele fosse, e eu só não estava em posição de enxergar. — Ela para e me olha. — Ele é possessivo com relação a mim. Não entende muito bem as indiretas, embora eu continue lembrando-o educadamente de que nós terminamos. Ele também tem esse jeito de me fazer sentir culpada... lembrando-me sempre de como me ajudou quando eu estava passando por um momento difícil. — Ela perde o rumo por um momento, pensando. — Às vezes, acho que eu o deixo me forçar a fazer coisas.

Uma queimação no meu estômago surge e sobe para o meu rosto.

— Que tipo de coisas? — pergunto, porque preciso saber, mas não tenho certeza se quero ouvir a resposta.

Ela balança a cabeça e o rosto fica pálido.

— Ah, meu Deus. Não, não é o que você está pensando. — Alívio me invade. — Eu nem sei se ele faz de propósito, mas fica me lembrando de tudo que fez por mim e isso faz com que eu me sinta mal.

— É de propósito, acredite em mim. — Tudo me parece muito familiar. Manipulador do caralho. Por que quem é manipulado nunca consegue enxergar até que seja tarde demais? — Quando vocês terminaram?

Ela morde o lábio inferior. Merda. Você só pode estar brincando. Meu estômago se contorce quando ela desvia o olhar com vergonha.

— Lily? — Ansiedade com um pouco de raiva enlaça a minha voz. Ela olha para mim. — Você ainda transa com ele?

— Não! — Lily me olha com um pouco de raiva. — Eu não estaria aqui com você se ainda estivesse transando com ele! — Ela está com raiva por eu tê-la considerado tão baixa. Não a culpo. Porra, mas que diabos? Ela não conseguiu responder quando eles terminaram. Ela tenta se afastar de mim, querendo ir para o outro lado da cama, mas eu a puxo de volta.

— Desculpe. É só que... você não me respondeu quando

perguntei há quanto tempo terminaram. — Não gosto de falar para as costas dela. Em vez de puxá-la de volta para onde ela estava deitada, gentilmente a guio para que eu possa ver seus olhos enquanto conversamos. Seu rosto ainda reflete raiva. — Desculpe — falo pausadamente, olhando diretamente em seus olhos e com a voz cheia de sinceridade. Seu rosto se enternece um pouco. — É só que... eu gosto de você. Bastante. A ideia de você com outro homem... — Meu maxilar fica rígido e a voz some.

Ela percebe que estou sendo sincero e levanta a mão para tocar meu rosto.

— Tudo bem. Acho que eu poderia ter explicado melhor. — Ela pausa. — Terminei com ele dois meses atrás, mas me senti mal e meio que concordei em talvez repensar o assunto no futuro. — Tentar esconder minha reação não é fácil, mas consigo algo próximo do aceitável e a espero continuar. — Eu sabia que tínhamos acabado, e não ia de fato repensar o assunto, mas ele foi muito persistente. Ele é sobrinho do Joe, trabalha na minha empresa e o vejo quase todos os dias na academia. Só agora é que me dou conta de que foi uma maneira covarde de lidar com as coisas, mas ele cedeu um pouco quando eu disse isso. Imaginei que ele fosse seguir em frente quando se desse conta de que eu não estava repensando o assunto coisa nenhuma. — Ela faz uma pausa. — Como eu disse, ele esteve ao meu lado quando mais precisei. — Ela franze o cenho. — Agora, ele tem uma grande luta se aproximando. Acho que está nervoso com relação a isso, muito embora ande por aí como um cretino pomposo, cheio de confiança. Algumas semanas atrás, falei para ele que estaria lá no dia. Mas como amiga.

— Acho que ele não entendeu a deixa muito bem.

Lily tenta sorrir, mas é breve, quando se dá conta da realidade. É o tipo de sorriso que parece estar em seu rosto com frequência quando nós estamos juntos, exceto quando o babaca nos interrompe.

— Não, ele não entendeu. Nós não estamos juntos, juntos... — A voz dela cai para aquele jeito de tentar explicar que a palavra "juntos" significa "transando", e é fofo que ela não o diga. — Há meses. Mas até outro dia, quando veio se despedir, ele tentou me beijar como se fosse mais do que um amigo.

Como se aquilo fosse uma deixa, o celular dela volta a vibrar. Mesmo estando nesse modo, ele salta contra a madeira da mesinha de cabeceira como se fosse um pequeno tambor rufando ansiosamente, sinalizando o nome que pisca.

— Acho que ele precisa de um lembrete de que acabou — digo, pegando o celular. Estou prestes a atender quando Lily grita para mim.

— Não! — Eu paro. Meus dedos congelam sobre os botões. — Vou conversar com ele de novo.

— Parece que você já tentou. Talvez dizer a ele que você seguiu em frente o ajude a fazer o mesmo.

— Ele tem uns probleminhas com relação à raiva e *isso* definitivamente não seria bom.

— Eu realmente não dou a mínima para quaisquer "probleminhas" que ele tenha. Os telefonemas e o comportamento dele estão quase beirando o limite de um perseguidor. Ele não está ouvindo o que você está dizendo.

— A culpa é minha.

— Você disse a ele que não queria mais vê-lo e parou de dormir com ele?

— Sim.

— Então ele a ouviu. Apenas não está aceitando o que você está dizendo. Acho que ele precisa que outra pessoa lhe explique isso. — O celular ainda está vibrando na minha mão.

— Vou conversar quando ele voltar.

— Que tal se falarmos juntos? — ofereço uma alternativa.

— Isso definitivamente se transformaria numa luta física. Eu prefiro que as coisas não cheguem a esse ponto. Vou conversar com ele.

— Não estou preocupado que se transforme numa luta física. — Talvez eu pudesse até gostar disso. Já não gostei do babaca desde o momento que o conheci, mesmo antes de saber que ele estava fazendo joguinhos com a Lily.

— Eu não disse que você estava. — Ela pega o celular da minha mão e aperta a opção REJEITAR. — Mas preferiria que eu e Caden não terminássemos dessa forma. Nossas famílias são próximas há anos. O Joe é a minha família. — Ela olha para mim e sorri docemente. — E não quero que você e eu comecemos desse jeito também.

Relutantemente, concordo. Embora algo me diga que não há como evitar um confronto com esse babaca em algum ponto nessa história.

QUINZE
Lily

Ontem à noite, cinco minutos depois que eu e Jax conversamos sobre a minha necessidade de ter de uma nova conversa com Caden, meu celular voltou a pular e a vibrar novamente. Desliguei o aparelho. Um sorriso de satisfação tomou conta do rosto de Jax e ele se juntou a mim, dando um passo além e desligando da tomada o telefone da minha casa, após desligar seu próprio celular. Não que alguém me ligue no telefone fixo... Eu nem sei por que ainda tenho essa coisa, mas Caden com certeza tentaria uma nova forma de contato após algumas horas caindo na caixa postal do meu celular.

Já estamos juntos há quase dois dias e passamos metade do tempo explorando o corpo um do outro. Toda vez que começávamos, a mesma paixão que nos consumia só parava quando a exaustão nos atingia, com os dois saciados e caindo num sono abençoado. Na noite passada, após termos pedido comida chinesa, nos deitamos entrelaçados por horas e assistimos filmes antigos, comendo a refeição um do outro. De uma maneira esquisita, isso me pareceu natural, confortável e inexplicavelmente certo.

Depois de desligar a TV em algum momento após as duas da manhã, ficamos conversando até o sol nascer. Quanto mais conheço Jackson Knight, mais descubro que gosto dele. Ele é inteligente, atencioso e tem boas maneiras. Bom, boas maneiras do tipo que abre a porta para mim ou puxa a cadeira para eu sentar. Definitivamente, esse homem se transforma quando a porta do quarto fecha. O *por favor* se transforma em *"Mantenha as mãos onde eu as coloquei"* e o *obrigado* vira *"De joelhos agora, Anjo"*. Sempre ouvi falar que os homens gostam de uma dama na sala e uma puta na cama, e acredito que esta verdade não seja muito diferente para as mulheres também. Não há nada mais sexy do que um homem bem-educado quando está vestido, mas que seja um pouco homem das cavernas dentro do quarto. Infelizmente, tudo o que tive como comparação até agora foi apenas o estilo homem das cavernas. O tipo que não trata uma mulher como uma dama nunca.

Dois dias seguidos de cochilos e longos períodos no quarto quando nem é noite fizeram meu relógio interno ficar desordenado. Não faço ideia de que horas são quando acordo. Tento me desprender discretamente do abraço de Jax enquanto ainda dorme, mas ele está com um dos braços segurando fortemente a minha cintura e começa a acordar quando eu gentilmente retiro seus dedos, um a um. Decididamente, é quase impossível sair sem acordá-lo. Tento me espreguiçar ainda em seus braços, buscando alcançar meu celular na cabeceira próxima. Demora umas duas tentativas e tenho que usar a ponta dos dedos, mas consigo girar o telefone na minha direção aos poucos, até que finalmente fica ao meu alcance.

Religo meu iPhone e não fico surpresa quando o relógio mostra que é quase meio-dia, mas fico surpresa com a quantidade de mensagens de voz e de texto. Sabendo que Caden ficaria transtornado por não ter conseguido falar comigo, esperava uma dúzia de mensagens raivosas. Mas é mais do que isso... Minha caixa de mensagem de voz está completamente lotada e há sessenta e duas novas mensagens de texto. Mais de cinquenta são do Caden, e meia dúzia do Reed.

Começo com as do Reed. Desço o cursor e leio a mais antiga de todas.

> Lindo banho na fonte. NY Post - página 6.
> Fico feliz que o animal esteja viajando ou ele perderia a cabeça com certeza.

Duas horas depois:

> O Animal mandou mensagem para o meu correio de voz.
> Não sei nem como conseguiu meu número.
> Parece com raiva. Será que ele viu a foto?

Dez minutos depois:

> O Animal está voltando para casa hoje. Vai perder a cabeça com certeza.

Cinco horas depois:

> O Animal me ligou cinco vezes hoje. Ele está puto. E viu a foto.

E dez minutos depois:

> Onde você está? Por que não me responde? Me liga.

Uma hora atrás:

> Acabo de ver seu banho na TV. Uh oh.

Merda. Merda. Merda.

Ligo para Reed e tento sussurrar, mas estou em pânico.

— Sério? Estou tentando falar contigo há quase dois dias. Estou indo aí agora. Você espera até eu estar a uns três quarteirões de distância para me ligar? É melhor estar me ligando para dizer que está morta — Reed dispara antes mesmo de eu ter a chance de dizer "Alô".

— Desculpe. Desliguei meus telefones. Eu estava com o Jax.

— Então, você não falou com o Caden?

— Não.

— Você já viu a foto?

— Não tenho nem certeza do que você está falando. Que foto?

— De você. E do Jax. Na fonte. Aliás, é a Bethesda? Aquela coisa é nojenta. Você provavelmente está agora com a doença dos legionários.

— Uma foto da gente na fonte? — Eu me viro para Jax. Seus olhos estão abertos agora; minha conversa definitivamente chamou sua atenção. Ele estreita os olhos, me perguntando silenciosamente do que estou falando.

— Você parece a Natalie Portman numa versão ruim do Cisne Preto.

— Cisne *Negro*. E é a Natalie Portman em um comercial de perfume da Dior que está em uma fonte, e não no filme. — Não faço a menor ideia de por que sinto a necessidade de corrigi-lo.

— Tanto faz. O Sr. Dior vai bater na sua porta daqui a um minuto. Vocês ficam ótimos juntos. É apenas uma imagem, mas consigo visualizar você passando a mão por todo o corpo musculoso dele. Garota de sorte.

— Reed. — Eu me sento. — Quem tirou a foto?

— Como eu vou saber? Um paparazzo, acho.

— O que estamos fazendo na fonte?

— O Jax está te levantando no ar e a água da fonte está caindo na sua cabeça. Você está olhando para baixo e ele está olhando para cima. Os rostos de vocês talvez estejam a centímetros de distância... mas vocês dois estão sorridentes.

— Merda.

— Poderia ser pior.

— E como isso poderia ser pior?

— Você poderia estar feia. Mas você está linda. É uma foto ótima.

— Maravilha.

— Alguém está de mau humor. Seu cavaleiro de armadura brilhante a manteve acordada a noite inteira? Percebeu o que eu fiz? O trocadilho foi intencional.

— Reed! — eu o repreendo. Ele perdeu muito o foco de para onde quero que essa conversa se encaminhe.

— Ai, meu Deus, ele a deixou acordada! Estou a dois quarteirões de distância. Me conta os detalhes antes de eu chegar aí.

— Reed!

— Que foi? Nossa, você é chata.

— O que o Caden falou?

— Ah. Isso. — Ele soa desanimado. — Ele está meio que pirando. Viu a foto no noticiário.

— Você sabe quando ele volta?

— Hoje à noite.

Fecho os olhos. Lidar com Caden será um desastre. Ele fica com ciúmes quando um desconhecido olha de forma diferente para mim. Não quero nem pensar em como ele ficará por ter visto minha foto com outro cara no jornal.

— Ok, tenho que ir. Preciso estar no trabalho em duas horas.

— Chego aí em cinco minutos.

— Não.

— Por que não? — Reed soa descaradamente insultado.

— Porque... — Hesito. — Preciso conversar com o Jax.

— A gente pode ir visitá-lo juntos. Daí, você me conta tudo no caminho.

— O Jax está aqui. Te ligo mais tarde, ok?

Reed dá um gritinho tão alto que afasto o celular da orelha. Jax sorri com gosto e balança a cabeça, em seguida, retira o telefone da minha mão. Ouço apenas um lado da conversa.

— Reed? — Jax para e ouve antes de responder. — Você sabe quando ele chega? É. Eu também não confio nele. Não vou perdê-la de vista. Está bem. Até mais tarde.

Ele aperta um botão e me entrega o celular de volta.

— Parece que vamos ter que ter aquela conversa com o Caden mais cedo do que pensávamos.

— Jax, você não o conhece. Ele não é uma pessoa lógica.

Jax dá de ombros.

— É por isso que não vou perdê-la de vista até termos conversado com ele.

— Talvez ele não saiba que era você na foto. — Estou me agarrando a qualquer possibilidade.

— E daí? Eu conto pra ele.

Meus olhos se arregalam.

— Por que você faria isso?

Jax se levanta e coloca a calça de moletom calmamente.

— Porque eu não vou fugir dele. O que temos não é uma coisa de uma só noite para mim, Lily.

— Ele vai pirar, Jax.

Jax se inclina até seu rosto ficar na altura do meu.

— Não se preocupe. — É mais um aviso do que uma sugestão. Em seguida, ele me beija ternamente nos lábios. — Vou fazer o café. Surte por cinco minutos, se quiser. Depois, me encontre no chuveiro.

Jax se encaminha para a cozinha e faço exatamente o que ele falou. Fico sentada, entrando em pânico por cinco minutos até ele retornar com duas canecas de café fumegante para a gente.

— Já acabou?

Tomo um gole. Está exatamente como eu gosto. Por um segundo, me sinto melhor.

— Acabei o quê?

— De entrar em pânico.

— Na verdade, não? — respondo com uma pergunta em vez de uma afirmação.

Ele toma outro grande gole do café e coloca a caneca na mesinha de cabeceira.

— Beba outro gole — ele ordena antes de retirar a caneca das minhas mãos e a colocar ao lado da dele. Em seguida, me pega nos braços e o lençol que me cobre cai, revelando meu corpo nu.

— O que você vai fazer? — pergunto, sem de fato me importar com o que ele vai fazer agora que estou no calor de seus braços.

— Tomar banho.

A imprensa do lado de fora da academia quadruplicou da noite para o dia. Jax envolve o braço na minha cintura e faz o possível para me proteger dos cliques das câmeras. Não faço ideia de que horas Caden vai aparecer na academia, mas fico feliz por ele não estar lá quando chegamos.

Vou para trás da mesa da recepção e me instalo. Jax fica parado, observando-me mexer nervosamente nas coisas.

— Você vai ficar bem?

— Vou — minto, tentando ao máximo desviar os olhos, pegando uma pilha de cartas que chegaram. Mas Jax apenas espera, calmamente. Ele fica parado ali, parecendo destemido com o fato de que em breve isso tudo aqui ficará um caos total, um verdadeiro inferno. Ele aguarda até que meus olhos encontram os dele e fico imóvel enquanto ele fala:

— Vai ficar tudo bem. Ele não vai ter a oportunidade de levantar a voz, muito menos de encostar um dedo em você. Eu prometo. Confie em mim. — Ele para, seus olhos sondando os meus. — Deixe que eu cuido disso, ok?

Inacreditavelmente, eu acredito nele. De alguma forma, sei que tudo vai ficar bem, desde que ele esteja perto de mim. Sorrio. É um sorriso fraco, mas genuíno, e conquista um sorriso cheio de covinhas do Jax. Jesus! Mesmo estando preocupada e cansada após dois dias marcantes de escapadas sexuais com este homem, meu desejo não se reprime quando ele joga charme.

— Vá! — Aponto na direção da academia, dando-lhe uma ordem. — Você me distrai terrivelmente. Não tem ninguém para bater ou algo de magnata para fazer?

As sobrancelhas de Jax se levantam em surpresa, mas ele ri e vai embora, balançando a cabeça, divertindo-se.

A tarde voa. Sem mim e Joe aqui por um dia e meio, acabo levando horas para dar conta de todos os e-mails, correspondências, telefonemas e conseguir montar os horários da semana seguinte. De vez em quando, olho para cima, e meus olhos vasculham a sala à procura de Jax. Em todas as vezes ele já estava olhando para mim quando meus olhos encontram os dele. Acho que Jax deve estar em um nível mais alto de alerta do que eu. Percebi que ele ficou em um lugar estratégico para treinar e lutar esta tarde, de modo a ficar de olho em mim. Isso foi muito gentil da parte dele, muito diferente da forma como Caden mantém os olhos em mim. Com Caden, nunca foi de forma protetora ou acolhedora, mas sim possessiva, territorial. E não a forma sexy de ser possessivo que eu vi em Jax. A possessividade dele tem a ver comigo. A do Caden tem a ver com ele.

Às oito da noite, uma hora antes de fechar, meus nervos já estão me controlando totalmente e quase pulo toda vez que a porta abre. O chacoalhar dos sinos me treina como o mestre filósofo do reflexo condicionado, Pavlov, a prender a respiração de alguma forma enquanto aguardo a pessoa entrar. Tento rascunhar, mas a criatividade não se mistura bem com cansaço ou ansiedade.

Jax vem à recepção. Ele instalou um escritório improvisado no canto da pequena cozinha e eu o flagrei mais de uma vez passando os dedos pelo cabelo, parecendo estressado.

— Você está bem? Parece estressado. — É a minha vez de sondá-lo.

— Estou, apenas alguns incêndios no trabalho que tenho que apagar.

— Hum... — provoco. — Eu gosto de bombeiros.

Jax apoia um cotovelo no balcão, nivelando nossos rostos.

— Mais do que de magnatas? — ele pergunta com desafio e flerte na voz.

Estou prestes a responder quando os sinos me interrompem, trazendo-me de volta à desgraça iminente que estou encarando. Jax não parece nem um pouco afetado e sequer se mexe com o som da porta abrindo. Deixo escapar um suspiro de alívio quando vejo que é apenas um cliente noturno. O sujeito acena e vai direto para a academia.

— Você realmente tem medo dele, não é? — Jax pensa alto.

— Honestamente, não acho que ele possa me machucar. Não fisicamente. Mas há um lado dele que me assusta um pouco. Não enxerguei no início... e isso é uma outra conversa. Um dia, talvez. Mas há algo que se esconde nele logo abaixo da superfície que tenho medo de ver escapar.

Jax passa gentilmente os nós dos dedos em minha bochecha. Meus olhos fecham com o seu contato. Deus, eu amo até a simplicidade dos toques dele! Cada um diz tanto sobre ele!

— Não sei se consigo ouvir muito mais sobre quando você e Caden estavam juntos. Embora eu seja grato por ele ter estado ao seu lado quando você precisou, gostaria que tivesse sido eu. — Gentilmente, ele retira o cabelo que caiu no meu rosto e o coloca atrás da orelha. — De agora em diante, quero estar ao seu lado se você precisar de alguém de novo, meu anjo.

Com isso, outra marquinha é ticada na lista de coisas do homem perfeito. Perceptivo. Ele não apenas me ouve, mas ouve aquilo que não estou dizendo. Só conheci um homem assim e ele teve meu coração e a minha alma: meu pai. Meu coração se contorce pela lembrança do homem que amei e por encontrar um pedaço dele em Jax.

Como não respondo de imediato, Jax delicadamente ergue meu queixo, fazendo com que meus olhos novamente encontrem os seus. Os meus estão cheios de lágrimas não derramadas.

— Você está bem? — ele pergunta numa voz doce e calmante. Faço que sim com a cabeça, com dificuldade de engolir, lutando com o pensamento de que meu pai faleceu. Gentilmente, Jax se inclina e beija minha testa.

— Vou trancar a porta e correr lá em cima para pegar minhas coisas. Não acho que seja uma boa ideia colocar o Joe numa posição de segurar o sobrinho para não destruir tudo. — Ele força um sorriso. — Não abra a porta a não ser que seja um cliente que você conheça, ok?

— Está bem.

— Você fecha às nove, não é?

— Sim.

Jax verifica seu relógio.

— São quase oito e quarenta e cinco. Vou pegar minha bolsa de viagem e estarei de volta em alguns minutos.

Dezesseis

Jax

Raiva fervilha na boca do meu estômago enquanto arrumo minha bolsa. Que tipo de homem faz uma mulher ter medo dele? Lily pode ter dito que não tinha medo fisicamente dele... mas sua expressão corporal nas últimas horas me diz algo diferente. Ela pula toda vez que a porta abre. A expectativa da reação de Caden e sua ira subsequente deixam os nervos dela em frangalhos. Ele pode não ter tocado nela, mas manipulação emocional... incutindo medo do que *poderia* acontecer é tão ruim quanto. Lembra-me alguém que eu conheço. Táticas de intimidação e ameaças para conseguir o que quer. Alguns homens simplesmente não são homens de verdade.

Enfio o último dos meus pertences na bolsa e a coloco no ombro. No momento em que abro a porta, ouço a voz dele. De início, não consigo entender as palavras, mas posso dizer, pelo tom, que o que quer que ele esteja gritando é desprezível. Veneno puro escorre de cada sílaba raivosa. Desço as escadas de dois em dois, o sangue correndo em minhas veias tão rápido quanto minhas passadas.

Vejo tudo vermelho quando finalmente o avisto. Caden prendeu Lily contra a parede, o antebraço pressionando o pescoço dela, forçando o queixo para cima. Seu rosto está colado ao dela, selvagem e cheio de raiva; suas narinas estão dilatadas e cuspe voa da sua boca enquanto grita na cara dela.

— Você é uma puta vadia! Eu deveria saber que você abre as pernas para qualquer um que aparece toda vez que eu viro as costas.

Ocupado demais ameaçando uma mulher com um quarto do seu tamanho, ele não vê quando me aproximo e o agarro por trás. Envolvo um braço firmemente em volta de seu pescoço e uso o outro para puxá-lo mais para trás, colocando ainda mais pressão.

— Você gosta disso? — sibilo entre os dentes cerrados. — A sensação é boa?

Puxo ainda mais, não a ponto de esmagar a traqueia, mas definitivamente bloqueando a passagem de ar.

— Ameaçar uma mulher te faz sentir poderoso? — Eu me viro para Lily. Ela escorregou na parede, suas mãos estão em volta do pescoço e lágrimas escorrem pelo rosto. — Você está bem?

Ela faz que sim com a cabeça.

— Tem certeza? Deixe-me ouvir sua voz, Lily.

— Estou bem — ela sussurra, tossindo entre as palavras.

— Se você quiser machucar alguém, venha atrás de mim. Fique longe da Lily, porra! Fique. Longe. Da. Lily. Porra! Está me ouvindo?

Tenho que soletrar para o babaca estúpido porque ele é teimoso. Estou a cerca de trinta segundos de sufocar o cara. Só um pouquinho mais de força e ele passaria o resto da vida bebendo através de canudinho. Mesmo assim, ele apenas olha, tentando ao máximo fazer contato visual comigo. Esse cara não vai recuar. Nem um pouco.

— Não — Lily diz, tentando se levantar. — Não vale a pena, Jax. — Ela caminha para o lado de dentro do balcão e pega algo da gaveta. É um aparelho de choque elétrico ou algo assim. Ela se aproxima da gente e fica ao nosso lado. Os olhos de Caden a seguem ainda mais, fixos apenas nela. Ele está tão ligado que não sei se um choque conseguiria apagá-lo.

— Venha para trás de mim, Lily — instruo, mas, antes que ela se mova, os sinos da porta da frente soam e Joe Ralley entra.

— Droga! Eu te avisei, Caden. — Joe vem na nossa direção sem parecer chocado com a cena que se desenrola à sua frente. Fica óbvio que ele sabe quão instável seu sobrinho é.

Ele olha para a porta da frente, vê a maçaneta pendendo — resultado de Caden tentar abrir a porta à força — e balança a cabeça.

— Bom, o que eu deveria fazer aqui, rapazes? — Joe pergunta calmamente, enquanto caminha para o lado de dentro da recepção. Ele se abaixa e volta com um taco de madeira. Que diabos mais tem ali atrás?

— Desfaça seu aperto por mim, Jackson — Joe pede. Olho para ele, mas não respondo de imediato. — Não disse para você soltá-lo. Apenas lhe dê a chance de respirar para que possamos conversar um pouquinho, ok?

Olho ao redor, ponderando minhas opções.

— Tudo bem. Mas a Lily sai antes que eu o solte. Quero-a em segurança. Não confio nem um pouco nesse babaca.

Joe me avalia e percebe rapidamente que não estou sugerindo ou tentando barganhar, e concorda com a cabeça.

— Lily, acho que é uma boa ideia. Por que você não vai para casa? Pode ajudar a resolver a situação que temos com esses rapazes. — Ele inclina a cabeça em nossa direção.

Lily olha para mim e faz que não com a cabeça.

— Vá para casa, Lily. Eu vou ficar bem. Vou para lá assim que terminarmos aqui. — Não deveria ter dito isso. Minhas palavras, ou talvez a imagem visual de eu ir para a casa da Lily, fazem com que os nervos já esquentados de Caden entrem em chamas, e ele quase se livra da minha chave de gravata. Volto a apertá-lo de modo que ele quase não consegue respirar, para impedi-lo de escapar.

— Vá, Lily! — eu grito.

Felizmente, e surpreendentemente, ela ouve. Entrega a pequena arma para o Joe, passa pela porta e, então, olha para trás.

— Eu trabalho amanhã. Fique em casa. Descanse um pouco. Venha no sábado, se quiser. — Ele olha para o Caden e depois para Lily. — Dizem que o sangue é mais grosso que a água, mas isso é bobagem. Eu e The Saint, eu e você, somos uma família. Vá cuidar de si mesma. E sinto muito que isso tenha acontecido, Lily.

Ela balança a cabeça e vejo lágrimas escorrerem quando relutantemente sai pela porta.

Joe a fecha e se volta para onde eu ainda estou contendo Caden numa chave de gravata por trás. Ele não diz nada por um longo momento, pensando sobre como lidar com a situação. Venho trabalhando com o Joe há meses. Ele parece ser um cara ponderado e está claro que adora a Lily. Ele é inteligente, justo... eu até o considero um amigo. Mas não vou arriscar. Essa situação pode se voltar contra mim em um piscar de olhos.

Por fim, Joe fala.

— Eu sei apenas o que o meu sobrinho me contou, mas também vi a foto nos noticiários. A Lily está traindo o Caden com você, filho?

— Lily e Caden terminaram há dois meses. Ela não está traindo ninguém. O Caden aqui é que parece não conseguir entender as coisas.

Caden tenta lutar quando ouve minhas palavras, mas estou preparado e um pouco de pressão o lembra quem está realmente no controle da situação. Ele fica parado, mas suas narinas inflam e os olhos escuros se tornam negros e tempestuosos. Às vezes, a verdade é dura de ouvir, principalmente quando você não gosta do que ouve.

Joe respira fundo e fecha os olhos, balançando a cabeça. Ele está surpreso em ouvir o que eu disse, mas posso dizer que acredita em mim. Definitivamente, esta não é a primeira vez que ele vê o sobrinho enlouquecer.

— Caden, esse placar você vai ter que aceitar. Ele não é seu para alterar, filho. Parece que a Lily fez a escolha dela e o Jax não se mostrou nem um pouco desrespeitoso. A vingança que você está buscando... *não existe*. — Joe enfatiza as duas últimas palavras, e algo na forma como as pronuncia, como um pai mostrando veementemente algo para um filho pequeno, me diz que ele tem experiência em lidar com a mente obsessiva de Caden. Uma mente presa em um caminho que não leva a lugar nenhum, mas que, mesmo assim, ele é fisicamente incapaz de mudar o rumo.

— Agora — Joe continua. — O que vamos fazer aqui é: o Jax vai te soltar. E você vai ficar paradinho aí e não vai mover um músculo enquanto ele pega as coisas dele e sai por aquela porta. — Ele inclina a cabeça para trás, sinalizando a porta atrás dele. — Se vocês quiserem continuar isso, a gente arranja. *No ringue*. Que é a forma como lutamos aqui: de forma limpa. Estamos entendidos?

Caden não se mexe ou responde. Não que eu esteja deixando muito espaço para ele balançar a cabeça, com o meu aperto.

— Caden! — Joe avisa. — Quero ouvir que você entendeu o que estou dizendo. O Jax vai te soltar e não haverá nenhuma luta aqui essa noite. Entendeu? Porque estou começando a perder a paciência. Sair de um avião e correr atrás de você até aqui não é exatamente o que eu, nos meus quase sessenta anos, deveria estar fazendo. Então, chega de palhaçada por hoje. Diga-me que você entendeu o que estou dizendo. Ou, do contrário, que Deus me ajude, mas vou ligar para o 911 e eles vão levá-lo algemado por agredir a Lily.

O queixo de Caden trinca, mas ele pisca os olhos em concordância.

— Jackson? — Joe pergunta. — Estamos claros?

Eu provavelmente vou me arrepender disso, mas concordo mesmo assim. Joe faz que sim com a cabeça. Cuidadosamente, desfaço meu aperto, mas apenas para testar, ver se Caden tenta se voltar contra mim. Ele não se move, então, dou o passo seguinte, retirando o braço que envolve seu pescoço. Ele ainda não se move. Pego minha bolsa de viagem, me encaminho para a porta e começo a abri-la, mas paro e olho para trás, tanto Caden quanto Joe no meu campo de visão. Caden não moveu um músculo, o que quase me faz pensar que ele sabe que não será capaz de se controlar caso se mexa.

— Vou aceitar aquela sua proposta de acertarmos tudo isso no ringue, Joe. — Joe faz que sim e volto minha atenção para Caden. Um sorriso hediondo se curva em seus lábios. Se eu não quisesse tanto chutar a bunda dele por ter colocado as mãos na Lily, ficaria um pouco mais preocupado com quão psicótico ele realmente parece, como um psicopata pronto para cortar os membros e roê-los no almoço.

Lily deve ter ficado do lado da porta, esperando. Ela a abre antes mesmo que eu bata, jogando os braços em volta do meu pescoço, ainda no corredor. Seu choro silencioso me causa dor física.

— Shh... Está tudo bem. — Eu a pego e a carrego para dentro.

— Me desculpe — ela murmura entre profundas respirações, tentando controlar as lágrimas.

Eu inclino meu pescoço para trás para olhar para ela.

— Você acha que isso é culpa sua?

— Sim. Eu sabia como Caden iria reagir se eu me envolvesse com alguém tão cedo, mas mesmo assim o fiz.

— Lily. — Paro e coloco um dedo sob seu queixo, trazendo seus olhos para mim. — Isso não é culpa sua. Nada disso é. Caden não é seu dono. Sei que vocês dois tiveram uma história, mas é só isso: história. Ele não tem nenhum direito de levantar a mão para você, mesmo que ainda estivessem juntos. Não há nenhuma justificativa para o que ele fez.

Fungando, ela desvia os olhos por um instante. Parte meu coração vê-la tão chateada. Internamente, minha razão está lutando contra as minhas emoções. Estou muito cheio de raiva, mas quero fazer com que Lily se sinta calma e segura.

— Você está machucado? — ela pergunta.

— Não.

Ela tenta forçar um sorriso, mas não consegue.

— Ele não vai deixar isso passar barato.

Lembrando do sorriso deformado que vi no rosto dele quando saí da academia, concordo plenamente com essa declaração. Mas preciso acalmá-la, e não deixá-la ainda mais chateada. Por isso, tento fazê-la se sentir melhor.

— Nós chegamos a um acordo — respondo enigmaticamente.

Lily franze o cenho, numa mistura de medo e confusão.

— O que...

Eu me inclino e a beijo ternamente, silenciando-a antes que termine a frase.

— Amanhã. Falamos disso amanhã. Ele já consumiu muito do nosso dia. — Começo a andar na direção do quarto com ela ainda nos braços. Ela descansa a cabeça em meu peito. — Você precisa descansar.

Não vejo toda a extensão do hematoma no pescoço dela até que tenha deitado na cama. Preciso de cada grama de autocontrole para não sair e ir caçar aquele filho da puta e bater nele até que seu corpo inteiro esteja coberto de hematomas iguais. Mas, neste momento, Lily precisa de mim. Minha retaliação vai ter que esperar. Em vez disso, pego uma bolsa de gelo, deslizo para o outro lado da cama e a coloco em cima de mim, ajeitando-a em meu peito. Envolvo os braços nela, de forma protetora, fazendo com que saiba que nada irá acontecer a ela. Minha adrenalina ainda bombeia ferozmente nas veias, fazendo-me perder o sono. Ternamente, acaricio seu cabelo, desejando que ela se sinta segura em meus braços para que durma e consiga descansar.

Dezessete

O calor do fim de verão transpassa as cortinas e a luminosidade me cega quando abro os olhos. Então, estreito os olhos ao focar em um raio de sol da manhã.

— Bom dia, meu anjo. — A voz gutural de Jax me faz sorrir.

— Bom dia.

Acordo na mesma posição em que adormeci, em cima do Jax, o que é incomum, já que normalmente me viro e remexo.

— Como você está?

— Bem. E você?

— Estou bem. Seu pescoço está doendo?

Sem pensar, levanto a mão e o toco. Tocar o faz doer.

— Está um pouco sensível, acho.

Os braços de Jax se apertam ao meu redor.

Gentilmente, ele me levanta e me deita de costas. Então se apoia em um cotovelo e paira sobre mim.

— Vai ficar assim por um tempo. Está bastante roxo.

— Está?

Acho que não me olhei no espelho na noite passada. Espelho. Isso me lembra que devo estar horrorosa, com as marcas da maquiagem escorridas pelo rosto por causa do choro.

Jax se inclina e beija meu pescoço carinhosamente.

— Isso dói? — ele pergunta, seus lábios ainda em meu pescoço.

Sinto o calor de sua respiração e isso envia uma corrente elétrica pela minha espinha.

— Não — sussurro, esperando que ele continue.

Ele me beija novamente, um pouco mais para o lado esquerdo.

— E isso?

— Não. — Um sorriso surge em minha voz.

Ele se move um pouco mais para a esquerda, deixando mais dois beijinhos.

— E isso?

— Não.

Jax continua a beijar a área que Caden machucou com o seu braço ameaçador, sem deixar nenhum pedacinho da minha pele machucada sem beijo. Enquanto ele traça uma linha de beijos suaves, sinto sua ereção crescer na minha perna. Nunca fui uma pessoa matutina, mas basta um pouco de atenção desse homem e anos de dedicação para não sorrir antes das nove da manhã saem pela janela.

Ele inclina a cabeça para trás para me olhar nos olhos.

— Tem certeza de que está bem? — ele fala sério.

— Eu ficarei... — Faço uma pausa, fazendo uma cara bastante séria antes de rir maliciosamente. — Se você continuar fazendo isso.

As sobrancelhas de Jax se levantam em surpresa e seus olhos azuis da cor do céu escurecem de desejo. Ele volta ao meu pescoço e me beija novamente, dessa vez acrescentando uma lambida.

— Você quer dizer isto?

Faço que sim com a cabeça, mesmo que ele não veja minha resposta.

Mais alguns beijos e ele se encaminha para a minha orelha e morde o lóbulo, puxando-o com os dentes antes de soltá-lo.

— E quanto a isso? É bom? — ele sussurra em meu ouvido. O som da sua voz tensa é completamente erótico e faz com que meu corpo acenda de desejo.

Faço que sim novamente, dessa vez porque não consigo formar palavras. Os beijos dele se tornam mais intensos e o hálito quente na minha orelha faz com que eu sinta o calor crescer entre as pernas.

Sua mão desce e ele afasta as cobertas para poder ver o meu corpo. Com desejo nos olhos, ele provoca meus seios com os dedos, circulando-os ao redor dos mamilos enrijecidos, mas sem tocá-los. Inclinando-se no meu ouvido, ele sussurra com a voz tensa:

— Quando te vi pela primeira vez, me masturbei naquela mesma noite imaginando que era você que deslizava nele para cima e para baixo.

Meu Deus. Meu corpo já está desperto e começa a vibrar. Gemo enquanto ele circula meus mamilos intumescidos.

— Pensei em como seria a sensação de estar dentro de você. Suas pernas bem abertas enquanto eu a preenchia. — Suas mãos descem pelo meu corpo, parando quando alcançam meu umbigo. — Abra as pernas, Lily.

Assim eu faço, na esperança de que minha obediência faça com que ele me dê alguma coisa. Qualquer coisa. Preciso mais do que seus beijos no meu pescoço e uma mordidinha provocativa na minha orelha. Preciso, e não apenas quero.

— Mais. Eu quero você bem aberta para mim.

Obedeço e abro as pernas até as bordas do colchão, com os pés ficando para fora da cama *queen size*.

Satisfeito com minha resposta ao seu comando, ele desce a mão ainda mais, parando para esfregar meu clitóris antes de introduzir dois dedos em mim. Seus dedos deslizam no mesmo instante, e ele facilmente toca dentro, bem fundo em mim, encontrando um ritmo enquanto desliza para dentro e para fora. Eu gemo com o toque.

— Meu Deus, você é linda! Amo estar dentro de você! Amo vê-la se contorcer enquanto meto os dedos nessa sua bocetinha linda. Há tantas coisas que quero fazer com você agora! — Ele aumenta a velocidade dos dedos e meu corpo começa a pedir alívio, chegando ao limite. Remexo-me, forçando seus dedos a irem ainda mais fundo.

Estou quase lá. Só preciso de mais um pouquinho para me lançar sobre a borda. Não preciso nem mais de penetração. Seu vocabulário sujo já é o suficiente para me dar o que eu preciso.

— Me diz — imploro sem vergonha. — O que mais você quer fazer comigo?

— Quero sentir o seu gosto. Enfiar minha língua bem fundo em você e te sentir gozar na minha boca enquanto bebo cada gota do que me der. Quero enfiar meu pau em você e te foder com intensidade, por muito tempo. Depois, quero preencher sua boceta, te fazer sentir cada gota do meu gozo quente enquanto ele jorra em você.

Gemo alto quando ele enfia mais rápido. O polegar alcança meu clitóris ao mesmo tempo em que os dedos entram furiosamente em mim. As palavras dele tomam conta da minha cabeça, seu corpo controla o meu e me entrego ao orgasmo, sentindo-me completa e totalmente possuída por esse homem.

Estou cansada, mas sinto que devo retribuir, dar prazer a Jax como ele acabou de me dar. Toco-o e percebo que ainda está duro encostado em mim.

Ele segura minha mão antes que eu possa tocá-lo.

— Ainda não.

Ele conduz minha mão para cima e a beija carinhosamente. Prendendo meu olhar no seu mar azul, ele admite:

— Não é que eu não queria sua mão em mim, mas precisamos conversar antes.

Dezoito

Jax

Não pensei em começar a manhã da maneira como foi, mas posso ter usado isso em proveito próprio. Sei que a Lily não vai ficar contente quando eu contar que a minha luta de ontem à noite com o Caden não terminou, foi apenas adiada. Nós dois planejamos ter nossas vinganças no ringue. Uma Lily satisfeita não argumentará tanto.

— Precisamos conversar sobre ontem à noite.

O rosto feliz de Lily, de quem acabou de gozar com dois dedos enfiados nela, murcha. Mais uma razão para acabar com a pele daquele babaca. Roubar o brilho do orgasmo dela... é melhor que essa seja a última vez que Caden entra neste quarto quando eu estou com ela!

— O que sobre ontem à noite? — Lily senta, seu comportamento relaxado instantaneamente ficando tenso.

— Nós combinamos umas coisas e eu preciso te falar a respeito.

— Combinaram umas coisas? Como assim? — Com o cenho franzido, seu rosto é um livro aberto para que eu o leia: confusão misturada com um monte de preocupação.

— Eu e Caden vamos resolver nossas diferenças no ringue. — Parece muito melhor na minha cabeça do que quando falo em voz alta.

Os olhos de Lily se arregalam.

— O quê? Espero que esteja brincando.

Eu a encaro com um olhar sério, mas não digo nada.

— Você não está brincando.

— Não. E estou ansioso por isso também. Ele merece levar uma surra por ter colocado as mãos em você.

— Isso é loucura! — ela grita.

— Olhe para você, meu anjo. Seu pescoço está roxo. Deus sabe o que ele teria feito se eu não estivesse lá.

— Violência não é resposta para violência. — Para a filha de um lutador campeão e um dos donos de uma rede de academias, eu achava que ela teria outra postura. Embora violência não seja a resposta, ela impede bastante que se transforme numa guerra.

— Talvez não. Mas é o que vai acontecer. — Encolho os ombros. — Era isso ou resolver tudo ontem à noite, sem um juiz ou pessoas para nos impedirem de nos matarmos.

— Não quero ser o motivo pelo qual você vai se machucar.

— E o que a faz pensar que serei *eu* a me machucar? — provoco de volta, ofendido que ela pense que não posso dar conta daquele babaca. Ele provoca as mulheres por uma razão: não consegue ter uma luta justa com um homem.

— Não foi o que eu quis dizer. Ele apenas é... apenas é... Ele não é correto. Nos últimos meses, vi um lado dele que me assusta. Não quero que você entre no ringue com ele. Nunca vou me perdoar se algo acontecer a você.

— Eu vou ficar bem. Já o vi lutar. Vou curtir dar uma surra nele. E ele vai merecer cada minuto.

— Mas...

— Não vou mudar de ideia, Lily — aviso-a, meu tom é um pouco mais indiferente do que ela já me ouviu falar.

Ela olha nos meus olhos e vê que eu falo sério.

— Você está fazendo exatamente o que o Caden fez comigo: não ouve o que eu estou dizendo.

— Não me compare a ele. — Minha resposta é ríspida.

— Mas você não está me ouvindo.

— Estou te ouvindo, apenas não concordo com você. Vou ouvir cada motivo que você tiver. Me diga: por que não devo entrar no ringue com o Caden? Você cresceu cercada por lutas. É óbvio que você não é contra uma luta boa, limpa e justa.

— Porque eu não quero ser o motivo dela.

— Ele é o motivo, Lily. Eu não sou um homem das cavernas burro. Nós não estaríamos tendo essa conversa se ele não tivesse colocado as mãos em você. Eu gostaria de olhá-lo sabendo que ele é o seu passado? Não. Mas não começaria uma briga por isso.

— E não quero que você se machuque — ela acrescenta.

— Eu não vou.

— Você é realmente impossível às vezes! — Ela envolve o lençol no corpo e se tranca no banheiro sem mais nenhuma palavra.

Não faço a menor ideia de o que ela fez lá dentro durante uma hora. Ouvi o chuveiro ligado por alguns minutos depois que ela entrou. Quando finalmente sai, seu ânimo parece melhor. Um pouco melhor, pelo menos.

Ela descansa o braço no balcão da cozinha, na direção oposta a mim, enquanto termino de preparar o café da manhã.

— Está com um cheiro bom. O que é? — ela fala e tenta colocar um dedo na panela. Dou um tapinha nela com a espátula e arqueio uma sobrancelha brincalhona quando olha para mim.

— São torradas francesas com Nutella. — Como se eu fosse um profissional, jogo para cima os dois pedaços dourados de pão que estão grudados com uma generosa quantidade de chocolate com avelã, pegando-os no meio da frigideira.

Lily balança a cabeça, tentando segurar o riso.

— Exibido.

— Sempre — retruco, colocando-as num prato e deslizando-o para ela, do outro lado do balcão. — Quais são seus planos para hoje? — pergunto, preparando meu prato.

Ela desencosta do balcão em que está apoiada e caminha até a mesa. Eu devia estar olhando para baixo quando ela entrou, porque definitivamente não perderia sua bunda aparecendo por debaixo da camisola curta que está usando. Minha pulsação acelera e fico duro só de olhar a curva da bunda dela enquanto anda.

— Camisola bonita — elogio sua escolha de vestimenta, vista de trás.

— Obrigada. Achei que você ia gostar.

— Eu gosto. E obrigado por ser tão atenciosa. Considere-a como uma das minhas favoritas sempre que eu estiver aqui.

Lily dá uma risadinha, e o som mexe comigo. Acorda algo em mim que eu não sabia que estava adormecido. Ela alcança meu prato e arranca um pedaço da minha torrada obra-prima. Chocolate quente e escuro escorre entre as fatias.

— Não tenho nada planejado. Geralmente estou trabalhando nesse horário — ela diz, e observo seu rosto se entristecer um pouco. Até ela provar a torrada de Nutella. Seus olhos se iluminam como se eu tivesse dado a ela uma nova Mercedes.

— Ai, meu Deus. Isso é muuuuito bom. — Fica um pouquinho de chocolate no canto do lábio dela, e eu o limpo, trazendo o dedo até a boca.

— Tem razão. Isso é muito bom. — Chupo o chocolate do meu dedo. Como já se tornou padrão em nossas refeições, acabamos com tudo que está no prato. No prato que está na frente do outro, quero dizer. — Você quer sair? Fazer alguma coisa? O dia está bonito hoje.

Lily balança a cabeça, negando. Ela cora um pouco, então, sei o que está pensando.

— Você está pensando em fazer alguma outra coisa, Lily?

Ela faz que sim com a cabeça, mas não diz nada. Então se levanta, pega nossos pratos, os coloca na pia e retorna, mas, ao invés de voltar para a própria cadeira, ela levanta a perna em cima de mim, montando nas minhas coxas, pousando num local perfeito no meu colo. O tecido fino de sua calcinha não esconde muito o calor que irradia do local entre suas pernas.

Passo a mão para cima e para baixo do lado externo de suas coxas. A sensação da pele lisa e macia acrescenta mais combustível ao inferno nas minhas calças. Estou muito duro. Levanto-a pela cintura e ajusto um pouco sua posição, permitindo que a cabeça do meu pau pressione diretamente o clitóris dela. Seus olhos dilatam e se tornam nublados.

— Então, o que você estava querendo fazer hoje?

Ela morde o lábio. Falar sacanagens não é fácil para ela, mas claramente adora me ouvir falar. Mas, dessa vez, quero ouvi-la dizer. Esfrego as mãos para cima e para baixo em suas costas, parando quando alcanço o cabelo longo e ondulado e o envolvo nas mãos. Eu o puxo com suavidade, mas com força suficiente para que ela sinta.

— Fale, Lily. Me diz o que você quer — eu a encorajo.

— Você.

— E como você me quer?

— Eu... Eu... — Ela hesita brevemente. Em seguida, cria coragem e me surpreende. — Eu quero cavalgar em você.

Boa menina. A única coisa melhor do que ouvir essas palavras dos lábios dela é realmente fazer o que acabou de dizer. Com um movimento rápido, levanto-a e puxo minhas calças para baixo, o suficiente para auxiliar no pedido dela, libertando meu pau duro como pedra. Eu a sento de volta, com meu pau pulsando contra ela, mas não entro nela. Quero que ela faça isso, da forma como quiser.

Ela olha para baixo e lambe os lábios. Eu quase gozo ao observar sua boca. E adoro que ela fique salivando só de olhar para mim. Isso me faz querer bater no peito e gritar da porra de algum telhado qualquer.

— Vá em frente. Sou todo seu — ofereço, alcançando meu pau. Ele já está tão duro que não é necessário que eu me toque. Mas algo me diz que ela gostaria de me ver fazendo isso tanto quanto eu gostaria de vê-la fazendo o mesmo. Ela olha para baixo e ofega. Sem hesitar, envolve a mão na minha e, juntos, me masturbamos. Então, ela se levanta, deixando espaço suficiente para posicionar a minha larga cabeça na sua entrada. Ela rebola algumas vezes, revestindo minha cabeça com a sua umidade. É uma sensação maravilhosa; tudo o que eu quero é me forçar para dentro dela. Mas é a vez dela agora e não vou apressar as coisas. Conversamos no outro dia, e eu sabia que ela tomava pílula. Exames recentes e confiança mútua removeram obstáculos para um futuro caminho de liberdade, mas deixei que ela decidisse se estava pronta. É um presente que ela decidiu me dar. E isso significa mais do que o prazer físico proporciona. Há confiança e significa muito que ela esteja dando-a nesse momento.

Um tremor percorre seu corpo quando ela se coloca acima de mim. Pronta para me possuir, ela olha para baixo com os olhos cheios de luxúria. Bem devagarzinho, vai abaixando, revestindo apenas a cabeça do meu pau dolorido. Ela aguarda por um longo momento. Não faço ideia se consegue perceber minha impaciência, ou se a dela já é muito para suportar. Mas, em vez de fazer o que pensei que viria em seguida, avançar lentamente, provocando devagar, ela coloca as mãos nos meus ombros e desce com todo o peso do corpo em mim, devorando-me de uma só vez. É bom pra caralho e exatamente o que eu precisava: preenchê-la, estar dentro dela, pele contra pele.

Tento ao máximo me controlar, deixar que Lily comande o ritmo — dou a ela o controle dessa vez. Mas o mergulho brusco dela libertou algo primitivo em mim. Sem mais a barreira entre nós, sinto exatamente quão quente e apertada ela é, e a sensação toma conta de mim. Estou desesperado para gozar dentro dela, para fazê-la minha.

Cedo ao desejo implacável do meu âmago de dominá-la. Ela pode ter o controle da próxima vez. Eu a agarro firme pela cintura e assumo, levantando-a, erguendo-a até que a ponta do meu pau esteja só um pouco dentro dela. E então, eu a desço de novo com força. Só é preciso algumas investidas firmes para ver o rosto dela mudar. Seus lábios se entreabrem, ela começa a respirar entrecortado e o maxilar pende preguiçosamente. E eu estou junto com ela. Juntos, nós gozamos forte e rápido. A sensação de jorrar dentro dela é diferente de qualquer coisa que eu já tenha sentido.

Nós dois recuperamos o fôlego, e um sorriso pateta, porém incrível, surge no rosto de Lily. Isso faz com que eu esqueça de tudo que existe no mundo. Com todos os excessos aos quais cresci rodeado, me dou conta de que tenho tudo o que quero bem aqui comigo agora.

Ao final da tarde, estamos deitados no sofá após duas horas de exploração corporal mútua. As mais recentes haviam sido mais devagar e mais apaixonadas, mas nem por isso menos intensas. Mudo de canal na TV e um comercial anuncia o MMA Open dali a três semanas. Uma foto do meu recém-descoberto irmão aparece na tela. É uma tradição que o campeão atual seja o anfitrião do campeonato. Meu dedo rola pelo botão de canais, como uma resposta imediata em evitar qualquer coisa que tenha a ver com meu pai e sua cria.

— Acho que vou conhecer seu irmão em breve — Lily fala calmamente.

Não quero falar sobre ele, ou qualquer membro da minha família, para falar a verdade, mas não quero magoá-la ignorando-a por completo. Principalmente depois de tê-la chateado hoje pela manhã.

— Você tem ingressos para o MMA Open?

— Sim. Somos patrocinadores do evento. — Ela faz uma pausa. — Posso te fazer uma pergunta?

Faço que sim com a cabeça.

— O seu irmão sabe sobre você?

— Até onde sei, ele ficou tão surpreso quanto eu.

— Você já o encontrou?

— Uma vez.

— E como foi?

— Não muito bem, considerando que eu estava dando em cima da namorada dele.

— Você deu em cima da namorada do seu irmão? — A voz da Lily aumenta de tom e os olhos se arregalam.

— Eu não sabia que ela era a namorada dele. Porra, eu nem sabia que ele era meu irmão, naquela época. — Rio, lembrando da primeira vez que nos conhecemos. Eu estava numa luta de MMA e fui em direção a uma repórter que tinha acabado de fazer uma matéria sobre a minha família. Uma repórter muito bonita e meiga. Deixo essa parte de lado e continuo: — Na época, eu não tinha a menor ideia de que ela estava escrevendo uma reportagem investigativa sobre meu pai e o filho ilegítimo dele. O artigo dela foi divulgado uma semana depois de nos conhecermos. — Uma ruga de preocupação surge na testa de Lily. É difícil acompanhar essa história porque demonstra que o velho ditado é verdadeiro: *que teia emaranhada nós trançamos...*

— Então, como aconteceu de você cruzar com a namorada do seu irmão se nem sabia que ele existia na época? Isso é uma coincidência muito grande.

— A namorada dele era a repórter. Ela estava escrevendo um artigo sobre a minha família e os segredos do meu pai.

— A namorada dele é a responsável por divulgar a história sobre seu pai?

— Não. Na verdade, ela enterrou a história.

— Não entendi.

— Por um longo tempo, eu também não. Depois que tudo veio à tona, pedi a um amigo para investigar. Acontece que Olivia, a namorada, e Vince tiveram uma história. Ela descobriu que Vince era filho do meu pai, mas mentiu a respeito para o jornal onde estava trabalhando. Acho que ela perdeu o emprego por causa disso. Vince descobriu e conseguiu o emprego dela de volta, dando a ela a exclusividade da história.

— Ele parece o tipo de cara que sabe se posicionar.

Lily não está errada sobre isso. Eu só nunca consegui dar nenhum crédito a ele. Basicamente o amaldiçoei por ter nascido. Ser cria do Satã não faz de você automaticamente Satã. Pelo menos, eu espero que não. Beijo os lábios dela com carinho por me lembrar que eu tenho deixado meu julgamento bastante confuso ultimamente.

Ela sorri.

— O que foi isso?

— Só por você ser você. — Dou-lhe outro beijo carinhoso. — Me conte sobre sua família.

Tristeza toma conta de seu rosto outrora feliz. Eu me arrependo de ter perguntado tão logo vejo a mudança.

— Não tenho mais família. Joe é a coisa mais próxima que eu tenho de família.

— Sinto muito.

Quero fazer perguntas, descobrir mais sobre o que a deixa tão triste. Mas a necessidade urgente de ver seu humor melhorar se sobrepõe à minha curiosidade egoísta.

Lágrimas se acumulam em seus olhos normalmente brilhantes e a sensação é de que alguém enfiou a mão no meu peito e torceu meu coração. Cada batida causa mais dor. Lily parece perdida por um momento, sua memória levando-a a algum lugar que obviamente causa-lhe tristeza. Ela começa a falar, mas eu a impeço.

— Não precisa. Se falar a respeito for tão doloroso para você quanto é ver a tristeza tomar conta do seu rosto lindo, então, não fale.

Ela pisca seus grandes olhos amendoados.

— Minha mãe morreu quando eu tinha três anos. Acidente de carro. — Um sorriso pequeno, porém verdadeiro, se forma em seus lábios. Seus olhos se enchem de desolação enquanto reflete. — Depois que ela morreu, tive pesadelos por muito tempo, então, meu pai deitava comigo todas as noites até que eu adormecesse. Quando eu acordava de manhã, ele já tinha ido, mas deixava um velho relógio de bolso no lugar dele em minha cama.

— Ele o deixava de propósito, sabendo que eu me sentiria melhor só por ter algo dele por perto. O som do velho relógio me acalmou nos meses seguintes, até que me dei conta de que mamãe não ia voltar para me dizer boa-noite. Quando eu tinha cinco anos, meu pai me levava para a escola todos os dias. Ele segurava minha mão e balançava-a enquanto caminhávamos juntos. Um dia, no jardim de infância, uns garotos riram de mim, me chamando de criancinha porque eu ainda segurava na mão do meu pai.

— No dia seguinte, quando fomos para a escola, papai quis pegar a minha mão e eu a enfiei no bolso, dizendo que estava com frio. Detestei não segurar a mão dele, mas eu achava que o estava enganando. No dia seguinte, foi a mesma coisa: meu pai quis pegar minha mão e achei que meu movimento surdino tinha funcionado no dia anterior, por isso, enfiei as mãos nos bolsos novamente. Só que, nesse dia, encontrei o velho relógio do papai no meu bolso.

— Nós sorrimos um para o outro, mas não dissemos nada. Ele o colocou em meu bolso todos os dias pelos anos seguintes, sem que nenhum de nós falasse nada a respeito. De alguma forma, me fazia me sentir melhor ter sempre algo dele perto de mim.

Eu conforto seus ombros enquanto ela fala e abraço-a forte quando termina.

— Ele parece ter sido um cara incrível. Gostaria de tê-lo conhecido.

— Ele era maravilhoso. Era o meu chão quando eu sentia que o mundo estava girando fora de controle. Era forte, durão, mas era protetor e amável. — Ela fica em silêncio por alguns minutos enquanto as memórias preenchem sua cabeça. — Todos esses anos, quando éramos apenas nós dois, éramos um time. — Ela para. — Eu lhe dei trabalho quando era adolescente. Mas ele aguentou e esperou que eu passasse pelo que tivesse que passar. Ele tinha a paciência de um santo. — Ela sorri, lembrando de algo. — Os caras costumavam provocá-lo de que ele ganhou esse apelido por me aguentar.

Ouço tudo em silêncio, passando a mão pelos seus cabelos enquanto fala do pai. Adoro como ela se ilumina quando pensa nele, porém, a tristeza que vem em seguida é mais profunda do que o brilho da lembrança dele.

— Meu pai nunca se casou de novo depois que minha mãe morreu. Ele nem namorava muito. Costumava dizer que, quando você teve o amor da sua vida, tudo mais fica sem cor em comparação. Ele se jogou na sua carreira e cuidou de mim. É por isso que as academias são tão importantes. O porquê de eu e Joe termos concordado que um investidor anônimo poderia funcionar. Significa muito para mim manter a visão do meu pai intacta e não transformar a academia numa rede. Além disso, faz com que eu sinta como se um pedaço dele ainda estivesse comigo todos os dias. Ele trabalhou duro para ela ser o que é hoje! Ele queria deixar algo substancial como legado. Queria ter certeza de que eu ficaria bem quando ele se aposentasse. — Ela para. — Ele não sabia que esse dia aconteceria tão cedo. Nenhum de nós sabia.

Eu a puxo para mais perto de mim, abraçando-a com força, desejando que eu pudesse tirar a dor que vejo estar enterrada profundamente dentro dela. Mas, por agora, até que esteja preparada para me dar essa dor para eu segurar para ela, apenas a abraço forte.

Dezenove
Lily

Acordo cedo, nervosa por voltar a trabalhar hoje. Mesmo que o que aconteceu na outra noite tenha sido apenas entre mim, Jax, Caden e Joe, tenho certeza de que haverá murmúrios na academia. Você jamais adivinharia, mas lutadores podem fofocar mais do que mulheres no horário do almoço. Claro, eles preferem chamar isso de "atirar a merda", mas poderiam ter poupado o mensageiro Paul Revere de um longo caminho naquela época.

Jax insiste em vir comigo. Sei que é como levar gasolina a uma festa cheia de pólvora, mas tenho que admitir: depois daquela noite, sinto-me melhor em saber que ele está por perto.

Após dez minutos me enchendo de maquiagem, dou um passo para trás no espelho, com medo de ver como está meu pescoço. Não adianta. O rosado e o roxo do hematoma viraram um tom chamativo de azul e preto. Só conseguiria cobrir isso se usasse uma blusa de gola alta. Pena que fará trinta graus hoje.

Quando saio do banheiro, Jax está sentando na beirada da cama falando no celular. Ele me vê pelo canto do olho quando passo pela porta. Seus olhos focam no meu pescoço e vejo seu queixo enrijecer.

— Eu te encontro lá às dez — ele diz ao telefone, antes de finalizar a ligação e levantar.

De terno, radiante e cheio de confiança, ele se parece bastante com o magnata com quem troquei e-mails alguns meses atrás, e em nada com o lutador a quem tenho conhecido intimamente nas últimas semanas.

— Você tem um encontro? — provoco.

— Sim. Vou encontrá-la às dez. — Jax aperta o nó da gravata, pega o paletó e vem em minha direção.

A irritação está clara no meu rosto. Estreito os olhos e coloco as mãos na cintura, avaliando-o. É melhor que ele esteja brincando.

Um sorriso torto cruza seu rosto recém-barbeado. Sério, ele parece tão delicioso que não sei se prefiro o lutador suado ou o sexy magnata.

— Algum problema? — Ele se inclina e me beija castamente nos lábios.

— Você está todo arrumado para ir a um encontro? — pergunto, a palavra *encontro* saindo com desdém. O aborrecimento está óbvio na minha voz. É mais forte do que eu, me sinto um pouco territorial quando se trata dele.

— Sim. Com uma banqueira. Às dez da manhã. — Ele ri com ar conhecedor, curtindo ter balançado meu estado de espírito.

— Muito bom. Tenho certeza de que você vai curtir saber que eu tenho um encontro com...

— Não termine essa frase — Jax rosna, puxando-me contra seu corpo de uma maneira não muito gentil.

Por dentro, meu ego infla, mas, por fora, eu o instigo ainda mais.

— Então, você não quer ouvir sobre os meus encontros.

— Não vou ouvir sobre eles porque você não terá mais nenhum. — A voz dele é baixa e rouca. Olho em seus olhos esperando encontrar uma ponta de brincadeira, mas ele está muito sério. De uma maneira estranha, a possessividade dele me excita, enquanto a de Caden era um balde de água fria.

Jax segura a porta da frente da Ralley's e eu prendo a respiração quando entro. Joe Ralley está na recepção e meus olhos imediatamente começam a verificar o local antes mesmo que eu me dê conta.

— Ele não está aqui.

Eu me viro para ficar de frente para o Joe quando ele repete:

— O Caden. Ele não está aqui. Falei para ele que tinha uma reunião de negócios e não queria nenhum problema. Ele está na filial da Rua 52, trabalhando na recepção. Eu trouxe a recepcionista de lá para cá para que possa ajudar com o investidor se precisarmos. Eles vão fazer uma auditoria financeira. Ela provavelmente precisará de relatórios. Você sabe que eu e aquele computador idiota não nos damos bem.

Solto o ar fazendo barulho, sentindo-me aliviada.

— Obrigada.

Dou a volta e fico na ponta dos pés para beijar Joe na bochecha. Eu realmente vou sentir falta desse homem quando ele se aposentar, por mais razões do que apenas ele me ajudar a gerenciar os negócios.

Joe concorda e se abaixa na minha direção.

— Você é a minha garotinha. Sinto muito que as coisas com o Caden tenham chegado tão longe. Eu devia ter esperado por isso. A ferida desse garoto é muito profunda. — Ele volta a atenção para Jax. — Jackson, por que nós dois não repassamos alguns termos do financiamento que meu advogado me pediu para esclarecer? — Joe sai de trás da recepção e se encaminha para seu escritório.

Jax balança a cabeça.

— Me dá um minuto e eu já vou.

Jax espera até que Joe esteja fora de vista e pega minha mão, quando me sento na recepção.

— Você está bem?

— Estou.

— Vou estar no escritório dos fundos.

— Eu sei.

Ele me dá um beijinho nos lábios e se afasta alguns passos. Então para e se vira:

— Gertrude — ele diz sobre o ombro com um sorrisinho no rosto.

— Gertrude?

— Meu encontro das dez da manhã. — Ele ri e dá uma piscadela.

Precisamente às dez horas, Gertrude Waters, gerente-auditora do City Bank, chega para a reunião com o Sr. Ralley e o Sr. Knight. Contente, conduzo a mulher de cabelo grisalho para a reunião.

A auditora fica conosco por horas e olha atentamente os relatórios. É de dar nos nervos. Eu realmente quero que tudo dê certo para o Joe. Nosso negócio é ótimo, há sempre muitas matrículas. Ela parece um pouco preocupada com o fluxo de caixa apertado, mas Jax consegue tranquilizá-la. Ela vai embora com uma pilha de dados, parecendo satisfeita com a análise inicial, embora o sorriso constante possa ter mais a ver com a presença de Jax e a forma como ele se inclinava sobre o ombro dela para ajudá-la a entender as coisas nos relatórios que estava lendo, e menos a ver com os números nas folhas. Ele não tem a mínima ideia do efeito que causa nela, mas a vi corar algumas vezes quando ele brincou com ela. Se ela não tivesse quase sessenta anos, eu até poderia ficar com um pouco de ciúme das brincadeirinhas deles.

No fim da tarde, já com a auditora tendo ido embora e com a minha contabilidade em dia, finalmente sinto-me tranquila o suficiente para desenhar. Pego meu bloco e olho ao redor na academia, para onde Jax treina com Marco. Com short de treino caído e uma camiseta branca simples toda suada e grudada no peitoral, ele parece muito diferente do empresário no terno de três mil dólares, mas tão delicioso quanto. Sorrio em pensar no quão sortuda sou por ter Jackson, o refinado magnata da prestigiada Ivy League que abre a porta e puxa a cadeira para mim. E Jax, o bravo lutador que fala sacanagens e tem o controle do meu corpo.

Deus, eu não fazia ideia de que tal homem existisse! Ele acaba com todos os estereótipos. É como se alguém me dissesse para fantasiar com homens sexy e então juntasse todos em um protótipo perfeito. Suspiro só de olhá-lo. Nem sabia que era capaz de suspirar, mas é isso que esse homem faz comigo.

Sentindo meu olhar, ele vira e me flagra olhando-o. Ele eleva uma sobrancelha sugestivamente e eu aceno como se ele estivesse errado em pensar que eu o estava admirando. Mas nós dois sabemos a verdade.

Meu último projeto do semestre está quase pronto e começo a guardar minhas coisas. Joe vem para a recepção ao perceber a aproximação de Jax.

— Caden escolheu uma hora e um juiz para o final da semana que vem — Joe diz pensativamente.

— Ótimo! Mal posso esperar — Jax responde.

Joe balança a cabeça e olha para mim, tentando me dar alguma explicação.

— Garotos serão sempre garotos. Para a nossa sorte, isso nunca muda. — Ele dá um tapinha nas costas de Jax. — Ou, do contrário, não estaríamos fazendo um negócio que irá ajudar a me aposentar, não é?

— Não, certamente não iríamos querer que ninguém parasse de lutar antes que a papelada fosse assinada. — Jax estende a mão para Joe e os dois sorriem.

— Lily, Caden é meu sobrinho e eu o amo. Mas o Jax é um bom homem, e sei que você nunca desrespeitou o Caden. E eu vou me certificar de que ele faça o mesmo por você. Agora, vocês dois, deem o fora daqui. Vejo-os amanhã de manhã. Vou me certificar de que ele não volte aqui até o dia da luta.

Jax insistiu para ficarmos na sua suíte no hotel esta noite para podermos sair para jantar. Depois de quase duas semanas nos escondendo para evitar a mídia, sinto-me estranha em me arrumar para sair em público, num encontro a dois. Os paparazzi não desapareceram por completo. Eles ainda nos perseguem e fazem perguntas rudes, mas isso parece afetar menos o Jax agora.

Fico parada na porta do quarto, descansando a cabeça na parede e observando o reflexo de Jax no espelho do closet enquanto ele se arruma. Ele coloca uma calça cinza folgada que pende perfeitamente na sua cintura definida. E para cobrir o peito bem esculpido, uma camisa branca. Um pequeno sorriso se forma no canto de sua boca enquanto abotoa a camisa. Eu me pergunto o que ele deve estar pensando para sorrir assim. Curiosa demais para continuar calada, vou até o closet e assumo a função de abotoar a camisa.

— No que você está pensando agora? — Olho para ele através dos meus longos cílios com rímel, enquanto abotoo.

— Não sei se você quer saber.

Eu paro de abotoar.

— Bom, isso pode ser verdade. Mas agora eu tenho que saber.

Jax aponta para a cômoda alta no meio do closet.

— Estava pensando que quero te dobrar ali e ver a sua expressão refletida no espelho enquanto te fodo por trás. — Ele levanta o queixo, indicando o espelho.

Seu olhar permanece fixo em mim. Tento manter o rosto ilegível, e volto abotoar a camisa. Não respondo até chegar ao último botão.

— Talvez eu deva continuar com esses sapatos. Parece que eles nos mantêm na mesma altura. — Eu me afasto um pouco e olho para baixo, para que ele possa perceber os saltos altos de dez centímetros que estou usando, os quais ele não percebeu quando entrei no quarto. São prateados com tiras fininhas que enrolam nos tornozelos.

Um sorrisinho safado surge em seu rosto.

— Você com certeza irá usá-los.

Beijo-o castamente nos lábios e vou embora, deixando-o assistir o cadenciar da minha bunda enquanto ando.

O garçom nos coloca em uma mesa para dois no canto próximo a janelas que vão do chão ao teto com visão para as ruas de Manhattan. Uma vista linda da Ponte do Brooklyn ilumina à distância a noite de céu claro.

— Você sabe que não vamos comer sobremesa — Jax diz.

— Por que não?

— Tem um espelho lá em cima me chamando, e nós vamos para lá assim que terminarmos de comer. — Sua voz é baixa, profunda e sedutora. Sinto uma ondulação entre as pernas e as cruzo, para pararem de latejar. Jax levanta uma sobrancelha com um sorrisinho perverso... Ele sabe exatamente o que estou fazendo.

— O que posso lhes trazer para beber? — O garçom nos oferece a carta de vinhos.

Jax olha-a rapidamente e me consulta antes de dizer:

— Tinto?

— Por mim, está ótimo.

Ele entrega a carta de volta ao garçom e faz o pedido. O garçom assente e vai embora.

— Então, você disse que duas taças de vinho te deixam sonolenta. O que apenas uma taça faz? — Jax beberica sua água à minha frente.

— Nada demais — falo, levantando o cardápio e fingindo que estou lendo. — Só faz com que eu perca a inibição.

Ergo o olhar e vejo um sorriso perverso espalhado pelo lindo rosto de Jax. Seus olhos brilham quando ele se inclina para dizer:

— A gente poderia apenas beber essa taça de vinho e deixar o jantar de lado.

— Mas eu queria tanto comer o seu! — provoco brincando, escolhendo propositadamente as palavras.

— Ah, eu vou te dar algo para comer.

Meu rosto enrubesce quando o garçom limpa a garganta, deixando claro que ouviu o último comentário de Jax.

— Vocês estão prontos para ouvir os especiais da noite?

— Estamos? — Jax levanta uma sobrancelha, seus olhos brilhando de prazer. Ele não está nem um pouco constrangido, mas sabe que eu estou e está se divertindo.

— Sim, por favor. — Fuzilo-o com os olhos e forço minha atenção para o garçom. Durante todo o tempo em que ele fala dos especiais, sinto os olhos de Jax me queimarem.

— Vou dar um tempo para decidirem. — Com graciosidade, o garçom pede licença e se retira.

— Por que você fez isso? — eu o repreendo com a voz baixa.

— Fiz o quê? — Ele encosta no assento e cruza os braços na altura do peito.

— Você sabe exatamente do que estou falando.

— Sei?

— Você adora me ver toda corada, não é?

Jax levanta ambas as sobrancelhas. Escolhi mal as palavras.

— Você sabe o que quero dizer.

Ele se inclina para frente, me olha direto nos olhos e, com a voz sexy, diz:

— Eu adoro olhar você. Ponto. Mas o que eu mais gosto é vê-la fingir que não se abala. É como se fosse um desafio não pronunciado.

— Ele para e se aproxima ainda mais. — Adoro o vermelho que surge em suas bochechas quando digo alguma safadeza. A forma como sua bocetinha vibra quando eu digo o que vou fazer contigo mais tarde e você se mexe na cadeira tentando se controlar. Então, sim, acho que gosto de te ver toda corada. Você fica sentada e olha para o garçom, tentando fingir que está prestando atenção ao que quer que ele esteja dizendo em vez de pensar no meu pau te fodendo mais tarde, mas nós dois sabemos que você não ouviu uma palavra do que ele disse. Porra, eu não ouvi nenhuma palavra enquanto te observava, só de saber no que você estava pensando.

Dessa vez, eu vejo o garçom antes de ele se aproximar. Ele sorri quando chega à nossa mesa.

— Então, o que posso lhes trazer essa noite? Os senhores se interessaram por algum dos nossos especiais?

Olho para o garçom, depois para Jax, que levanta uma sobrancelha com um sorrisinho sabichão no rosto, depois volto para o garçom.

— Todos os especiais parecem deliciosos. Só não consigo decidir. Vou deixar que o meu acompanhante decida por mim.

Volto meus olhos para Jax com um sorrisinho atrevido. Ele limpa a garganta e olha para o pobre coitado do garçom.

— Bom, traga dois dos seus favoritos. Nos surpreenda.

O fato de estarmos sentados em um restaurante cinco estrelas em um hotel luxuoso de Nova York não detém Jax de comer metade do seu jantar do meu prato.

— Então, você já pensou no que vai fazer quando Joe se aposentar? — Ele alcança meu prato e termina meu risoto.

— Pensei, embora a ideia de ele não estar por perto todos os dias me deixe bastante nervosa. Eu gerencio o lado comercial da coisa, mas ainda há tanta coisa que não sei sobre as operações! Umas semanas atrás, fiz um pedido de papel-toalha para todas as filiais. Estavam em promoção, por um quarto do que normalmente pagamos. Não era da marca Fairtex que normalmente compramos, mas pensei que um papel-toalha para secar as mãos é apenas papel. — Dou de ombros. — O Joe recebeu a encomenda quando chegou. Ele me disse que elas eram muito grandes e muito espessas, que não caberiam no compartimento. Nós as enviamos de volta antes de abrir as caixas. Eu não fazia ideia.

— Então, contrate alguém.

— Isso é mais fácil dizer do que fazer. Você sabe quantos gerentes regionais meu pai pesquisou antes de encontrar alguém em quem confiasse? Levou dois anos até que ele encontrasse Clive, o gerente do sul. É difícil achar alguém com uma boa perspicácia para negócios e que ame o esporte. — Suspiro. — Eu pensei que Caden seria um bom candidato, mas preciso começar a procurar pra valer agora.

O maxilar de Jax trinca por causa da menção a Caden.

— No final das contas, talvez fosse melhor pra você encontrar um sócio que te ajude a gerenciar as coisas, em vez de um investidor anônimo.

— Acho que ficamos com medo de eu ficar presa a um sócio que quisesse transformar a Ralley's numa franquia com uma loja de sucos espalhafatosos e aulas em grupo. — Sorrio, pensando numa conversa que meu pai e Joe tiveram quando foram abordados por um grupo que queria transformar a academia numa franquia. — Meu pai disse que, no dia em que ele tivesse que colocar cabides nos armários, estaria fora.

Jax franze o cenho.

— Cabides?

— Ele não queria que a academia se tornasse um lugar no qual os engravatados parassem no caminho para casa.

— Engravatados? — Ele levanta uma sobrancelha. — Tipo eu?

— Você não é um engravatado típico.

— Não sou, é?

— Não. Não era bem sobre as roupas que meu pai e Joe estavam falando, mas sim de onde está o coração dos membros da academia. Eles queriam manter a academia para os membros cujos corações estivessem voltados para o esporte, e não para aqueles que o encaram como hobby.

— Então, você acha que meu coração está no lugar certo? — Jax pergunta, os olhos questionando mais do que o quanto ele é dedicado ao esporte.

Sustento seu olhar, inclino a cabeça e analiso seu rosto.

— Acho. Acho que seu coração está exatamente onde ele pertence.

Um homem nos interrompe.

— Jackson. Achei mesmo que era você. — Ele dá um tapinha nas costas de Jax. O homem é alto, provavelmente na faixa dos sessenta anos, mas é bonito e se veste muito bem. Jax se levanta e aperta a mão do homem.

— Senador Gorman. Quanto tempo!

— Faz tempo mesmo. Você não compareceu às últimas atividades de família do Senado. Você deveria vir. Seu pai certamente poderia ter uma ajudinha com os eleitores mais jovens.

O maxilar de Jax fica rígido e consigo perceber quando algo toma conta dele.

— Sim, tenho certeza de que ele poderia. — Ele volta a atenção para mim, demonstrando sua boa educação impecável. — Esta é Lily St. Claire.

O senador balança a cabeça.

— Prazer em conhecê-la, Srta. St. Claire.

— Igualmente.

Ele me estuda por um momento.

— Alguma relação com Philip St. Claire, o senador do estado de Nova Jersey?

— Acho que não.

Lembrando da jovem mulher parada ao lado dele, o senador limpa a garganta e faz as apresentações necessárias, embora esteja desconfortável.

— E essa é Eve Matthews, minha assessora de marketing com a juventude. Ela me mantém em contato com os jovens constituintes — ele fala, balançando a cabeça para a jovem voluptuosa de vinte e poucos anos parada ao seu lado.

Há uma pequena mudança no rosto de Jax, e percebo o endurecer do seu maxilar e o gelo em seus olhos. Ele balança a cabeça em resposta, sem dizer nada à mulher. Tornando seu ponto de vista dolorosamente óbvio, os olhos de Jax caem para a aliança no dedo do senador e, em seguida, seu olhar volta ao dele. Nenhuma palavra é dita, mas muito é falado nesse momento.

Percebendo que é hora de ir, o senador se atrapalha um pouco.

— Bom, vocês dois aproveitem a noite. — Ele coloca a mão na parte inferior das costas da mulher, de maneira um pouco íntima demais e um pouco baixo demais para uma relação de apenas colegas de trabalho. Jax também percebe isso. Voltando-se, ele diz: — Espero vê-lo seguindo os passos do seu pai, Jackson. Você seria um ótimo senador um dia. Você é tão parecido com o seu pai quando ele tinha a sua idade!

Controlando a raiva, Jax responde:

— Eu não sou em nada parecido com o meu pai. — Ao sentar-se, ele dispensa o senador e não oferece muito quando o homem olha para trás.

Ficamos calados por um longo tempo. O garçom interrompe a densa tensão que paira no ar ao voltar à nossa mesa.

— Posso lhes oferecer o cardápio de sobremesas?

Jax olha para mim, o rosto ainda tomado de tensão. Fico em dúvida sobre a minha resposta antes de pronunciá-la. Sinto o calor subir ao meu rosto antes mesmo que eu termine a frase.

— Não, obrigada. Já temos a sobremesa planejada no quarto.

As sobrancelhas de Jax pulam de surpresa. O canto da boca se eleva.

— Apenas a conta, por favor. — E falando diretamente para mim, em vez de para o garçom, ele acrescenta: — E se você conseguir trazê-la em menos de um minuto para que a gente possa sair logo daqui, eu dobro a sua gorjeta.

Estamos saindo do restaurante exatos sessenta segundos depois.

VINTE
Jax

Os pensamentos sobre todas as coisas que quero fazer com ela acabam com qualquer frustração que eu tenha sentido ao ouvir o senador Gorman falar. O elevador enche quando um casal segura a porta para que alguns amigos entrem. Lily se encosta em mim ao dar um passo para trás. Com a proximidade, seu perfume doce e fresco toma conta de mim.

— Você tem um cheiro delicioso — murmuro baixinho em seu ouvido, de modo que só ela possa ouvir. As pontas dos meus dedos tocam e apertam o osso da sua cintura em ambos os lados, diminuindo o pequeno espaço entre nós. Sua respiração acelera quando eu, discretamente, pressiono minha firme ereção em sua bunda. Ela me dá uma cotovelada quando a porta fecha quase com a capacidade máxima do elevador. Isso me encoraja a fazer mais.

Após quatro doloridas paradas em andares diferentes, restam apenas nós e outro casal. Observo nosso reflexo nas portas de metal brilhantes e deslizo a mão, escondida contra a parede, da cintura dela para a coxa.

— Olhe para frente — sussurro.

Seus olhos se prendem aos meus no reflexo. As portas se abrem e as últimas duas pessoas saem. Quando se fecham e nosso reflexo volta, levanto uma das mãos e agarro um de seus seios com força. Ela se espanta, mas cede rapidamente quando belisco o mamilo entumecido. Observo atentamente quando sua cabeça cai para trás, os lábios se entreabrem e a respiração se torna difícil quando levanto a outra mão e agarro o outro seio. Minha cabeça entra em parafuso só por assisti-la — quero estar dentro dela, fazê-la gritar meu nome diversas vezes até consumi-la, a ponto de não conseguir pensar em mais nada, senão como eu a faço se sentir.

Chegamos à cobertura e as portas do elevador abrem. Por um breve momento, contemplo onde estamos. Minha necessidade é muito primitiva e não consigo esperar muito mais para sentir pele contra pele. Mas, pelo canto do olho, uma câmera me lembra de que não estamos exatamente sozinhos.

— Ao espelho. Agora — exijo e a guio rapidamente pela suíte. Paro na porta do closet e deixo seu olhar se fixar na cômoda bem no meio do espaço e no espelho gigante que está diante dela.

— Você vai se inclinar sobre ela e segurar nas laterais. — Ela arqueja, imaginando a cena. — Abra bem as pernas. Coloque essa bundinha bem alta para mim. — Aumento o aperto em sua cintura, talvez um pouco mais do que eu deveria, mas é isso ou tudo acabaria rápido demais. — Quero que veja tudo o que faz comigo pelo espelho, enquanto te vejo receber cada centímetro meu dentro de você. Não feche os olhos. Assista cada minuto do que estou fazendo com você, meu anjo.

Ela murmura algo que não consigo entender. Não tenho nem certeza se são palavras ou apenas um conjunto de sons misturados com um gemido e um suspiro que sinto pulsar através do meu corpo. Engulo em seco, minha boca salivando com a ideia de fodê-la por horas. Respiro fundo e resisto à necessidade urgente de simplesmente arrancar suas roupas e direcionar meu pau pulsante dentro dela o mais fundo e rápido que puder. Ao invés disso, eu a viro e tomo sua boca em um beijo. É passional e primitivo, e uso toda a minha força de vontade para impedir que se torne muito agressivo. A necessidade dentro de mim é muito forte e tenho medo de permitir que ela me consuma demais. Tenho medo de assustá-la. O que eu sinto por essa mulher é tão intenso e profundo que me assusta pra caramba.

Lily torna mais difícil eu conseguir me controlar quando pressiona com força seus seios contra mim, e depois levanta uma perna e a envolve em minha cintura, a ponta de seu salto alto fincando na minha pele. Agarro sua bunda e a levanto, e sua outra perna me envolve também. Sinto quão molhada ela está entre as pernas mesmo que ainda estejamos completamente vestidos, o que faz meu corpo estremecer enquanto me agarro às minhas últimas forças para manter o controle. Mas então sua mão envolve meu pescoço, sobe pelo cabelo e o puxa. Forte. Sua audácia recém-descoberta é a minha fraqueza.

    Eu a carrego até a cômoda e a coloco no chão, virando-a assim que seus pés tocam o chão. Não querendo desperdiçar mais nenhum segundo sem estar dentro dela, levanto sua saia e arranco a calcinha com um movimento brusco. Ela ofega, mas não lhe dou tempo para recuperar o fôlego antes de eu tirar minha calça e colocar uma mão em suas costas para facilitar seu posicionamento.

    — Segure-se firme. — Eu a inclino na cômoda e a instruo a segurar nas laterais. Ela definitivamente terá que se segurar. Olho para baixo, para a pele suave da sua bunda firme e macia, e um som feroz, que nem reconheço, escapa de mim. Posiciono a grossa cabeça do meu pau na abertura reluzente e rosno mais um comando. — Assista. — Nossos olhos se encontram no reflexo do espelho. Seus olhos azuis escurecem e ficam semicerrados, e vejo meu próprio desejo olhando de volta para mim.

    Impulsiono os quadris para frente e a preencho com um só movimento. Nossos olhos nunca perdem o contato. Fico parado por um instante, circulando os quadris para facilitar o corpo dela aceitar o meu. A pressão cresce dentro de mim no minuto em que começo a me mover novamente, num ritmo rápido e sedento que toma conta de mim. Com os olhos grudados no espelho observando-a, bombeio dentro e fora, com o ritmo crescendo rapidamente, cada rotação dos meus quadris me levando cada vez mais perto. Os olhos dela assistem e sei que está sentindo o mesmo que eu, sentindo a mesma sensação incrível quando seus músculos convulsionam e apertam ao meu redor. Estremeço quando sinto sua boceta gananciosa me molhar por completo.

    As estocadas rápidas logo se tornam marteladas exigentes enquanto luto para manter o ritmo inflexível. Os olhos de Lily começam a fechar quando o orgasmo toma conta dela. Mas chamo seu nome e seus olhos voltam a focar momentaneamente, mas depois, voltam a nublar quando ela chama o meu nome de volta.

Repetidas vezes, meus olhos grudam em seus lábios murmurando o meu nome. O som me consome quando encontro o meu alívio. O calor do meu orgasmo invadindo-a faz com que meu corpo tenha espasmos de prazer até que finalmente fique vazio.

Inclino-me sobre ela. Nossos corpos estão cobertos de suor. Coloco a cabeça em seu pescoço enquanto recupero o fôlego. Por fim, meu arquejar diminui e finalmente consigo falar.

— Isso foi realmente incrível.

Não posso ver o rosto dela, mas sinto quando um sorriso bobo surge lentamente em seu rosto.

— Lembre-me de encontrar alguém que te deixe puto com mais frequência.

Deitados na cama, acabados com a intensidade física e emocional de uma noite de paixão, eu a observo enquanto ela pensa um pouco antes de perguntar:

— Quanto tempo você vai ficar em Nova York? — Ela percorre meu peito com os dedos, subindo e descendo. Sua cabeça está encaixada no meu ombro e gentilmente acaricio seu cabelo no escuro.

— Eu planejava ficar somente até as negociações com a Ralley's terminarem. — Esse seria um ótimo momento para contar a ela que o grupo de investidores que estou trazendo para apresentar é, na verdade, o grupo de uma pessoa só: eu. Mas quero esperar até que as negociações terminem, sem influenciar sua decisão ou do Joe por causa do nosso relacionamento. Além disso, o banco ainda não autorizou o financiamento e as coisas ainda correm o risco de não dar certo. Lily pode não ficar feliz quando descobrir que escondi que eu era o investidor, mas acredito que vá entender as minhas razões. Não quero que o que a gente tem a influencie nas negociações. Manter silêncio a protege mais do que a mim.

— E por quanto tempo é isso? — ela pergunta hesitante.

— Não por muito mais tempo. Há essa mulher que me dá tudo que preciso na Ralley's. Consegui engatilhar o financiamento rápido porque ela tem todas as informações bem organizadas — provoco. — Deve ficar pronto dentro de poucos dias.

— Ah — ela diz, parecendo desanimada.

Eu nos viro, colocando-a gentilmente de costas para que possa ver o seu rosto. O quarto está escuro, mas a luz da lua que vem da janela ilumina o suficiente para ver seus olhos. Retiro uma mecha de cabelo do seu rosto.

— Mas eu não planejei conhecer você.

Ela balança a cabeça, mas não diz nada.

Eu me inclino e a beijo no pescoço.

— Acho que meus planos mudaram. — Deixo um rasto de saliva quando lambo até a orelha e sussurro: — Você mudou meus planos, Lily St. Claire.

Vinte e Um
Lily

Quase sempre há uma calmaria no meio de uma tempestade poderosa. O olho do furacão pega as pessoas despreparadas porque elas baixam a guarda. Eu deveria me sentir calma, até mesmo feliz. Deus sabe que tive vinte e quatro horas de puro êxtase. Sorrio ao sair do metrô, cortando caminho pelo estacionamento para a aula de desenho linear avançado e pensando sobre a noite anterior com Jax. Lembrar do rosto dele me aquece toda. Porém, algo na boca do meu estômago me avisa de que eu não deveria me entregar à calmaria, embora não seja necessário muito esforço.

Carros lotam o estacionamento e já há algumas pessoas se espremendo aqui e ali. As aulas de manhã cedo das universidades tendem a ser para os alunos ocasionais, ao invés da galera jovem que vive no campus. Alunos do tipo que vêm e vão com um propósito, em vez de ficarem curtindo os amigos antes de tudo. Olho ao redor e ninguém parece estar próximo. Mesmo assim, tenho a estranha sensação de estar sendo observada. Quando estou quase entrando no prédio, vejo um carro preto luxuoso passando devagar. As janelas são completamente escuras, por isso não consigo ver dentro, mas tenho a nítida sensação de que quem quer que esteja do lado de dentro está me observando. O carro vai embora logo em seguida sem nenhum incidente.

Coloco os fones de ouvido e a voz do Dave Matthews preenche meus ouvidos enquanto me permito me perder desenhando. O modelo hoje não está nu, mas está sem camisa. Ele é magro e mais parece um menino do que um homem. Mais o tipo do Reed do que meu. Com o carvão vegetal, escureço a fina linha de seus músculos peitorais, cuja definição vem mais pelo fato de ele ser magro e o corpo não ter gordura do que do desenvolvimento de músculos de verdade. Ao contrário de Jax.

Enquanto desenho, minha mente voa para a ondulação do seu peito, para as fendas profundas e definidas de cada músculo cultivado. Solto o ar quando lembro das linhas fundas de sua cintura estreita, o V profundo que vi afundar pelo espelho ontem a cada investida poderosa que ele dava para frente.

Trago-me de volta à realidade e minha professora aponta para o desenho à minha frente.

— Menos músculo e mais osso — ela comenta.

Faço que sim com a cabeça, percebendo pela primeira vez com quem o desenho no bloco à minha frente se parece. Estive desenhando mais o que minha memória lembra e fantasiando sobre um homem no qual não consigo parar de pensar, e não desenhei nada do modelo da aula.

O estacionamento está movimentado quando saio. Olho ao redor novamente e não encontro ninguém de olho em mim. Mesmo assim, tenho aquela sensação de novo. Tenho certeza de que é só paranoia minha, mas o fato de Caden ter se afastado tão facilmente me incomoda. A luta entre ele e Jax é daqui a sete dias, e realmente não acho que Caden se manterá afastado até lá.

O metrô lotado do fim da manhã me traz algum conforto. De uma maneira estranha, estar imprensada como sardinha faz com que eu respire mais fácil. Percorro as doze estações até a Ralley's e percebo alguns fotógrafos do lado de fora. Jax já deve estar na academia. Os paparazzi vêm diminuindo nos últimos dias e apenas alguns insistentes ficam seguindo-o para cima e para baixo agora.

Respiro fundo antes de abrir a porta, mesmo que Joe tenha me dito que Caden não viria aqui até a luta, na próxima semana. Jax está treinando com *sparring* nos fundos, mas seus olhos encontram os meus no minuto em que passo pela porta.

— Tudo bem? — Joe sai do escritório.

— Tudo.

Seus olhos se voltam para o meu pescoço. O preto e azul deram espaço para uma sombra amarela e roxa. Seu maxilar se enrijece.

— Caden tem se mantido afastado?

— Não ouvi nada a respeito dele ou sequer o vi desde aquela noite — confirmo.

Joe balança a cabeça.

— Ótimo. — Ele olha para Jax nos fundos, que acaba de derrotar Marco. — Ele tem punhos bons. Muito bons. Caden é meu sobrinho, mas o ego dele o cega às vezes. Ele se acha melhor do que é. A única maneira de ele ter uma chance contra o Jackson é se a loucura vier à tona e incitar uma pilha de adrenalina nele.

Perfeito. Simplesmente perfeito.

Alguns minutos depois, Joe volta para a recepção com as luvas de boxe em mãos.

— Estou indo embora. Vou do outro lado da cidade entregar algumas luvas novas que acabaram de chegar. Eu quase esqueci... — Ele me entrega um grande envelope creme com uma caligrafia linda na parte da frente. — Isso foi entregue ao Jackson hoje de manhã, antes de ele chegar. Um portador o trouxe.

— Obrigada, Joe. Eu entrego a ele. Tenha uma boa tarde.

Depois de terminar o treino, Jax vem para a recepção. Ele está todo suado e com os músculos realçados por causa da malhação pesada. Meus olhos passeiam por seu peito. A forma como sua camiseta gruda no peito é um banquete para os meus olhos. Sem perceber, lambo os lábios.

— Pensei que você tinha me pedido para manter as coisas tranquilas por aqui.

— E pedi. — Retorno do meu transe.

O SEDUTOR 193

— Então pare de me olhar assim.

— Assim como?

— Como se precisasse ser fodida nesse balcão.

Eu olho para o balcão e lembranças do nosso encontro no closet voltam à minha memória.

Jax ri. Ele envolve um braço no meu pescoço e me puxa para um beijo.

— Vou tomar banho. É você quem fecha aqui hoje, né?

Faço que sim com a cabeça.

Um sorrisinho safado surge em seu rosto. Jax olha para o balcão, depois para mim e ergue uma sobrancelha. Minhas bochechas começam a queimar só pela ideia que ele coloca na minha cabeça.

Estamos de volta ao meu apartamento e me dou conta de que esqueci de entregar ao Jax o envelope que chegou hoje. É estranho que alguém mande entregar na academia o que parece ser um convite de casamento. Teria mais sentido mandar entregar no hotel. Alguém parece conhecer a rotina do Jax.

— Desculpe, eu quase esqueci. Um portador entregou isso hoje para você. O Joe me deu e o coloquei na minha bolsa. Fiquei tão ocupada que só agora lembrei. — Entrego o envelope e ele franze o cenho.

— O que é?

— Eu não sei. Não abri.

Jax abre o envelope e dá uma olhada nas primeiras linhas. Em seguida, joga-o de lado em cima da mesa.

— É um convite de casamento que você não estava esperando? — pergunto curiosa.

— Não. É um convite para uma festa de aniversário. — Ele

não acrescenta mais nada, seu semblante infeliz demonstra que a surpresa do convite não foi boa.

Ele fica quieto o resto da noite. Já estamos indo para a cama quando ele se abre e fala o que o aborreceu.

— Meu pai vai dar uma festa de aniversário para a minha mãe.

— Ah. — Não sei bem o que responder.

Ele fica em silêncio enquanto nos trocamos e eu o abraço na cama. A voz dele é calma quando volta a falar.

— A melhor e a pior coisa sobre a minha mãe são uma coisa só: ela é leal até o fim — Jax fala, passando a mão no meu ombro nu. Com a cabeça em seu peito, fico fazendo um oito imaginário no músculo peitoral, no escuro. Minha unha raspa de leve os gomos do seu peitoral quando digo:

— Acho que lealdade é sempre uma boa qualidade. É a nossa escolha de para quem a damos que pode ser o nosso erro.

Ele faz que sim e beija o topo da minha cabeça.

— Você tem razão. Eu só não sei como ela consegue ficar com ele depois de tudo o que causou a ela. Por que ela não vai embora?

— O amor não é algo que você possa desligar. Quando acontece, ele rouba um pedacinho de quem você é. Acho que às vezes as pessoas continuam lutando porque têm mais medo de perder esse pedacinho de si do que de perder a pessoa a quem amam.

Jax solta o ar.

— Nossa, Lily. Você pode não a conhecer, mas não poderia estar mais certa.

Ficamos calados por alguns minutos.

— Você já se apaixonou? — pergunto baixinho, levantando um pouco a cabeça para olhar para ele, mesmo que esteja escuro.

Sua mão que estava passando pelo meu ombro para.

— Você primeiro.

— Por que eu primeiro?

— Porque agora você me fez pensar que está aí deitada pensando em outro homem.

Eu rio.

— Não estou.

— Ótimo. Porque acho que não conseguiria suportar. — Ele nos gira, me deitando de costas. — Então, você já?

— Eu pensei estar uma vez. Mas agora me dou conta de que não era de verdade.

Ele beija meus lábios com carinho.

— E você? — pergunto de novo.

— Acho que sim. — Ele beija um canto da minha boca e depois o outro, antes de carinhosamente beijar o meio novamente. — Cada dia que passa eu tenho mais certeza.

Vinte e Dois
Jax

Após uma noite revirando na cama, finalmente me decido.

— Vou para Washington para a festa de aniversário da minha mãe. De qualquer forma, preciso passar algumas horas com o Brady. Ele está tentando não transparecer que precisa de mim, mas sei que passar uma tarde no escritório irá trazer um grande alívio a ele.

Lily concorda e sorri educadamente.

— Tudo bem.

— Tem a ver com a minha mãe, não com ele. Ou comigo. Vou por causa dela. Ela teve um colapso depois da divulgação da interminável lista de casos do meu pai. Estou guardando rancor dela há muito tempo, descontando nela o fato de amá-lo, porque ele não merece seu amor ou sua lealdade.

Ela enche minha caneca com café e se senta à minha frente. Pego sua mão quando ela começa a se afastar e a puxo para o meu colo.

— Viajo hoje à noite. Volto no dia seguinte à festa. — Isso ainda me dará alguns dias de descanso antes da luta com o Caden, embora eu não mencione esta parte para Lily. Aprendi que esse é um assunto sobre o qual nós nunca vamos concordar, então, é melhor evitá-lo.

— Você vai voltar? — ela pergunta surpresa.

— Claro que vou voltar. — Franzo o cenho. — Você acha que eu ia fazer minha mala e dizer "tchau, foi legal te conhecer"? — Quanto mais penso nisso, mais irritado fico ao pensar que ela imaginou que eu fosse desaparecer depois das semanas que passamos juntos.

— Eu. Nós. Eu... É só que... Nós nunca falamos sobre o futuro, depois que seus negócios estiverem concluídos aqui.

— Meus negócios estão longe de estarem concluídos aqui, meu anjo.

Ela olha para mim. Seu rosto recém-lavado do banho e sem maquiagem a torna ainda mais bonita do que o normal. Há algo de tão vulnerável nela, mas ao mesmo tempo tão forte...

— Achei que você tinha dito que o banco já estava quase terminando a análise e que já estava quase tudo acertado com os investidores.

— E está. — Beijo a curva de seu ombro. — Esse não é o negócio ao qual me refiro. Há outras coisas mais importantes aqui que eu preciso cuidar.

Os cantos de seus lábios se voltam para cima, com esperança. Ela envolve os braços no meu pescoço.

— Que outras coisas você precisa cuidar? — ela pergunta timidamente.

Com um dedo, traço um caminho em seu ombro, e o indicador retira a alça de sua blusa. Seguindo a curva delicada da sua clavícula, me encaminho para o outro ombro e retiro a outra alça também. O tecido fino da camisola cai no chão, revelando os seios perfeitos. Fico hipnotizado ao ver os mamilos enrijecerem diante dos meus olhos.

— Há muitos negócios aqui dos quais tenho que cuidar. Negócios importantes. — Desço a boca para o mamilo e o sugo com força, mordendo-o um pouco antes de soltá-lo e afastar a cabeça. — Vou te contar a respeito enquanto cuido deles agora. — Eu a pego no colo. Ela dá um gritinho e o som me faz sorrir ainda mais. — Está preparada para os detalhes?

Ela faz que sim com a cabeça e morde o lábio inferior, seus olhos se transformando de brincalhões a semicerrados.

— Não ouvi direito. — Começo a andar em direção ao quarto.

— Sim.

A palavra sai sem fôlego. Isso faz com que meu pau endureça nas calças só de saber que posso fazê-la se sentir dessa forma.

— Sim o quê?

— Eu quero ouvir os detalhes.

E assim eu faço. Falo cada coisa importante que tenho que cuidar antes de fazer: chupar os mamilos, lamber a doce bocetinha, fazê-la gritar meu nome quando gozar.

A casa dos meus pais, na qual eu vivi desde que nasci, fica no topo de uma colina de onde dá para ver todo o centro de Washington. Grandes portões bloqueiam a passagem de estranhos, deixando-os apenas imaginando os personagens de uma história que está à mostra para o mundo ver. Digito o código de segurança e olho para a casa principal. Pilares brancos emolduram as impressionantes portas duplas altas da majestosa casa. Luzes estrategicamente colocadas iluminam os finos pontos de arquitetura, atraindo a atenção do que está à mostra, em vez de olhar para a escuridão que de fato emerge do lado de dentro. É uma casa bastante parecida com o homem que mora nela: perfeita do lado de fora, mantendo-se firme, desafiando qualquer um que questione seu lugar na comunidade. Mas dentro é fria e cheia de mentiras.

Há três anos, me mudei da casa principal para a pequena casa de hóspedes. Eu queria ter meu próprio apartamento na cidade, mas minha mãe me convenceu. Estacionando em frente a um lugar que eu uma vez senti como se fosse minha casa, percebo que me sinto mais como um intruso do que como alguém que pertence ao local.

Uma grande pilha de correspondência me aguarda na mesa de jantar, com um anúncio no topo dela. Um cartão grosso e de boa caligrafia anuncia que a festa de aniversário será às oito em ponto. Sem dúvida, centenas de pessoas receberam o convite pela cidade inteira, um convite para cada dignitário. Pergunto-me novamente se tomei a decisão certa em vir.

Um retrato de família está pendurado na parede da sala: presente da minha mãe quando eu me mudei. Eu tinha apenas cinco ou seis anos na foto. Estou vestido de terno e suspensórios e estou orgulhosamente de pé ao lado deles. Ambos estão sorrindo abertamente para a câmera e me aproximo para examinar a expressão deles. O sorriso do meu pai é o mesmo que vi milhões de vezes, que ele aperfeiçoou ao longo dos anos. Infelizmente, não consigo nem lembrar como seu sorriso natural era. Mas é o rosto da minha mãe que estudo por mais tempo. Examino seus olhos, imaginando se naquela época ela estava ocultando sua tristeza, ou se surgiu anos depois.

Será que houve alguma coisa real na minha vida? Ou as mentiras e os segredos me cercaram desde o dia em que nasci, e por isso não conheci nada diferente?

A voz do meu pai surge e me traz de volta à realidade, enquanto ainda olho-a. O som me assusta, mas não me surpreende, na verdade.

— Você está arruinando uma quantia substancial de investimentos. O que está acontecendo, Jackson?

Balanço a cabeça e rio alto, embora não ache nada realmente engraçado. Faço uma nota mental para mudar de banco. Pensando melhor, provavelmente há dezenas de mudanças que tenho que fazer na minha vida para me livrar desse velho clubinho onde meu pai consegue suas informações. Tanta aporrinhação para ter privacidade!

— Não é da sua conta o que eu faço com o *meu* dinheiro. Mas não se preocupe, não estou subornando uma madame que esteja me chantageando nem estou investindo em heroína. — Encaminho-me para o bar da sala e me sirvo de um drink, sem oferecer a cortesia ao meu convidado nem um pouco bem-vindo. — Você não precisa se preocupar com um escândalo iminente, se é isso que realmente te preocupa. — Tomo um gole do líquido âmbar, que queima ao descer pela garganta. — Em todo caso, você já não tem um monte de escândalos seus para se preocupar?

— Sei que está chateado, mas não vou tolerar ser desrespeitado na minha própria casa — ele diz com desdém.

Viro o copo e olho-o com um sorriso cheio de veneno.

— Não se preocupe, não vou ficar muito tempo.

— E para onde você vai? Voltar para Nova York para gastar seu tempo andando com um bando de perdedores que acham que bater uns nos outros é esporte? E essa Lily... Ela não é o tipo de mulher que você precisa.

— Você não sabe nada sobre a Lily — eu cuspo. — Na verdade, você também não sabe nada sobre mim.

— Eu conheço o tipo dela. Aproveite, semeie seu lado selvagem. Mas case-se com uma mulher com pedigree.

— Eu te encheria de porrada agora, seu maldito, se não te achasse tão ridículo. — Olhando para o meu pai pela primeira vez, percebo seu cansaço e desgaste.

— Me encheria de porrada? Você soa como um animal. Como aquele seu meio-irmão. É isso que vai se tornar se continuar frequentando o lugar que você tem andado.

Rio sem humor algum.

— Quem iria imaginar que o filho prodígio do senador ficaria com inveja de uma criança ilegítima?

— Inveja? — ele declara. — De que, meu Deus, você teria inveja daquele homem?

Olho para ele, incrédulo.

— Ele cresceu sem você por perto.

Não sei por que esperei que a festa de aniversário da minha mãe fosse ser algo diferente de um espetáculo. Um evento para que o mundo tivesse um vislumbre do casal feliz, uma tentativa de restaurar a imagem manchada do senador. Durante a maior parte do tempo, desempenhei o papel que esperavam de mim. Era mais fácil seguir no modo piloto-automático do que tentar convencer meu pai, embora tenha visto seu maxilar enrijecer quando decidi me sentar do outro lado da sala com a Lourdes, a mulher que cuidou de mim desde que eu era criança, em vez de me sentar à sua mesa, no lugar que me era designado. Ele não se importou realmente com onde me sentei, mas os murmúrios começaram de imediato e nós dois nos demos conta disso.

Ignoro o comportamento do meu pai quando me aproximo da mesa para perguntar se minha mãe quer dançar.

— Bom, aí está o meu filho, que anda muito ocupado esses dias gerenciando um império para visitar seu velho pai — ele diz, enquanto mantém a pose para dois colegas senadores à sua mesa, um dos quais está sendo apontado como um potencial candidato a vice-presidente.

— Mãe, gostaria de dançar?

O rosto dela se ilumina com a pergunta. Isso compensa qualquer tortura de passar um tempo no mesmo ambiente que o meu pai. Vê-la feliz, mesmo que apenas por um instante.

— Obrigada por vir — ela diz baixinho, enquanto nos encaminhamos para a pista de dança.

Balanço a cabeça.

— Você está de volta de vez? — ela pergunta.

— Não. Sinceramente, não sei mais onde vou ficar, mãe.

Ela olha para mim, nervosa.

— Mas o seu negócio está aqui.

— E eu tenho um bom homem gerenciando-o. Passei o dia com o Brady. Ele tem tudo sob controle.

Ela parece querer acrescentar alguma coisa, mas então pensa melhor e simplesmente concorda. Ficamos calados por um instante, antes de eu lhe dizer o que só agora me dei conta de ser verdade.

— Me desculpe se fui muito duro com você, mãe. Descontei em você como me sinto com relação a ele.

Seu rosto se entristece.

— Eu não conseguia entender por que você ficou com ele. Deixou-me com raiva o fato de você permitir que ele te pisasse.

— Eu amo o seu pai, Jackson — ela diz quase arrependida.

— Eu sei. Mas isso não significa que você tem que permiti-lo te destruir. Sinto como se a tivesse perdido, mãe.

— Eu sempre estive aqui, Jackson.

— Não digo fisicamente. Quero dizer, quem é você, mãe? Você é a esposa dele, a parceira, a mulher que fica ao lado dele para as fotografias... Mas alguma coisa nisso tudo a faz feliz?

Uma lágrima cai de seu olho, mas ela sorri.

— Desculpe. Não queria chateá-la. É seu aniversário.

— Você não me chateou, filho. Eu apenas me dei conta do homem lindo que você se tornou. Você enxerga as coisas claramente. Alguma mulher terá muita sorte em fisgá-lo um dia.

Sorrio, aceitando o elogio.

— Não sei o que posso fazer para ajudar, mas estou aqui se precisar de mim.

— Obrigada. Isso significa muito para mim.

Balanço a cabeça e me aproximo para beijar sua bochecha, puxando-a para mais perto de mim até que tenhamos terminado nossa dança. Sentindo como se tivesse conseguido o que vim fazer aqui, escapo não muito tempo depois.

Vinte e Três

Lily

Fazia tempo que eu e Reed tivemos nossa última maratona de filmes numa sexta à noite. Usando uma camiseta duas vezes o meu número, preparo duas taças de sorvete Moose Tracks e me acomodo no sofá, entregando uma com três cerejas a Reed.

— Bela camiseta. — Meu melhor amigo provoca abertamente, sabendo muito bem que a camiseta é do Jax. Ele a usou por algumas horas antes de dormir na outra noite e ainda está com o cheiro dele. Não é perfume ou sabonete, mas seu delicioso e másculo cheiro natural.

— Obrigada — brinco, enfiando uma colherada de sorvete na boca. — Então, o que você trouxe para assistirmos?

— *Onze homens e um segredo*, *Clube da luta* e *Sr. e Sra. Smith*.

— Ainda está na fase Brad Pitt, é?

— Eu não tenho um Jackson Knight para me manter aquecido à noite, então, o Brad compensa.

Roubo uma cereja da taça dele e a enfio na boca antes que ele possa reclamar.

— Então, como é o Sr. Alto, Rico e Lambível?

— Ele é ridiculamente perfeito — respondo, conquistando o lindo sorriso de menininho do Reed. Ele está quase tão animado quanto eu com o fato de eu e Jax termos nos aproximado. Gostaria que ele conhecesse alguém também. Alguém com quem ele desejasse passar mais de uma noite, quero dizer.

— Você acha que ele se mudaria para Nova York ou você terá que se mudar para Washington?

— Ainda não chegamos a esse ponto.

— Eu vejo a forma como você olha para ele. A forma como ele te olha. Vocês estão nesse ponto sim. — Ele coloca uma colher cheia de sorvete na boca, em seguida, um arrepio percorre seu corpo.

— Congelou o cérebro?

Ele balança a cabeça.

— Só porque faz apenas algumas semanas não significa que você não esteja apaixonada.

— Quem disse que estou apaixonada?

Reed me olha como se fosse dizer o que está ridiculamente estampado na minha cara.

— Como está a sua vida amorosa? — pergunto. — Ainda está saindo com o entregador?

— Quem? — Acho que não.

— Quando você vai encontrar alguém com quem de fato terá um relacionamento?

— Eu tenho vários relacionamentos — Reed diz, como quem destaca algo muito importante.

— Você sabe o que eu quero dizer — advirto-o.

— Quando um Jackson Knight entrar na minha vida. — Ele dá de ombros, como se a resposta fosse bastante simples.

— Não acho que haja dois dele — falo brincando, embora tenha quase certeza de que seja verdade.

Reed solta a colher na taça já vazia com um ruído alto.

— Nem. Diga. Isso.

— Caden está disponível, se você estiver interessado — provoco, batendo meu ombro no dele.

— Obrigado por esperar até que eu tivesse terminado meu

sorvete para dizer isso. Meu estômago dói só de pensar naquele homem.

Reed levanta e pega a minha taça, mesmo ainda tendo sorvete nela.

— Ei, eu não terminei — reclamo.

Ele enfia as últimas colheradas na boca e diz:

— Terminou sim. — Ele dá uma piscadela e leva-as para a pia da cozinha.

— *Clube da Luta*? — ele pergunta, pegando os DVDs.

— Você detesta lutas.

— Não desde que vi Jax treinando com Marco outro dia. — Ele suspira. — Além do mais, Brad Pitt não fará mal algum.

Sorrio.

— Então será *Clube da Luta*.

Ficamos em nossos lugares de sempre no sofá: ele sentado com as pernas apoiadas na mesinha de centro e eu com a cabeça em seu colo e com o cobertor puxado até o nariz. Trailers de filmes que nós dois já vimos passam na TV.

— Então, como está a venda da metade do Joe da academia?

— Parece que está indo tudo muito bem. O banco que os investidores estão usando para o financiamento é o mesmo que o nosso, e isso nos poupa tempo em fazer as verificações necessárias. Foi o que o Jax disse.

— O Animal ainda está se mantendo afastado?

— Não o tenho visto, embora a luta dele com o Jax seja na quarta-feira. Me embrulha o estômago só de pensar.

Reed suspira alto. De início, acho que é a resposta dele à minha menção sobre a iminente luta entre Caden e Jax. Mas aí me dou conta de que o filme começou e o rosto do Brad Pitt na tela roubou a atenção do meu amigo. Os olhos de Reed ficam grudados nos lutadores sem camisa a maior parte do filme. Eu, por outro lado, tenho dificuldades de me concentrar em um filme sobre lutas, porque me lembra o que está por vir dali a quatro dias.

Tomo banho e troco a camiseta por outra diferente, também retirada da pilha que Jax deixou no meu apartamento. Reed acabou de ir embora e olho para os filmes que ele deixou no chão perto do aparelho de DVD quando ouço alguém bater na porta. Sem olhar pelo olho mágico, abro a porta.

— Esqueceu alguma coisa?

A boca de Jax abre um sorriso.

— Bela camiseta.

— Eu não esperava te ver tão cedo — gaguejo, pega de surpresa pela sua presença. E que presença! Vestido com um terno azul-marinho e uma gravata azul-clara que destacam a cor dos seus olhos ao ponto de quase não parecerem reais, ele parece totalmente comestível.

— Então, você abre a porta assim para qualquer um? — Com uma sobrancelha arqueada, há um tom que pode ser ciúme em sua voz.

Esquecendo-me de que não estou vestindo nenhuma calça, olho para baixo e percebo que a camisa dele mal cobre a minha calcinha.

— Achei que fosse o Reed.

— Não sei se gosto de você abrindo a porta para o Reed assim. — Seus olhos traçam um caminho devagar de cima a baixo pelas minhas pernas antes de ele me segurar pela nuca e me beijar intensamente.

— Uau!

Sua boca se curva num sorriso pervertido.

— Você vai me convidar para entrar ou vou sentir seu gosto aqui mesmo no corredor?

Permanecemos alguns minutos do lado de dentro da porta, comigo sendo imprensada contra ela. Me afasto para respirar e sussurro:

— Essa é uma boa surpresa. Você voltou mais cedo. Achei que seria à noite.

A mão de Jax passeia por debaixo da minha camiseta. Não coloquei sutiã depois do banho. Ele geme ao encontrar minha pele nua.

— Não havia razão para ficar. — Ele puxa a camiseta, expondo meus mamilos doloridos, e pega um entre os dentes. — E todas as razões do mundo para voltar.

Meu coração incha em pensar que sou sua razão de voltar mais cedo. Pressionando seu corpo asperamente no meu, ele me coloca contra a porta apenas com o quadril, enquanto assalta minha boca em mais um beijo profundo. Rapidamente me perco nele. Um som alto na porta me traz de volta à realidade.

— Quem é? — pergunto. Minhas pernas estão bambas e balanço um pouco quando Jax me solta.

— Sou eu — Reed diz do outro lado da porta. Coloco a mão na fechadura e Jax coloca a dele sobre a minha, impedindo-me.

— Vá colocar uma calça — ele diz firmemente.

— Mas é apenas o Reed.

— Não me importo com quem seja. Vá se vestir.

Fazendo beicinho, ando batendo os pés até o quarto. Visto uma calça e volto.

— Esqueci os DVDs — Reed diz com um sorrisinho sabichão no rosto. Ele olha para Jax com gosto, e eu não sei se é porque está feliz por mim ou porque gosta do que vê. De qualquer maneira, me encanta ver a aprovação em seu rosto.

— Vejo vocês na quarta-feira. — Ele acena e praticamente corre porta afora.

— Quarta-feira? — Torço o nariz sem me lembrar de nada que eu tenha marcado com Reed.

— Eu o convidei para a luta — Jax diz casualmente, enquanto fecha e tranca a porta.

Uma sensação nauseante de medo toma conta de mim. Eu tinha conseguido esquecer a luta durante algumas horas hoje de manhã. A ideia de ver Jax ser golpeado por Caden no ringue me enoja. Não é que eu não confie que ele possa ganhar, mas a luta é basicamente minha culpa e sei que vou me sentir culpada a cada golpe.

Na tentativa de tirar esse pensamento da cabeça, mudo de assunto.

— Como foi a festa?

— Uma piada — Jax resmunga, passando os dedos pelos meus cabelos.

— Sinto muito — ofereço, sem saber mais o que dizer.

— Eu também. Ele não foi capaz de deixá-la ter uma noite só dela sem transformá-lo tudo num evento de relações públicas para ele.

Entrelaço meus dedos nos dele, levanto sua mão e beijo carinhosamente cada um dos dedos. Ele pega minha outra mão, solta os nossos dedos e a coloca em seu peito. A intimidade parece acalmá-lo, e um sorriso pequeno, porém verdadeiro, começa a surgir em seu rosto.

— Senti sua falta — solto, dizendo a verdade, muito embora admiti-la me deixe nervosa.

— Também senti sua falta. — Ele ri e me agarra pela cintura, puxando-me para mais perto. — Eu realmente gosto de você usando minhas camisetas — diz numa voz gutural quando pega a bainha e a tira sobre minha cabeça.

— Achei que você tinha dito que gostava de mim usando-a — provoco.

— E gosto. — Ele abaixa a cabeça e enterra o rosto no meu pescoço, respirando profundamente. — Você pode usá-la mais tarde.

— Mais tarde? — repito despreocupadamente, sem de fato fazer uma pergunta.

— Bem mais tarde. — Ele toma a minha boca em um beijo apaixonado, e a nossa ânsia inicia rapidamente. — Preciso de você agora. — Ele geme, me levanta e carrega para o quarto.

Ao deitar-me no meio da cama, meus olhos são tomados de desejo. Ele paira sobre mim ainda completamente vestido, enquanto eu estou apenas de calcinha. Inclino-me para frente e deixo uma trilha de beijos em sua garganta, sentindo-o engolir sob meus lábios. Meu toque é gentil, mas incita uma resposta nele que é qualquer coisa menos isso. Gemendo, ele pega minha cabeça e me mantém imóvel, enquanto me beija sem piedade.

— Sua camisa. Por favor, tire a camisa. — Puxo-a desesperadamente, o que a faz soltar da cintura, mas não consigo abrir os botões de onde estou. Preciso senti-lo sem nenhuma barreira entre nós. Agora.

Abrindo os botões com agilidade, Jax encosta seu peitoral perfeito em mim e o pressiona. Nós dois gememos com a sensação de pele com pele. Faz apenas alguns dias, mas meu corpo está faminto por ele.

— Jesus — ele murmura em uma grossa voz sexy cheia de desejo quando agarra minha bunda com uma só mão, apertando-a forte, e usa a outra para guiar minhas pernas para envolvê-lo na cintura. — Eu adoro sentir você. Senti falta disso.

Meus dedos enroscam em seus cabelos enquanto ele desliza pelo meu corpo, enfiando o nariz entre meus seios.

— Eu também senti. Senti sua falta — digo sem ar, despejando significado em cada palavra.

A boca de Jax se move para o meu mamilo, já inchado e necessitado. Ofego quando ele o chupa com força, sentindo a sensação disparar através de cada nervo do meu corpo. A intensidade do desejo dele sendo revelado me consome... consome meu corpo, meus pensamentos, meu coração. Ele se move para o outro seio e sua mão alcança o local entre minhas pernas. Arqueio em sua direção quando ele desliza para baixo, deixando uma trilha de umidade enquanto alterna entre chupar e morder.

Tocando minha carne sensível, ele ronrona com uma satisfação masculina primitiva ao perceber quão pronta estou para ele.

— Você está tão molhada e faminta, meu anjo. — Ele brinca com a língua no meu clitóris inchado. — Adoro quando a sua bocetinha fica no ponto para mim.

Um tremor percorre meus membros quando seu vigor para me chupar aumenta. Sua língua se move consciente. Ele conhece tão bem o meu corpo, e acontece tão rápido! Minhas mãos agarram os lençóis debaixo de mim, e os seguro quando o orgasmo rapidamente toma conta de mim. Jax rosna quando tiro as mãos do lençol e agarro seu cabelo, puxando-o mais para dentro de mim, como se isso fosse possível.

— Jax — imploro, quando sinto as ondas tomarem conta de mim. Meus dedos agarram e puxam com força seus cabelos. Repito seu nome diversas vezes quando meu corpo começa a tremer. Ele chupa ferozmente o meu clitóris mais uma vez, levando-me ao limite. Meu corpo começa a convulsionar sozinho, e um contínuo fluxo de gemidos preenche o ar entre a gente.

Antes que eu possa voltar do abismo do êxtase, ele lambe meu corpo todo, de baixo para cima. Pairando sobre mim, ele faz uma pausa, sua respiração tão dura quanto a minha. Seus olhos vagueiam por meu rosto, meu corpo, e o momento se torna intensamente íntimo.

— Você é tão linda! — ele sussurra. Seus olhos claros estão cheios de uma mistura hipnotizante de emoções, que trazem uma onda de lágrimas de felicidade aos meus olhos. Vejo a verdade, o desejo, a necessidade e algo que eu nunca tinha visto nele antes: vulnerabilidade.

Beijando meus lábios suavemente, ele abranda o ritmo de frenético para lânguido e vagaroso. A fome ainda está em seus olhos, mas é misturada com emoções poderosas que correm entre nós.

Com olho no olho, ele entra em mim sem pressa. Sua mandíbula enrijece e o corpo estremece enquanto luta para ir devagar, enfiando o pau grosso e duro dentro de mim centímetro por centímetro. Um gemido sai dos meus lábios quando ele finalmente me preenche, cada pedacinho de mim se sentindo alargado e graciosamente completo.

Enquanto se acomoda, entrelaça os dedos nos meus e eleva minhas mãos acima da minha cabeça, prendendo-me. Seu corpo musculoso controlando o meu me faz sentir sem defesas, mas eleva minha excitação a um nível que me consome intensamente.

Ele reivindica minha boca novamente e começa a se mexer, a língua conduzindo a minha enquanto desliza para dentro e para fora bem gostoso. Cada investida é suave, porém poderosa, e meu corpo ondula, envolvendo-o cada vez mais. Enrosco as pernas em sua cintura e nos movemos juntos em uma dança sem música, mas perfeitamente no ritmo.

Ele me fala o quanto sou bonita, o quão maravilhoso é para ele me sentir, como meu corpo o aceita como se fôssemos feitos um para o outro. Sinto-me completa e totalmente possuída por ele, por suas palavras doces, os olhos me observando, o pau dentro de mim... Fecho os olhos quando o êxtase começa a tomar conta de mim.

Ele aperta minhas mãos ainda mais forte e minhas articulações ficam brancas. Ofego quando ele aumenta o ritmo, seus quadris mudando de uma investida ritmada para algo enérgico e palpitante. Meu orgasmo me atinge com a mesma intensidade com que sua necessidade reivindica meu corpo. Gemo, arqueio o corpo e grito seu nome diversas vezes, percorrendo cada onda de prazer até que ele se junta a mim, sibilando meu nome, e sinto seu calor jorrar dentro de mim.

O homem que há menos de meia hora prendeu minhas mãos firmemente na parede no banho enquanto possuía meu corpo e me comia por trás, agora me serve café e puxa a cadeira para eu me sentar quando entro na cozinha. Ele é uma contradição em todos os sentidos!

— Tenho aula hoje. Mas que tal eu fazer o jantar para a gente depois?

— Podemos ficar no hotel hoje. Jantar lá. Você não precisa cozinhar.

Sorrio.

— Eu quero. — Adoro fazer as coisas do dia a dia com ele. Parece tão normal, tão certo, tão reconfortante. Com ele é como se eu estivesse voltando para casa.

Ele me estuda por um momento.

— Tudo bem. Eu preciso trabalhar um pouco e depois tenho que treinar com o Marco das quatro às seis. Volto pra cá depois.

— Espero que você tome um banho antes — provoco.

— Depois de hoje de manhã, acho que todos os meus banhos serão aqui. — Ele abre um sorriso juvenil convencido.

Tenho a impressão de que nós dois vamos andar muito limpos de agora em diante.

Vinte e Quatro

Lily

    Jax tem uma reunião de negócios hoje de manhã do outro lado da cidade, por isso nos despedimos do lado de fora do meu prédio e caminho sozinha para a Ralley's. É um percurso que faço sozinha desde que tinha dez anos. Essa é uma boa vizinhança e sempre me senti segura aqui. Porém, hoje, não consigo evitar a sensação de alguém me observando. É plena luz do dia, mas minha paranoia praticamente me faz andar mais rápido para encurtar a distância até a academia.

    A manhã atribulada com trabalhos burocráticos me ajuda a relaxar e me perco em meus próprios pensamentos quando os sinos da porta da frente me assustam, mesmo eu estando olhando fixamente para ela. Um homem de terno entra. Ele parece deslocado. É bonito, diria ter por volta de uns cinquenta e poucos anos e se veste bem. Distinto, e basta uma olhada para dizer que ele é rico.

    — Posso ajudá-lo? — pergunto, certa de que ele entrou no lugar errado. Mas então ele sorri e vejo seus olhos percorrerem meu corpo. Não é um olhar sutil e elusivo de um cavalheiro, mesmo que por fora ele se pareça com um. Não. É o ego inflado proveniente do olhar malicioso de um homem que tem pouco respeito pelas mulheres. O tipo de olhar cobiçoso e vulgar que me faz querer colocar um suéter. Talvez ele esteja no lugar certo, afinal de contas.

    — Aposto que pode — ele responde cheio de si. Deparo-me com deslumbrantes olhos azuis que certamente conquistaram a atenção de muitas mulheres ao longo dos anos.

    Sorrio educadamente.

    — Você está procurando Joe Ralley? — Ele provavelmente está aqui para uma reunião de negócios. Eu o avalio rapidamente:

é alguém que faz mais dinheiro em uma hora do que eu ganho em um mês, o que lhe dá a falsa ideia de valor próprio. Isso geralmente acontece com quem tem muito dinheiro. O que é uma pena, ele é realmente bonito.

— Na verdade, estou procurando Caden Ralley — ele diz com um sorriso praticado, o que me lembra o Gato, de "Alice no País das Maravilhas". Não deveria me surpreender ele perguntar por Caden. Esse cara parece pertencer à turma dele. Porém, não esperava ouvir esse nome.

— Ele não trabalha... — começo a responder, mas sou interrompida com o som dos sinos quando a porta é aberta. Caden. Minha mão automaticamente desce à procura do eletrocutador que mantemos debaixo do balcão. — Caden, você não deveria vir aqui — advirto-o.

O visitante se vira e olha para Caden e depois para mim. Eu havia recuado na direção da academia, pronta para gritar caso Caden desse um passo na minha direção. Sabiamente, o visitante lê a minha expressão e rapidamente diz:

— Sr. Ralley, melhor termos nossa reunião em outro lugar. Por que não saímos para almoçar?

Caden me olha por um instante, em seguida, volta sua atenção para o visitante. Ele concorda com a cabeça e os dois desaparecem sem dizer mais nada.

Vinte e Cinco
Jax

Uma sensação de tranquilidade toma conta de mim enquanto percorro essa cidade caótica. O trânsito contínuo se apressa nas ruas: a buzina dos táxis e a forma como dirigem entrecortando; uma parede de pessoas que se misturam ao meu redor, desesperadas para chegarem aos seus destinos. Absorvo tudo enquanto caminho vagarosamente para o hotel após a minha reunião, e me ocorre que eu era uma dessas pessoas até não muito tempo atrás: correndo nos lugares, levando a vida numa contínua pressa, mas sem nunca saber de verdade aonde estava indo. Mas algo mudou.

A porta abre para a minha suíte e olho ao redor. Realmente olho. A suíte é ornamental e grande, completamente desnecessária. Sorrio ao lembrar do comentário da Lily na primeira vez que a viu: "Por que uma pessoa precisa de três banheiros?". Seria o meu fim se eu soubesse a resposta. Tal como muitas outras coisas em minha vida, eu não parava para pensar no que estava fazendo. Ao contrário, agia como me foi ensinado, como esperavam que eu agisse. Até mesmo o quarto de hotel ostentador, porque podia pagar pelo melhor que existisse, então, por que esperaria algo menos que isso? Totalmente o meu pai, um homem com quem eu detesto comparações, mas mesmo assim, toda vez que ajo sem pensar, vejo minhas atitudes similares às dele.

Ligo para a recepção e comunico que vou fazer *check-out* da suíte presidencial hoje e *check-in* em um quarto comum. Levo cinco minutos para convencê-los de que não há nada de errado, que apenas não é mais necessário ocupá-la.

Dou alguns telefonemas de trabalho e me atualizo com o Brady novamente sobre a Investimentos Knight. O escritório ficou bastante ocupado no último dia com novos clientes. Aparentemente, a festa de aniversário da minha mãe foi o motivo. Os jornais divulgaram uma foto da gente dançando que eu sequer vi ser tirada. O título da reportagem era *Perdão*. Uma foto tirada em um momento privado, característico do lado humano que meu pai, sem dúvida, tem muitos planos para explorar.

Guardo algumas coisas que trouxe antes de me encaminhar para a academia e olho ao redor uma última vez enquanto espero o elevador. Como eu pude ter pensado que essa vida era normal? O que eu fui lapidado a ser?

Minha paz recém-encontrada se dissipa rapidamente, sendo substituída por fúria e tensão no minuto em que entro na Ralley's.

— O que você está fazendo aqui? — pergunto com os dentes cerrados, exigindo uma resposta e olhando-o com desconfiança.

— Isso é maneira de cumprimentar seu pai? — Trajando um terno de três peças feito sob medida, seu perfeito sorriso político posicionado no rosto desliza sobre mim como uma cobra se enroscando enquanto aguarda pacientemente o melhor lugar para enfiar seus dentes venenosos.

— O. Que. Você. Quer? — rosno. Raiva irradia de cada palavra. Não estou gritando, mas algumas cabeças se viram para olhar. Esses homens conseguem sentir o cheiro de uma briga.

Um minuto depois, Lily sai do escritório dos fundos e vem para a recepção, onde estamos. De início, alheia ao impasse, ela se aproxima sorrindo.

— Oi! Como foi sua reunião? — Ela vê o meu rosto, observa o visitante, se volta para o meu pai e sua expressão murcha. — Ah, você voltou?

— Sim. Parece que eu não consigo ficar longe — ele responde sarcasticamente.

— Meu pai esteve aqui antes? — pergunto à Lily.

— Seu pai? — Os olhos de Lily se arregalam. Ela olha para ele e depois para mim, talvez em busca de semelhanças. Não é difícil encontrar. — Ele esteve aqui mais cedo hoje. — Ela parece confusa.

— O que você está fazendo aqui? — repito, ainda com os dentes cerrados.

— Acho que eu deveria te fazer a mesma pergunta, Jackson.

— O que eu faço não é da sua conta. Achei que já tínhamos esclarecido isso.

Meu pai limpa a garganta e endireita a coluna, ficando mais alto.

— Preciso falar com você em particular. Você não retorna as minhas ligações.

— Então, desperdiçou seu tempo. Nós não temos nada para conversar... seja no telefone ou pessoalmente.

— O seu negócio está em declínio. Os clientes precisam ser tranquilizados de que você está no comando. Aparentemente não sou a única ligação que você não retorna.

— O meu negócio está muito bem. E não é da *sua* conta.

— As pessoas comentam. Não vamos nos esquecer que muitos dos seus maiores clientes são meus associados. Amigos senadores, homens do Congresso, apoiadores com dinheiro.

— Sim. E esses foram os primeiros a se retirarem quando a notícia de que você não seguia o discurso do bom cristão que prega veio à tona.

— Bobagem. Você ainda tem muitos clientes que vieram do meu sangue, suor e lágrimas. Alguns dos quais estão preocupados que você não esteja conduzindo o navio de volta às águas calmas. Toda empresa passa por momentos difíceis, você precisa se manter forte e atravessar os problemas, Jackson.

— É por isso que veio? Para me dar uma ajuda nos negócios? Acho que você já fez o suficiente.

Meu pai sorri. Ele vira o rosto para Lily e depois para mim, como se fosse evidenciar algo.

— Nós somos muito mais parecidos do que você quer admitir, filho.

— Nós não somos *nem um pouco* parecidos — rosno veementemente.

— Eu sei o que você está fazendo. Não vou ficar de braços cruzados enquanto você destrói sua vida. Enquanto destrói o nome da família frequentando lugares como este.

— Saia daqui! E não volte mais! — Raiva exala do meu corpo, tremendo para encontrar uma porta de saída.

Meu pai fecha os botões do paletó e o alisa para baixo.

— Tudo bem, já terminei meus negócios aqui. — Ele olha ao redor com desdém. — Eu te criei para ser melhor do que isso. Você vai voltar ao seu bom senso logo, logo. Você vai se entediar de estar cercado por ignorância e vulgaridade.

A porta abre e o clique fanático de câmeras surge de alguns fotógrafos que ainda estão do lado de fora. O senador Knight coloca seu sorriso de ator no rosto e sai de cena.

Após uns instantes, me volto para Lily.

— Sinto muito por isso.

— Não há nada que se desculpar.

— Eu não sei por que ele veio aqui, ou sequer o que estava tentando conseguir. Nós dissemos tudo o que tínhamos que dizer lá em casa, antes da festa da minha mãe.

— Jax. — Lily parece nervosa e estressada. — Ele esteve aqui com o Caden hoje mais cedo.

— O quê?

— Ele veio aqui e perguntou pelo Caden. Eu estava prestes a

dizer que ele não trabalhava aqui, quando a porta abriu e Caden entrou. Eles saíram juntos logo em seguida.

— Caden tocou em você?

— Não. Eles ficaram aqui por apenas um minuto. O que você acha que eles dois têm para conversar? Não faz o menor sentido.

— Não tenho a menor ideia.

— Treinar com um *sparring* tem a ver com prática, com firmar sua técnica, não bater de verdade no seu parceiro — Marco diz, ao se levantar do chão pela terceira vez na mesma sessão de treino.

— Desculpe. Acho que a minha adrenalina ainda está fluindo. — Furiosa talvez fosse a palavra mais correta; fluindo implicaria uma sensação de navegação tranquila, ao passo que a corrente que acelera minhas veias está mais para um tsunami letal ameaçando emergir.

Ele levanta as grandes almofadas de treino mais uma vez. Eu o acerto com um rápido *jab* de esquerda, em seguida, com a força da minha direita. Ele dá dois passos para trás.

— Caden está fodido contigo no ringue. — Ele ri ao pensar. Nós nunca havíamos conversado sobre o assunto, mas tenho a sensação de que a maioria dos caras da academia não são fãs do Caden. Ele é arrogante e confiante demais, o que são traços que os outros lutadores detestam, a não ser que descubram isso no outro oponente, no ringue.

Acabamos treinando por muito além do horário combinado, mas nada do que seria necessário para liberar os anos de raiva reprimida que a visita do meu pai trouxe à tona. Marco joga uma toalha em mim e balança a cabeça, sorrindo.

— Vou precisar de um bom banho hoje à noite. Há muito tempo eu não tinha um treino assim.

O suor escorre por cada poro do meu corpo. Limpo o rosto e

pego uma água, bebendo metade em um único e longo gole e jogando o resto na minha cabeça.

— Você vem assistir à luta?

Marco sorri.

— Não perderia por nada nesse mundo. Se você entrar no ringue um décimo pronto de como estava hoje, Caden não irá durar nem trinta segundos. — Ele pega sua bolsa e sai do ringue de treino. — Acho que vou fazer uma aposta. Vou achar uma foto sua no jornal, vestido em um terno caro e de gravata e colocá-la ao lado da lista de inscrição. Os rapazes que não o viram treinar vão subestimar o seu rostinho bonito.

— Você acha que sou bonito? — provoco enquanto Marco se afasta. Ele me mostra o dedo do meio e balança a cabeça sem olhar para trás.

Sem querer encerrar o dia, corro por quase uma hora, com meus pés martelando a esteira enquanto repenso a visita do meu pai. O que ele está realmente querendo? E o que ele poderia querer com o Caden?

A única capaz de jogar luz na escuridão, ofuscando os meus pensamentos, é a Lily. Ela ilumina todo o ambiente para mim quando entra pela porta. Seu sorriso, seu rosto, seu corpo... A forma como ela ama tão intensamente que sequer consegue abrir mão da pessoa depois que ela se foi. Ela dedica tanto tempo de sua vida conduzindo o sonho de seu pai! Mesmo quando ele não está mais aqui para compartilhar com ela. Eu não sabia o que era o amor verdadeiro até ver em seus olhos o amor pelo pai. Fico triste de saber o que perdi na vida, mas também me inspira a me empenhar para um dia ser sortudo o suficiente por tê-la sentindo-se do mesmo jeito em relação a mim.

Diminuo o ritmo da esteira, por fim conseguindo queimar bastante da energia negativa para parar de correr no mesmo lugar. Passei os últimos seis meses armazenando tanta raiva e ressentimento que isso não deixou espaço para mais nada. Mas agora estou pronto para abrir caminho, para buscar uma forma de canalizar esses sentimentos dentro do ringue, mas também para deixá-los de lado ao final do dia. Porque, no final do dia, tudo o que eu quero é ir para casa com a Lily.

Vinte e Seis
Lily

Tensão paira no ar quente dessa noite de fim de verão. Nós estivemos juntos todas as noites nessa última semana. Nunca questionamos se passaríamos a noite juntos, a única questão era decidir se seria no meu apartamento ou na suíte dele. No entanto, essa noite, enquanto tranco a porta da academia depois que fechamos, há um momento esquisito. É evidente que a visita do pai de Jax ainda o afeta. Andamos um quarteirão em silêncio até que atingimos uma bifurcação imaginária: meu apartamento é para a esquerda e o hotel dele, para a direita.

— Podemos ir para o meu hotel hoje? Meu laptop está lá e preciso enviar alguns e-mails amanhã de manhã — Jax pergunta.

— Hum... claro.

— O que foi? — Ele para e se vira para mim.

— Nada. É só que... eu não tinha certeza se iríamos ficar juntos essa noite.

— E por que não ficaríamos?

Dou de ombros. Não há uma resposta real. É mais como uma sensação.

— Eu não sei.

Os olhos de Jax examinam os meus e ele fica calado por um instante. Ele pega meu rosto entre as mãos e foca apenas na nossa conexão. Há uma intensidade inconfundível em seus olhos, mas há algo mais. Algo que está escondido abaixo da superfície. Mágoa? Tristeza? Preocupação?

— Eu não sou como ele.

De início, aquela declaração parece tão fora de contexto que eu não tenho sequer certeza do que ele está falando. Mas, então, compreendo. Ele está preocupado que eu possa acreditar no que o pai dele falou, que ele é igual ao pai.

— Sei que você não é — sussurro, meus olhos fixos nos dele.

Ele fecha os olhos e faz que sim com a cabeça. Quando os reabre, a dor e a mágoa ainda estão lá, mas uma parte da tensão parece ter se dissipado.

Jax ficou quieto a noite toda e, de manhã, ele teve que sair para uma série de reuniões que havia agendado. Ele diz estar bem, mas posso ver que a visita do pai ainda o está incomodando, por isso, saio da Ralley's um pouquinho mais cedo do que o normal e, a caminho de casa, passo no La Perla para comprar algo que acho que vai animá-lo. Gastar algumas centenas de dólares em lingerie sexy não é algo que eu faço normalmente, mas estou louca para ver a cara dele quando eu descrever, durante o jantar, o que estou vestindo por baixo da roupa.

Estou prestes a entrar no banho quando meu celular começa a vibrar. O nome na tela me surpreende e quase aperto REJEITAR. Mas, em um momento de fraqueza, atendo a ligação do Caden.

Arrependo-me de ter atendido quando meu dedo trêmulo desliga a ligação. Meus olhos estão ardendo e luto contra as lágrimas. Jogo o celular com força na mesa. A tela se estilhaça, mas esse é o menor dos meus problemas. Fico parada no quarto olhando pela janela durante muito tempo. O tempestuoso céu cinza se abre com o estrondo de um trovão avisando que uma forte chuva está para chegar.

Eu não deveria ter atendido o celular. Nem sei por que o fiz. Talvez porque uma parte de mim se sinta culpada por tê-lo magoado; ele nem sempre foi um babaca. Tudo o que eu conseguia fazer era respirar após a morte do meu pai, até Caden entrar na história para cuidar de mim.

Sei que o que ele me fez foi errado. Um homem bom jamais coloca as mãos em uma mulher... não importa o que aconteça. Essa foi uma das muitas lições de vida que meu pai me ensinou por crescer cercada por homens que usam as mãos para sobreviver. Não há desculpa para o que ele fez, mas, de alguma forma, uma pontada de culpa me mantém conectada a ele. Culpa por não tê-lo amado da forma como ele me amou. Por isso atendi o celular, mesmo sabendo que nada de bom viria da ligação. E eu não estava errada. A única coisa que eu podia esperar era que ele tivesse vomitado mentiras, mas há algo remoendo na boca do meu estômago que não vai embora, não importa o quanto eu tente dizer a mim mesma que nada do que ele disse é verdade.

Passei por diversas emoções em apenas uma hora, e cada uma delas mudou a velocidade do meu ritmo frenético. Sinto-me enjoada, ansiosa, com raiva, confusa e traída. Mas, acima de tudo, estou morrendo de medo de que tudo o que o Caden falou possa ser verdade. Ando de um lado para o outro cada vez mais rápido no meu apartamento, verificando o relógio freneticamente a cada trinta segundos.

O som da campainha me sobressalta. Estava desesperada por respostas, mas agora estou morrendo de medo de fazer as perguntas. É necessário cada pedacinho de força em mim para abrir a porta. Meu coração pula para a garganta quando o vejo parado à minha frente. Ele se inclina para me beijar nos lábios, mas eu não correspondo.

— Você está bem? — Jax pergunta, preocupado ao perceber meu rosto pálido.

Faço que sim com a cabeça. Eu não estou bem, mas espero ficar em alguns minutos, por isso dou um passo para o lado para permitir sua entrada.

— Cheguei cedo? — Jax olha para o relógio e depois para mim. Ele veio me buscar para jantar, mas ainda estou usando o mesmo jeans e rabo de cavalo de hoje de manhã. Não respondo.

Com o cenho franzido, ele pega minhas mãos nas dele e as

puxa para sua boca.

— Ei.

Não olho para cima.

— Olhe para mim, Lily — ele pede baixinho.

Ergo o olhar e o seu prende o meu.

— O que houve? Você está bem? —Há uma suavidade em sua voz que anseio em ouvir. Algo nela me lembra o meu pai. A forma como ele era durão do lado de fora, mas eu sabia que, do lado de dentro, era cheio de ternura que controlava o meu coração.

Pânico toma conta de mim quando percebo que pode ser tarde demais. Tarde demais para não entregar meu coração a esse homem. Se o que eu temo for verdade, não poderei escapar. Fecho os olhos por um longo momento, odiando ter que perguntar, mas precisando ouvir que tudo é mentira.

Forço-me a manter o contato visual e pergunto, minha voz não mais que um sussurro:

— Você é o investidor comprando a parte do Joe nas Ralley's?

Nos encaramos por um longo tempo. Está tão silencioso aqui que posso ouvir meu coração batendo no peito. Cada batida soa mais alto, em antecipação. Arrependimento nubla seus lindos olhos azuis e vejo com desespero quando eles se fecham, levando embora meu último fio de esperança. Meu estômago se contorce. Meu coração se comprime. A tristeza me dilacera.

Retiro as mãos das dele. Uma lágrima solitária cai do meu olho exatamente quando ele abre os dele.

— Sim. Me desculpe. Sei que deveria ter te contado antes. Eu estava esperando até que fechássemos o negócio para contar. Não queria que o nosso relacionamento influenciasse a sua decisão ou a do Joe.

— Você realmente achou que teríamos um relacionamento depois de destruir tudo o que o meu pai deu duro para construir ao me forçar a ir à falência?

— Do que você está falando? Eu não estou destruindo nada, nem te levando à falência.

Eu rio.

— O que você achou que aconteceria ao forçar o banco a cortar nossa linha de crédito sem aviso prévio? Você sabe que nosso fluxo de caixa é apertado!

— O banco cortou sua linha de crédito? — ele pergunta, tendo a audácia de parecer chocado.

— Você sabe que sim! — grito, sentindo a sala diminuir.

— Eu não forcei o banco a fazer nada!

— Caden me contou tudo, Jax.

— Caden? — ele questiona, e seu maxilar se enrijece. — Do que você está falando?

— Você investe na Ralley's no mesmo instante em que o banco corta nossa linha de crédito. Você é o mágico das finanças, sabe como isso funciona. Sem a linha de crédito, vamos ficar sem dinheiro em menos de dois meses. Então, você dá o tiro de misericórdia e compra o resto da academia por uma merreca.

Ele fecha os olhos. As mãos passam pelos cabelos com agressividade, puxando-os com força. Ele tem a ousadia de parecer chocado quando fala:

— Eu não tive nada a ver com o corte do banco...

Interrompo sua mentira.

— Então eles decidiram por conta própria cortar a minha linha de crédito? — Rio sarcasticamente.

— Eu não tive nada a ver com isso.

— Você é um mentiroso.

— Eu nunca menti para você.

— Não? — Rio ironicamente. — Você só não diz a verdade.

Ao menos ele tem a decência de recuar.

— Me desculpe. Eu devia ter contado antes que eu era o investidor. — Ele abaixa a cabeça. — Mas eu jamais faria algo para destruir a sua empresa. — Ele tenta pegar minha mão, mas eu a puxo como se ele fosse a grelha quente em cima do fogão que tivesse acabado de queimar a minha pele.

— Saia daqui — digo estranhamente calma.

— Lily, você precisa acreditar em mim. Eu sou louco por você. Não tive nada a ver com o banco ter tirado sua linha de crédito. — Ele dá um passo na minha direção e eu dou dois para trás.

— Apenas saia daqui. — O tom da minha voz se eleva.

Jax examina meus olhos, e nós dois ficamos sem dizer nada durante um bom momento.

— Eu... — ele começa a falar, mas perco a cabeça.

— Sai daqui!! — Dessa vez, eu grito. Jax fecha os olhos e concorda com a cabeça. Ele abre a porta e já está quase do lado de fora quando lhe digo meus últimos pensamentos. Ele se vira, esperançoso, quando me ouve falar calmamente de novo. — Me diga, Jackson: você procura especificamente empresas que tenham sido construídas com o sangue e o suor dos pais, já que você odeia tanto o seu?

Seu maxilar flexiona. Lá no fundo, sei que é um golpe baixo, mas não me importo. Quero machucá-lo tanto quanto ele me machucou. Ele se vira e sai pela porta sem dizer mais nada.

Algo forte em mim quer que eu corra atrás dele e o conforte. Quão ruim é isso? Caminho até a porta e encosto a testa nela. Meu apartamento está tão silencioso... Seguro as lágrimas até ouvir a porta da escada se fechar. E então, elas caem. Soluços e lágrimas descontroladas surgem de um corte tão profundo no meu coração que temo me afogar. Choro durante horas. Por fim, emocionalmente exausta, com cada porção de energia esgotada do meu corpo distendido, choro até dormir.

Estou usando as mesmas roupas há dois dias. Durante esses dois dias, alternei entre sentir pena de mim mesma, porque o sonho do meu pai estava prestes a afundar, e sentir o vazio no meu peito por estar com saudades do Jax. Claro, eu poderia simplesmente ter atendido o celular em uma das dezenas de vezes que ele tocou e vi o nome dele aparecer na tela, mas isso não teria ajudado em nada. Não, isso apenas teria piorado as coisas. Além do luto pela minha dupla perda, ainda estou lutando contra a culpa, porque me sinto pior por perder o que achei que tinha com o Jax do que com a possibilidade de perder a minha empresa.

Quando Reed entra no meu apartamento, ainda estou deitada na cama em posição fetal.

— Levante-se e brilhe, minha princesinha — Reed fala com a voz animada, o que só faz com que eu afunde ainda mais, agarrando-me à minha própria tristeza. Puxo as pernas para mais perto do peito e tento ignorá-lo.

Ele puxa o cobertor de cima de mim.

— Eu quero ficar sozinha! — grito egoisticamente, sem me preocupar em estar descontando tudo no meu melhor amigo.

— Isso não vai acontecer.

— Ugh! — gemo, sabendo exatamente como Reed pode ser quando decide que sabe o que é melhor pra mim.

— Posso ficar na cama?

— Não.

— Por que não?

— Para início de conversa, sua aparência está terrível.

— Ótimo. Obrigada.

— E nós temos planos.

— Nada de planos.

— Planos sim, senhora.

— Por quê? Por que você não pode me deixar sozinha?

— Porque eu te amo.

Enfio a cara no travesseiro e tento protestar:

— Podemos ver filmes e comer baldes de sorvete e ficar em casa por dois dias?

— Você já não ficou na cama por dois dias.

— E daí?

— Dois dias é o limite para ficar na cama.

— Quem disse?

— Eu. Agora, entre no chuveiro antes que eu te carregue até lá. — Ele se aproxima da cama e me dá um tapinha na bunda de maneira brincalhona, embora eu não esteja no clima.

Resmungo ao sair da cama, totalmente ciente de que Reed me arrancaria dela se eu não saísse sozinha. Arrastando os pés, vou para o banheiro. Viro e mostro a língua para o meu amigo antes de fechar a porta ruidosamente.

Como, em tão curto período de tempo, meu mundo se tornou tão pequeno que não consigo evitar pensar no Jax onde quer que eu vá? Tudo me lembra ele. Fecho os olhos e me permito relaxar na pulsante água do chuveiro me lembrando da última vez em que estive aqui com ele. Minhas mãos espalmam o azulejo frio enquanto a água morna cai na parte inferior das minhas costas e Jax me fodendo incansavelmente por trás. O som que ele fez quando gozou em mim, um som primitivo que parecia um macho feroz. Talvez isso fosse tudo que tínhamos... sexo. Eu não seria a primeira mulher a confundir amor com o desejo de um homem. Mas eu tinha certeza de que ele sentia o mesmo por mim...

Reed me carregou para almoçar no nosso restaurante favorito em Chinatown e depois me levou à melhor padaria da cidade. Ele pediu para a gente um bolo quente com calda de chocolate derretida com uma bola de sorvete de creme e nos sentamos à mesa perto da janela, para que pudéssemos observar as pessoas. Há dois dias, não para de chover e a temperatura certamente está cobrando seu preço dos moradores dos apartamentos minúsculos. Os moradores de Nova York não foram feitos para ficarem dentro de casa.

Fecho os olhos quando o chocolate derretido encontra a minha língua e um pequeno gemido escapa dos meus lábios.

— Sério? — Reed graceja perversamente. — É esse som que você faz quando goza? — Ele enfia uma colher generosa na torre paradisíaca de chocolate à nossa frente e a coloca nos lábios. O fato de sua boca estar cheia não o impede de falar: — Eu nunca vi o apelo de uma vagina. Mas se a faz se sentir assim, posso dar uma voltinha um dia desses.

— Você precisa de ajuda — provoco, sentindo-me mais leve agora do que nos últimos dias.

— Quer ver minha cara quando gozo? — Reed oferece. Sei que eu provavelmente deveria dizer não, mas é claro que não digo.

— Eu sei que deveria dizer não, mas, infelizmente, quero ver.

Reed fecha os olhos e come outra colherada de bolo com calda de chocolate derretida. Assisto tanto hipnotizada como com repulsa enquanto seu maxilar afrouxa e a respiração começa a acelerar. Ele termina com um gemido longo. Meg Ryan não é nada se comparada a Reed Baxter.

Ele abre os olhos, levanta as sobrancelhas e pega apenas o chantilly com um sorriso travesso.

Não resisto e rio.

— Aí está — Reed diz.

— O quê?

— O som que eu sabia estar escondido em algum lugar.

Eu respiro profundamente e exalo o ar ruidosamente.

— Acho que eu estava um pouco apaixonada por ele — admito, sem a necessidade de lhe dizer que mudamos de assunto.

Reed suspira.

— Eu também.

Rio alto.

— Estou falando sério.

— Eu também. — Ele dá um risinho e enche a boca novamente de bolo.

— Hoje à noite é a luta entre eles, sabia?

— Era.

— Era?

— Foi cancelada — Reed diz, sem acrescentar mais nada.

— Por quê? — Minhas sobrancelhas se unem. — E como você sabe?

— O Jax me ligou.

— Ele te ligou?

— Aham. Acha que ele vai sair comigo agora que você o chutou para escanteio?

— O que ele disse? — Eu ignoro sua pergunta.

— Você não atende as ligações dele. Queria saber se você estava bem.

— Por que ele se importa?

— Porque ele te ama. É por isso.

— Ele disse isso? — Eu me odeio por me sentir esperançosa quando pergunto.

— Não com essas palavras. Mas ele ama e nós dois sabemos disso.

— Ele me traiu.

— Talvez ele não tenha sido sincero sobre o porquê de ter vindo para Nova York, mas isso não torna menos real o que aconteceu entre vocês.

— Ele poderia ter me contado há semanas! Ele estava me usando para conseguir a academia.

— Acho que você está errada — Reed avisa em um tom que me deixa irritada.

— De que lado você está?

— Do seu, sempre. Você sabe disso.

— Então por que a luta foi cancelada?

— O Joe falou que, se o Caden lutasse hoje à noite, não estaria em forma para lutar daqui a duas semanas, e ele precisava dele bem para representar a empresa no MMA Open.

Meus olhos se arregalam.

— Caden estar bem para o MMA Open não afeta em nada a nossa empresa.

Reed dá de ombros.

— Foi o que o Jax contou que o Joe disse.

Vinte e Sete
Jax

Ficar sentado de braços cruzados é algo que eu nunca fui capaz de fazer. Enviei flores, telefonei e até escrevi uma carta de próprio punho e enfiei por debaixo da porta quando ela não me atendeu. Comecei a me sentir meio que um perseguidor. Ando em círculos no meu quarto de hotel e grito novamente com o vice-presidente do City Bank.

— Bobagem. Não vou mais jogar esses jogos. Ou foi você ou foi o Theodore. Comitê porra nenhuma. Um de vocês está por trás disso e eu quero saber quem foi. Theodore joga golfe com meu pai. Você está no painel de despesas da campanha do Senado. Qual de vocês tem algo a ver com o que está acontecendo?

Já liguei três vezes ameaçando Theodore Wells nas últimas quarenta e oito horas. O presidente do banco foi o sortudo de quatro outras ligações. Ambos negam ter qualquer envolvimento com o meu pai, culpando a linha de crédito da Ralley's ter entrado numa rotina de revisão trimestral. Um monte de bobagem, pois não estamos sequer no fim do trimestre.

— Quando eu descobrir qual de vocês dois babacas está por trás disso, vocês vão pagar. E eu *vou* descobrir. — Bato o telefone do hotel tão bruscamente que ele pula do gancho e cai na mesa. Eu o deixo assim.

Tenho certeza de que meu pai está de alguma forma por trás do corte da linha de crédito da Ralley's. Só não posso provar. Ele provavelmente usou o Caden para conseguir informações sobre como se colocar entre mim e Lily. Mas, como sempre, ele encobriu bem o seu rastro. Eu tentei de tudo, ameaçando retirar meus negócios do banco e chantageá-los com os meus clientes, mas todos negam que meu pai esteja envolvido. Mas consigo sentir seu dedo pobre a quilômetros de distância. Foi um ganho duplo, para o Caden e para o meu pai. Joe Ralley retirou a proposta de venda e a Lily não quer falar comigo. Eu e Joe tivemos uma longa conversa outro dia. De alguma forma, acho que ele até acredita que não tenho nada a ver com o banco, mas não importa. Ele trabalharia até os noventa anos se fosse necessário para conseguir um sócio que deixe a Lily feliz.

Nuvens pesadas pairam no céu enquanto me encaminho para a Ralley's. Faz quatro dias que não a vejo. Quatro dias desde que o sol cruzou o horizonte, quatro dias sem ver o seu sorriso, quatro dias de escuridão. Hoje acordei e a verdade me atingiu, como se eu tivesse corrido direto em direção a uma parede de concreto. Estou nitidamente e absolutamente apaixonado por essa mulher. E estou totalmente fodido.

Fiquei treinando durante horas na academia, na expectativa de que ela passasse pela porta. Na noite anterior, dormi com os dedos no gelo novamente. Meu corpo está fisicamente exausto, mas continuo voltando por ela. Ao abrir a porta da academia, espero ver Joe na recepção novamente, mas meu coração acelera quando vejo o rosto da Lily.

Ela está ao telefone, olhando para baixo e escrevendo no livro de agendamento quando entro, então, tenho a chance de vê-la antes que ela me veja. Parece que os últimos dias não foram fáceis para ela também. A parte de baixo de seus olhos está escura, e as pálpebras estão inchadas como se ela tivesse chorado recentemente. Eu mereço um gancho de direita enorme por ter qualquer coisa a ver com ela estar se sentindo assim. Mas, de uma maneira egoísta, isso me dá esperanças de que ela obviamente também esteja tendo dificuldades para lidar com tudo isso.

Ao se sentir observada, ela olha para mim com seus olhos azuis. Por um segundo, acho que vejo saudade e possibilidade, mas a leveza das coisas se esvai rapidamente quando ela se força a olhar para baixo novamente. Ela se levanta da cadeira atrás da recepção e sei que vai tentar se afastar de mim. Não há a menor possibilidade de eu não falar com ela agora que está na minha frente. Ando rápido até o balcão.

— Lily. — Ela para, embora não se vire para mim. Vou queimar no inferno se eu não tentar o meu melhor. — Olhe para mim.

Ela olha.

— O que você quer, Jax? — Sua voz está cheia de tristeza, mas ela tenta disfarçar como aborrecimento.

— Quero falar com você.

— Estou ocupada.

— Então, quando?

— Eu não tenho mais nada para falar.

— Bom, eu tenho. Você pode só ouvir.

— Eu não acho... — Ela é interrompida por uma voz que faz minha pressão subir rapidamente: a porra do Caden.

— Ela não tem nada para falar com você. — Ele cruza os braços na altura do peito.

— Meta-se com a porra da sua vida. — Eu me exalto.

Ele sorri.

— Por que não deixamos a Lily decidir? — Ele olha para ela e depois para mim. A atenção dele está presa em mim, muito embora suas palavras sejam direcionadas a ela. — Você tem alguma coisa a dizer a esse palhaço?

Lily olha para mim com o rosto cheio de tristeza.

— Não — ela diz, a voz cheia de dor.

— Vá embora — Caden rosna.

Eu olho para o Caden e depois para Lily.

— É isso que você realmente quer?

Ela não diz nada por um minuto inteiro, depois faz que sim com a cabeça, mas sem olhar para cima. Com um sorrisinho sádico,

Caden me dá um tchauzinho antes de eu sair pela porta.

Vinte e Oito

Jax

Cada cadeira em volta da enorme mesa de mogno na sala de reunião está ocupada. As janelas que vão até o teto iluminam a sala escura. Os sócios restantes conversam monotonamente enquanto os últimos slides da apresentação de PowerPoint detalhando os negócios em potencial nos quais estamos trabalhando são mostrados. Desvio o olhar da janela que dá para a movimentada Washington e olho para cima, vendo o apresentador pela primeira vez. Ele é cheio de si: jovem, bem-apessoado, em um terno que custa mais do que um salário semanal; ele praticamente está salivando com a ideia da comissão que ganhará se conseguir fechar os negócios que tem conduzido.

Ele percebe que estou olhando-o e isso o faz perder o ritmo, mas não desvio o olhar. Ele puxa o colarinho, tentando ser discreto, mas posso vê-lo começar a se contorcer. Por alguma razão, ver sua motivação louca por dinheiro me deixa puto, mesmo que eu devesse ficar contente, já que vou ganhar uma grande comissão com cada negócio que ele fechar.

— Alguém tem alguma pergunta? — O associado olha ao redor da sala, evitando olhar para mim.

— Eu tenho. — Limpo a garganta e falo alto: — Quantas horas por semana o senhor trabalha, Sr...? — Tento lembrar o seu nome.

— Garrison.

— Como?

— Meu sobrenome... é Garrison — ele esclarece.

— Essa é a resposta para a pergunta que lhe fiz? — falo com raiva, olhando diretamente para ele.

— Não, mas...

— Você tem uma resposta, então? — eu o interrompo, perdendo a paciência.

— Eu não sei. Talvez umas oitenta horas por semana.

— Por quê?

— Desculpe, senhor — ele gagueja. — Eu não entendi a sua pergunta.

— Você é burro?

— Jax — Brady, meu CEO e às vezes melhor amigo, interrompe.

— Que foi? Fiz a porra de uma pergunta simples e ele não consegue responder. Então, ele só pode ser burro.

— Garrison, por que você não faz um intervalo de cinco minutos? — Brady sugere, olhando em minha direção.

— Não se incomode. Continuem sem mim. — Levanto abruptamente e a cadeira na qual eu estava sentado cai no chão. Não me incomodo em levantá-la e saio da sala de conferência batendo a porta atrás de mim com tanta força que as paredes vibram com a intensidade da minha raiva.

— O tipo justiceiro não combina com você — Brady diz, ao entrar no meu escritório um pouco depois. Ele caminha para o aparador que uso como bar improvisado, pega um copo e serve dois dedos de uísque cinquenta anos puro malte, para combinar com o copo que eu já tenho nas mãos. Só que este é o meu segundo.

Ignorando-o, continuo sentado atrás da minha mesa, olhando pela janela, perdido na minha autopiedade. Brady para do outro lado da minha moderna e elegante mesa de vidro, e aguarda pacientemente, bebericando sua bebida.

— Então, quer falar sobre isso? Ou devo pegar outro associado para você repreender sem nenhuma razão aparente? — ele pergunta sem rodeios.

— Ele é burro.

Brady ri.

— Ele é burro mesmo. Mas isso não vem ao ponto. Ele é um fazedor de milagres e fez uma boa apresentação. Você o atacou porque ele não conseguiu responder uma pergunta sem sentido rápido o suficiente.

— Não era sem sentido — resmungo entredentes.

— Certo. — Ele levanta a perna e a cruza, apoiando-a no joelho de uma maneira relaxada, como se estivesse se preparando para uma longa história. — Então, me atualize. Qual era o propósito da pergunta?

Viro de uma vez o resto do líquido dourado do meu copo de cristal e o bato na mesa de vidro. Faz um barulho alto o suficiente para quebrar, mas não quebra. Estou incomodado com sua persistência e volto minha carranca para ele. Mas Brady Carlson é meu melhor amigo há muito tempo, então, ele não se assusta tão facilmente. Na verdade, o filho da puta joga a cabeça para trás e ri.

— Você não tem resposta, não é? — ele diz, caindo no riso.

— Cala a porra da boca.

— Ótima resposta. — Ele ri propositalmente.

Por um segundo, pondero sobre dar a volta na mesa e meter a porrada nele, mas depois desisto. Passo as mãos bruscamente pelo cabelo e solto o ar ruidosamente.

— Eu estraguei tudo com a Lily. Ela não quer saber de mim.

— Achei que fosse isso. — Brady se levanta e vai até o bar, onde enche novamente nossos copos. Ele coloca o meu à minha frente e pergunta: — Como você pode consertar as coisas?

— Não posso.

— Claro que pode. Querer é poder.

— Falou o especialista em reconciliação, que, aos vinte e oito anos, está divorciado — devolvo sarcasticamente, enquanto tomo um gole do meu drink. O líquido queima a garganta. Três *scotches* duplos para o café da manhã não é muito a minha praia.

— Se eu tivesse tentado, poderia ainda estar casado. — Ele dá de ombros.

— Ela não atende minhas ligações. Não quer falar comigo pessoalmente. O último babaca com quem ela saiu não conseguia entender a deixa, e não quero ser um babaca igual. Mas não posso desistir também.

— Tentou flores?

Olho para ele com um olhar que diz "é claro que eu tentei, seu idiota" e balanço a cabeça. Ele bebe um gole da sua bebida.

— Ok. Então flores não deram certo.

— Ela não confia em mim. Não é tão fácil quanto pedir desculpas.

— Então faça com que ela confie em você.

— Como? Se ela não quer falar comigo e mora a quatro horas de distância?

— Continue na vida dela. Não faça uma estratégia de curto prazo se você quer ficar a longo prazo. Encontre uma forma de permanecer na vida dela e conquiste a confiança dela de volta. Você tentou dizer "Me desculpe"? Tente mostrar a ela que você está nessa pra valer.

Brady tem razão. Talvez eu tenha ido na direção errada. Agir como um cachorrinho machucado e pedir desculpas não significa nada para uma mulher inteligente como a Lily.

— Talvez você não seja tão burro quanto parece, afinal de contas. — Esboço um sorriso. É o primeiro que tento dar desde que voltei, há uma semana.

— Não me chamam de Dr. Goodlove à toa — Brady diz, rindo com orgulho.

— *Ninguém* te chama de Dr. Goodlove, seu filho da mãe. — Sorrio antes de expulsá-lo do meu escritório.

O valor da minha empresa para o City Bank é muito mais substancial do que a robusta soma em minhas contas, muito embora eu seja um cliente preferencial apenas pelo meu próprio saldo, mesmo sem todos os "extras" que trago para o quadro financeiro. Mas são os extras que os fazem rolar no tapete por mim. Ser o braço financeiro da maioria dos negócios que fazemos na minha empresa é um negócio lucrativo para eles. Sem mencionar os serviços que eles fazem para os apoiadores financeiros da campanha do meu pai ao Senado.

Normalmente, eu me encontro com o presidente ou o vice-presidente do banco quando tenho um negócio importante, mas hoje não é por acaso que estou sentado em frente à Gertrude Waters de novo.

— Jackson. O que posso fazer por você hoje? Tem alguma nova aquisição que você deseja que examinemos pelo ponto de vista financeiro? — Ela puxa seu bloco e deixa a caneta a postos.

— Na verdade, não. Eu gostaria de falar sobre as Academias Ralley's.

— Ah. Sinto muito que não tenha dado certo. A Srta. St. Claire pareceu uma mulher adorável. — Gertrude parece pensativa enquanto fala, o que me faz pensar se ela sabe que não foi de fato uma decisão do comitê que retirou a linha de crédito da Ralley's. Mas não pergunto. Ao contrário, foco no que precisa ser consertado, buscando saber quem o cortou.

— Ela é adorável. — Sorrio.

— Bom, como posso ajudar?

— Eu gostaria de abrir novamente a linha de crédito deles.

— Desculpe. — Ela hesita. — Não acho que isso seja possível, Jackson. Talvez no próximo ano, se o fluxo de caixa deles melhorar...

— Gertrude — eu a interrompo. Ela se cala e me ouve. — Você revisou os livros da contabilidade com mais detalhes do que ninguém. Eles gerenciam um negócio bastante lucrativo. — Paro e sustento seu olhar, falando diretamente. — Nós dois sabemos que o fato de o fluxo de caixa deles ser um pouco apertado não tem nada a ver com a linha de crédito ter sido retirada. Acredito que você teria mencionado isso na nossa última reunião.

Gertrude fica me olhando, pensando sobre sua resposta. Ela por fim olha ao redor no banco e, não encontrando ninguém de orelhas em pé, fala baixinho:

— Talvez se o empréstimo tivesse um fiador, eu não teria que voltar ao comitê para reabrir a linha de crédito deles — ela sugere.

— Onde assino?

Gertrude concorda com a cabeça e imprime alguns papéis do seu computador. Em seguida, passa-os para mim.

— Isso o tornará pessoalmente responsável pelo empréstimo. Tem certeza de que quer fazer isso, Jackson?

— Se é isso o que é necessário para que você abra de volta a linha de crédito, sim.

— Não vai parecer incomum, já que em breve você será em parte proprietário do negócio também — ela diz, enquanto assino a papelada. Não menciono que a venda foi cancelada.

— Você gostaria que eu telefonasse para a Srta. St. Claire e avisasse que iremos reabrir a linha de crédito assim que a papelada for preenchida e registrada?

— Não. Por favor, não. Ela não pode saber que estou garantindo o empréstimo. — Inclino-me para frente e baixo o tom de voz, como se estivesse contando um segredo, embora eu gritaria aos quatro ventos se achasse iria ajudar. — Estou apaixonado pela Lily e só quero ajudá-la.

Suas sobrancelhas pulam de surpresa, mas a expressão suaviza e um sorriso caloroso se forma em seus lábios.

— Isso é muito nobre da sua parte, Jackson. Mas não estou certa de que seja muito ético esconder a origem da garantia do empréstimo.

— Você acha que o que aconteceu para que esse empréstimo fosse retirado foi ético, Gertrude? — pergunto, sem permitir que seu olhar desvie do meu.

Ela respira fundo.

— A Srta. St. Claire deu entrada em um pedido de reconsideração da decisão do empréstimo. Vou telefonar para ela e dar a boa notícia de que consegui aprovar o pedido de reconsideração. — Ela sorri.

— Você é o máximo, Gertrude. — Levanto e me inclino sobre a mesa, dando-lhe um beijo no rosto. Ela cora e sorri enquanto pega o telefone para ligar para Lily.

Vinte e Nove
Lily

Décimo quarto dia *pós*-Jackson Knight e não estou melhor do que estava há duas semanas. Na verdade, acho que estou pior. Eu me pego pensando nele o tempo todo. Na primeira semana, ele foi incansável em tentar me reconquistar. Mas suas muitas ligações e entregas diárias diminuíram. E agora eu me pego pensando se perdi minha oportunidade de mudar de ideia quando fico sem saber nada dele durante um dia inteiro. Quando terminei tudo, estava com tanta raiva por ele não ter sido sincero comigo sobre seus interesses na Ralley's que não conseguia enxergar além da nuvem de fúria que me envolvia.

Mas, nessas duas longas semanas, repassei nosso tempo juntos diversas vezes na minha cabeça. Como um disco arranhado, vejo seus olhos quando ele paira sobre mim. Eu podia jurar que eles estavam repletos de emoções verdadeiras. Sentimentos verdadeiros. Algo tão profundo e intensamente genuíno que não poderia ser fingimento. Ou talvez eu esteja projetando meus próprios sentimentos no que achei ter visto nele. É possível que tudo o que ele disse seja verdade? De que, quando se deu conta do que sentia por mim, não quis interferir na minha decisão e na do Joe sobre a negociação quando chegasse a hora de decidir sobre aceitar ou não a proposta do investidor? É possível que o *timing* tivesse sido realmente uma coincidência e que o banco ter decidido retirar o nosso empréstimo não teve nada a ver com ele?

Mesmo que eu o perdoasse, um relacionamento que começa com mentiras está fadado ao fracasso. Meu pai me ensinou isso desde o dia em que eu nasci. Confiança era tudo para ele. Droga, ele nem mesmo acreditava em contratos. Tudo era feito na base da confiança e no aperto de mãos.

Ao menos as coisas parecem estar um pouquinho mais

esperançosas no trabalho. Eu recorri da decisão do City Bank de fechar a nossa linha de crédito e fiquei chocada que eles realmente a reconsideraram. O fato de eles cederem me fez questionar se Jax estava de fato envolvido na decisão de retirar o empréstimo. Eu simplesmente já nem sei mais no que acreditar.

De qualquer forma, isso me fez perceber que precisamos dar uma olhada em todas as nossas despesas. Nosso fluxo de caixa só fez secar, embora estejamos faturando mais agora com o aumento do número de matrículas do que nunca. Nós nunca dependemos excessivamente de banco. Está na hora de puxar as rédeas e descobrir onde podemos cortar custos.

Depois do trabalho, Reed vem me encontrar e fazemos mais uma sessão de filmes com *Haagen-Dazs*. É a terceira vez essa semana. Ele sempre sugere esse programa, fingindo uma urgência em ver algum filme, mas sei que é a forma dele de se certificar de que estou bem. E eu realmente não quero ficar sozinha, embora minha bunda vá dobrar de tamanho se eu não conseguir encontrar uma forma de afastar essa melancolia toda que tomou conta de mim.

Ele distribui um pote inteiro de um litro de sorvete em duas taças generosamente cheias e mede os tamanhos.

— Toma, pegue este. Tem menos.

— E se eu quiser o que tem mais? — Faço beicinho, provocando.

— Eu estou comemorando, então, fico com o maior. Além do mais, te dei o maior nas últimas cinco vezes. É melhor você melhorar, do contrário, irá parecer que o seu padrasto é um medalhista de ouro olímpico no atletismo, como uma das Kardashian. — Ele ri.

Bato nele de brincadeira.

— Ei, a sua bunda é... espera, o que você está comemorando? — Tenho sido tão egoísta, consumida pela minha tristeza, que, por um momento, entro em pânico, pensando que posso ter esquecido o aniversário dele. Por sorte, é só daqui a três semanas.

— Recebi o pagamento das minhas vendas e a comissão da minha primeira exibição na galeria. — Ele puxa do bolso um envelope branco e abana o rosto com ele, exibindo-o orgulhosamente.

— Ai, meu Deus! Quantas você vendeu? — pergunto animada. É a primeira coisa que realmente me anima nas últimas semanas.

— Todas, menos uma! — Reed exclama, claramente extasiado com o resultado.

Meus olhos se arregalam. Ele ficaria animado em vender uma. Mas ele tinha trinta e uma pinturas em exibição. Não fico surpresa, ele é extremamente talentoso.

Minha expressão esmorece.

— Ai, meu Deus, sinto muito. Sou a única que não foi vendida?

— Não! A pintura do Kane é que não foi vendida.

— Kane é o garoto de dezenove anos cujas clavículas se sobressaíam sob a pele?

— Esse!

— Não vendeu porque ele parece um esqueleto e é assustador.

Ele dá de ombros, sorrindo.

— Eu não me importo. Vou ficar com essa. Acho-o gostoso.

— Acha? — Torço o nariz.

— Sente-se — Reed ordena. — Preciso te contar uma coisa.

— Que foi?

— Sua pintura foi vendida com o valor máximo.

— Sério?

— Sim. — Hesitante, ele continua: — Você sabe que as vendas são feitas através de leilões anônimos. Cada uma tem um valor de reserva e, quando esse valor é alcançado, a pintura vai para a maior oferta.

— Certo...

— O seu valor de reserva era quinhentos dólares. Mas o comprador pagou mais.

— Quanto a mais?

— Muito mais.

— E isso é...?

— O lance vencedor foi de vinte mil dólares.

— Vinte mil dólares? — Começo a respirar com dificuldade. — Isso é maravilhoso, Reed! Estou muito feliz por você! — Paro por um momento. — Embora seja um pouco estranho pensar que a minha pintura possa estar pendurada na sala de algum *serial killer* rico.

— Não está.

— Como você sabe?

— Porque o comprador vencedor foi o Jax Knight.

Felizmente, há uma semana de trabalho acumulado para ser feito nos dois dias que antecedem o MMA Open, caso contrário, a tremenda saudade que sinto ao pensar em Jax me faria ficar amuada em algum canto por aí.

— Eu falei com o nosso representante comercial. Eles têm um espaço aberto no canal sete e podem nos dá-lo de última hora se tivermos um campeão no MMA Open. Capitalizar a publicidade de um campeão de peso aumenta o número de associados. Isso pode ajudar na entrada de fluxo de caixa — Joe me informa, ao sair pela porta da frente carregando as caixas que precisamos despachar para Las Vegas para o evento.

— Ótima ideia, Joe. Agora só precisamos ganhar as lutas no Open.

— Vou cuidar disso para você. — A voz de Caden me surpreende, mas é o braço que ele envolve na minha cintura que me faz parar abruptamente.

— Caden! — eu o repreendo.

— Que foi? Você acha que não vou ganhar?

— Não foi isso que eu quis dizer. — Retiro seus dedos da minha cintura e lanço um olhar glacial em sua direção.

— Você não pode ainda estar chateada comigo pelo que aconteceu. Achei que tínhamos superado isso. — Ele força a mão que eu tinha acabado de retirar de volta à minha cintura e me puxa para si.

— Me larga, Caden.

Ele me ignora e continua.

— Você me deixou muito furioso ao permitir que aquele imbecil tocasse em você.

— Você não está me ouvindo, Caden. Me larga!

Ele se inclina e sussurra no meu ouvido:

— Você vai me implorar para enfiar o meu pau em você quando eu ganhar.

Revolta borbulha em minhas veias.

— Espere sentado. — Afasto-me do seu abraço. — Termine o que você tem que fazer com o Joe e volte para a filial da Rua 59. Eu não o quero mais aqui.

Eu me afasto dele.

Trinta

Jax

Respondo alguns e-mails e decido enviar flores para a Lily. Sei que ela e Joe estarão partindo para Vegas hoje ou amanhã junto com os lutadores, então utilizo essa informação para enviar algo a ela e lhe desejar boa sorte. Pensar que ela estará perto do Caden faz meu sangue ferver. Estou me sentindo tão frustrado que está me deixando louco, mas mantenho um aparente controle, lembrando-me de que não tenho nenhum direito de me sentir assim. É minha culpa eu não ter mais esse direito. Eu o tive uma vez e não tenho ninguém para culpar a não ser a mim mesmo por tê-lo perdido.

Meu celular toca e clico em REJEITAR ao ver o nome do meu pai na tela. Ele acha que, agora que estou de volta a Washington, as coisas vão acabar voltando ao que eram antes. Mas as coisas nunca vão voltar a ser como antes. Detesto morar em hotéis, mas prefiro ficar aqui a morar na propriedade *dele*.

Tomo um banho e jogo algumas coisas na minha bolsa de academia, sem me incomodar em guardar um terno para depois do treino. É sábado e o escritório estará sem ninguém, de qualquer forma. Estou prestes a sair pela porta quando meu celular toca novamente. Meu dedo paira enquanto decido se envio a ligação para a caixa de mensagens, achando que é o meu pai novamente. Ao invés disso, City Bank aparece na tela.

— Alô, Sr. Knight?

— Sim.

— Aqui é Gertrude Waters.

— Olá, Gertrude. Como vai?

— Estou bem. Mas gostaria de discutir algo com o senhor. Você tem um minuto?

— Claro. O que foi?

— Bom. Eu tive que terminar o meu relatório sobre o financiamento das Academias Ralley's... — Gertrude perde o rumo. Eu nunca retirei meu pedido de financiamento, mesmo que a venda não tenha acontecido. Fiquei com medo que o banco usasse isso como mais uma razão para retirar a linha de crédito da Lily. Espero que a Gertrude me diga que sabe o que eu fiz, mas não é isso que ela diz.

— Eu fiquei um tempinho a mais olhando os relatórios que trouxe comigo, na expectativa de encontrar alguma redundância entre todas as academias que eu pudesse sugerir à Srta. St. Claire para consolidar, a fim de economizar, considerando que o fluxo de caixa deles é um pouco apertado.

— Isso é ótimo, Gertrude. Obrigado.

— Bom. O problema é que eu encontrei algumas coisas. Mas não do tipo que eu estava esperando.

— O que você quer dizer?

— Baixei os pagamentos dos fornecedores de todas as sessenta e duas lojas e os coloquei em um único arquivo, organizando-os por nome. Pensei que talvez encontraria seguros duplicados ou adesões que pudessem ser eliminadas. Uma vez que as academias têm seus próprios livros de contabilidade, seria difícil encontrar despesas redundantes, a não ser que todas elas estivessem juntas.

— Certo.

— Encontrei uma despesa que pareceu ocorrer em todas as filiais. Não é grande sozinha, mil dólares por unidade, mas quando você as soma... e sessenta e uma das sessenta e duas filiais pagaram a esse fornecedor pelo menos no último ano, e isso já somou quase setecentos e cinquenta mil dólares!

— E o que era essa despesa?

— É disso que não tenho certeza. Então, telefonei para uma das filiais e eles me disseram que era uma taxa de gerenciamento que foram instruídos a pagar mensalmente pelo escritório principal.

— E a quem é?

— Treinamento Ralley, Inc.

— Talvez seja um empréstimo que o Joe tenha pegado para o negócio uma vez?

— Também pensei isso no início. Mas não havia nenhum empréstimo na folha de saldo da Ralley's. Então eu dei uma olhada na Treinamento Ralley e descobri que o dono não é Joe Ralley.

— E quem é o dono?

— Caden Ralley.

Raiva viaja pelas minhas veias como eletricidade em um fio condutor de duzentos e vinte volts.

— Tem certeza?

— Sim, Jackson.

— Já contou para a Lily?

— Ainda não.

— Então não conte.

— Mas...

— Eu cuido disso.

— Tem certeza?

— Absoluta.

— Qualquer um pode entrar no MMA Open, certo? — falo para o Mario, meu treinador na filial das Academias Ralley's, em Washington, sem dar mais explicações, enquanto coloco as luvas de treino.

— Aham.

— Como as combinações são feitas?

— De acordo com os rankings de cada academia. Os treinadores avaliam os competidores que inscrevem e eles os combinam de acordo com a classe de peso baseado no ranking.

— E como você avaliaria um lutador que nunca teve uma luta profissional antes?

— Você está pensando em competir? — Mario sorri.

— Não estou pensando em competir. Vou competir.

— Porra, já era hora!

— Você pode me avaliar de modo que eu lute contra um competidor específico?

— O cara já lutou em uma luta aprovada antes?

— Sim.

— Então, não.

— Por que não?

— O máximo que alguém pode dar para um lutador inexperiente é nível cinco. A maioria dos lutadores que já ganhou algumas lutas será nível seis ou mais.

Merda.

Eu acabo com dois parceiros de *sparings* em dez minutos, sentindo-me com mais raiva do que quando comecei. Lutar geralmente ajuda a me aliviar. Mas, nesta manhã, quanto mais bato, com mais raiva eu fico. O terceiro lutador me dá um pouquinho mais de trabalho, pegando-me de guarda baixa com um *strike* que é mais potente do que um parceiro de *sparring* geralmente dá, e lutamos com força total.

Eu o acerto com uma série de *strikes* rápidos e ele tropeça para trás. Suas costas se curvam contra as cordas. Ele sorri para mim, parecendo se divertir por ter encontrado um oponente que valha a pena. Se essa fosse uma luta de verdade, eu não o deixaria se recompor. Ao contrário, eu o teria seguido e teria acertado sua perna, esperando fazê-lo se curvar e levá-lo ao chão com uma joelhada nas costas.

Mario nos lembra de que estamos treinando e nos alternamos fazendo manobras, derrubando um ao outro até que nós dois estejamos ensopados de suor. Uma pequena multidão se forma ao redor do ringue, e alguns dos alunos regulares param para ver o nosso show.

— Rapazes! — Mario grita, chamando nossa atenção. — Vocês terão um minuto para treinar com força total. Vou entrar e ser o juiz. — Nós dois concordamos com a cabeça.

Mario ordena o início da luta e eu não perco tempo. Em vez de dançar ao redor do ringue, mostrando algum trabalho de pernas chique, mas sem nenhum propósito e apenas gastando a energia, eu o ataco com todas as minhas forças. Um forte golpe de direita faz o meu oponente oscilar, mas ele rapidamente recupera o equilíbrio. Então, dou um chute rotatório que aterrissa direto em seu peito e o pega de guarda baixa, tirando-lhe o ar. Uso o elemento surpresa a meu favor e facilmente o levo ao chão. Mario nos deu um minuto, mas eu o derrubei em menos de trinta segundos.

Tomo um banho e vou até o Mario antes de ir embora.

— Você estava muito bem lá no ringue. Sabe quem é aquele cara que você acabou de envergonhar?

Balanço a cabeça.

— É da sua categoria de peso, e ganhou seis de oito lutas. Ele é nível nove. — Ele balança a cabeça e ri. — Você achou que eu estava te enchendo o saco à toa todos os dias dizendo que você era bom o suficiente para competir?

Forço um sorriso, sentindo-me ainda derrotado, mesmo que eu tenha acabado de vencer.

— É, mas eu preciso de uma luta contra um cara que provavelmente está avaliado no mesmo nível daquele.

— Não posso te ajudar com isso. — Ele para. — Mas você tem um contato do lado de dentro.

Eu franzo o cenho.

— O cara que está comandando a luta — ele me lembra. — Vince Stone. Acho que me lembro de ver uma pequena menção em um jornal uma vez, dizendo que você tinha parentesco com ele — acrescenta sarcasticamente, considerando que esta foi a manchete dos jornais por muitas semanas.

Trinta e Um
Jax

Trovões rasgam o céu e ecoam na escuridão em nuvens ameaçadoras. O avião balança e treme na turbulência do céu noturno, lembrando-nos de quem de fato está no controle: a Mãe Natureza. E ela é uma mulher muito irritada nesse momento.

As comissárias de bordo se sentam e afivelam os cintos de segurança em seus bancos, parecendo transtornadas por causa da cansativa viagem. A fraca luz das cabines, que deveria ajudar os passageiros a relaxarem nos voos noturnos, serve apenas para atrair a atenção para os flashes dos raios que explodem no céu.

Finalmente aterrissamos em Las Vegas após o que parecem ser as quatro horas mais longas da história. Estou a ponto de pular por cima do assento para passar os vinte passageiros parados no corredor tentando puxar seus pertences dos compartimentos superiores. Preciso sair dessa maldita lata!

As lutas começam amanhã, mas a qualificação da minha classe de peso não acontece até o outro dia, então, tenho tempo para descansar e tentar fazer com que eu seja colocado junto com o Caden. Fiquei ponderando durante horas se deveria pedir qualquer coisa ao irmão que eu mal conhecia e a quem odiei desde que descobri sua existência. Mas, por fim, minha necessidade de acabar com o Caden e acertar as coisas com a Lily de uma vez por todas superou minha animosidade e a pequena pendência com meu meio-irmão. Afinal de contas, tudo que ele fez foi ter nascido. Foi o nosso pai filho da puta que criou toda a destruição em nossas vidas por consequência das suas ações.

Eu me registro no Caesar's Palace e o local está lotado de caras musculosos, que estão aqui obviamente como desafiantes ou como fãs devotos. Pela primeira vez em muito tempo, consigo dormir facilmente, com a exaustão finalmente me atingindo. O fuso horário da costa oeste me favorece e durmo mais tarde do que normalmente costumo, mas acordo uma hora mais cedo do que acordaria em Washington. Visto um moletom e decido sair para uma corrida pelo calor de Nevada.

Andando pelo *lobby* silencioso, vislumbro uma mulher de lado. Cabelos ruivos ondulados, nariz reto e maças do rosto salientes. Minha suspeita se torna bastante clara quando me aproximo.

— Liv?

Ela se vira e uma expressão de choque por me ver rapidamente se transforma em confusão.

— Jax? O que você está fazendo aqui?

— Eu vim para a luta. Acho que não preciso mais perguntar o que você está fazendo nas proximidades de uma luta.

Ela sorri.

— Você vai lutar?

— Depende.

Ela franze o cenho.

— De quê?

— De você convencer o seu namorado a me ajudar. — Sorrio maliciosamente.

— Ah não. — Ela levanta as mãos, sinalizando que não há a menor chance de ela se envolver no que quer que eu esteja dizendo. — Da última vez que me coloquei entre vocês dois as coisas não acabaram muito bem.

— Bom, isso foi porque ele pensou que eu estava dando em cima de você.

— E não estava? — Ela levanta uma sobrancelha.

Rio alto porque ela me pegou em cheio.

— Está bem. Talvez eu estivesse. Mas sou homem de uma mulher só e meu coração pertence à outra. — Sorrio e dou uma piscadinha. — Tente não ficar arrasada. Você teve a sua chance.

Ela balança a cabeça.

— Você vai me causar problemas, não vai? — ela pergunta cansadamente, embora haja um sorriso em seu rosto.

— Provavelmente. Mas você vai me ajudar mesmo assim.

Ela suspira alto.

— Venha. Sente-se e tome um café comigo, e eu verei o que posso fazer.

Já são quase oito da noite quando meu celular toca. Como não tive resposta da Liv o dia inteiro, achei que Vince não fosse querer me ajudar, então já havia decidido o que iria fazer. Vou entrar no MMA Open custe o que custar. Brady está certo: eu preciso lidar com as coisas que quero mudar em minha vida como uma estratégia de longo prazo. Reconquistar a Lily é importante, mas lutar também é. Já desperdicei muito tempo, e vou ter que realmente me dedicar a isso. Chega de viver uma vida que me faz sentir morto por dentro. Tenho dinheiro suficiente para viver uma vida longa, e estou prestes a começar a viver de verdade.

— Oi — Liv diz quando atendo. — Desculpe ter demorado tanto. Vince ficou ocupado o dia inteiro lidando com a imprensa e não consegui conversar a sós com ele até agora.

— E como foi?

— Bom... — Ela fica reticente.

— Ele está sentado ao seu lado, não é?

— Sim.

— Ele não vai me ajudar?

— Vince quer falar pessoalmente com você.

— Deixe-me adivinhar: ele não gostou de eu ter me aproximado de você primeiro?

— Muito bom — ela diz enigmaticamente. Consigo imaginar o Vince sentado ao seu lado enquanto ela fala, com fumaça saindo pelas orelhas.

— Quando posso falar com ele? As classificações começam pela manhã.

— Você pode vir ao quarto 3200?

— Estou indo aí agora. — Não perco tempo. Pego minha chave e subo.

A ironia não me passa despercebida quando pego o elevador e subo até o último andar do prédio. Eu cortei os excessos da minha vida, reservando um quarto comum do hotel, enquanto meu irmão tem a cobertura do tamanho de um andar inteiro. O mesmo irmão que cresceu sem nenhum excesso... cuja mãe teve que lutar, enquanto a mim as coisas eram entregues numa bandeja de prata pelo meu pai. O pêndulo pesado finalmente balança para o outro lado.

Liv me cumprimenta na porta e me conduz pela ampla sala de estar. O cômodo é espaçoso e revestido com tecidos pesados. Um enorme sofá toma conta de metade do ambiente. Um típico excesso de Las Vegas, o lugar onde eles colocam as celebridades ou os grandes apostadores.

Vince se levanta, juntamente com dois outros homens. Um deles me parece familiar, o outro, acho que nunca vi antes. Estendo a mão para o Vince primeiro. Ele hesita, mas a aperta com firmeza.

— Vince. — Balanço a cabeça. — Obrigado por me receber.

Ele me olha nos olhos quando responde, certificando-se de que se faz entender.

— Nunca mais tente se aproximar de mim através da Liv.

— Eu... — Penso em tentar explicar que não era isso o que eu queria fazer, mas de fato foi o que eu fiz. Decido ser humilde. — Entendi. Não acontecerá novamente.

Ele faz que sim e faz as apresentações.

— Esse é meu treinador, Nico Hunter. — Eu aperto a mão do homem. O sobrenome me lembra por que aquele cara enorme me parece tão familiar. Ele é uma lenda. Matou um cara no ringue no início da carreira e saiu do circuito durante um tempo. Voltou e conquistou o título. É um dos poucos pesos-pesados invictos que já se aposentaram no esporte. — Muito prazer em te conhecer. Sou um grande fã. Cresci vendo-o lutar. Droga, eu queria *ser* você.

O grandão sorri e aperta a minha mão, mas não diz nada. Em seguida, Vince apresenta o outro homem.

— Esse velho bastardo é o Preach. Não lhe dê brecha para falar. Ele vai ficar uma hora tentando convencê-lo de que ele é a razão pela qual eu e Nico conquistamos os cinturões.

Preach resmunga algo baixinho e estende a mão.

— Eu *sou* a única razão. Esses dois apenas são muito cheios de si para admitir isso em alto e bom som. Mas eles sabem que é verdade. — Ele bate no peito na altura do coração.

A brincadeira entre eles claramente quebra o gelo e eu relaxo um pouco, respirando com esperança.

— Então, a Liv me disse que você quer lutar no Open.

— Já estou registrado. Mas gostaria de ser escolhido para lutar com um determinado oponente.

— Porque ele é o ex da sua namorada? — Vince lembra.

— Ela não é mais minha namorada. — Meu coração se comprime no meu peito ao admitir isso. — Mas acabei de descobrir que ele a vem roubando há um ano.

— E a mulher é filha do The Saint? — Preach assobia. — O

cara tem sorte de o The Saint ter falecido. Eu e ele somos de outra geração, e aquela menininha era a luz dos olhos dele.

Faço que sim com a cabeça.

— Aposto que era. Ela é incrível.

Nico interrompe.

— Mas você nunca competiu em uma luta profissional antes, por isso não pode ser avaliado no nível do cara com quem quer lutar? É esse o seu problema?

— Exato.

— Então, você quer que eu ferre com o cartão de avaliação, coloque minha reputação em jogo só para que você tenha sua vingança contra um babaca ladrão? — Vince pergunta.

Colocado dessa maneira, parece que o que estou pedindo é muito. Sinto como se qualquer esperança que eu momentaneamente tive escorregasse pelos meus dedos.

— É mais do que isso. Ele se aproveitou dela depois que o pai dela morreu. Começou suavizando as coisas na semana em que ele faleceu e depois se enfiou na cama dela quando ela estava vulnerável. O cara é mais que um ladrão, ele é abusivo.

— Abusivo? Como assim? — Minha declaração desperta a atenção de Nico.

— Ele não ficou feliz quando ficamos juntos, embora ela já tivesse terminado tudo com ele. Eu o flagrei com o braço pressionado contra a garganta dela uma vez. — O queixo de Nico cai e há um silêncio trocado entre ele e Vince. Algo que eu disse tocou uma ferida nesses dois homens, por isso, continuo. — O pescoço inteiro dela ficou roxo pela pressão que ele exerceu. Tenho medo de pensar o que aquele filho da mãe poderia ter feito a ela se eu não tivesse chegado a tempo. — Paro. — Olha, eu amo a Lily, mas estraguei as coisas entre a gente. Detesto isso, mas aceito que ela não queira ficar comigo. Estaria mentindo para vocês se dissesse que não estou motivado para descontar uma vingança. Mas esse filho da mãe merece uma boa surra. Se você não quiser me ajudar, ao menos sorteie-o com alguém que vá ensiná-lo uma lição.

Os homens olham para mim em silêncio.

— Preach, você mantém sua licença de juiz em dia? — Vince pergunta.

— Com certeza — Preach concorda.

— Você está disposto a lutar contra o Nico para ganhar os pontos de que precisa para entrar no ringue com esse cara?

Olho para o Nico e de volta para ele. O cara é gigantesco, mas isso sequer importa para mim agora.

Eu me endireito e olho Vince direto nos olhos:

— Estou.

Vince sustenta meu olhar em silêncio por um longo momento, percebendo minha sinceridade.

— Vou tentar melhorar sua classificação e fazer com que você seja colocado junto com esse babaca.

Confuso, franzo o cenho.

— Então não vou ter que lutar com o Nico antes?

Vince sorri.

— Nah, ele tem cem quilos a mais do que você e ainda treina como se fosse lutar a luta da vida. Ele iria te aniquilar.

Os três homens riem às minhas custas. Permaneço ali por mais meia hora e até tomo uma cerveja.

— Boa sorte — Vince diz, abrindo a porta para mim quando vou embora.

— Obrigado. Eu agradeço por tudo.

— Sem problemas. Estou feliz em descobrir que você não é um babaca como aquele nosso pai.

— Isso ele é. — Sorrio, aperto a mão de Vince e vou embora da suíte do meu irmão.

Trinta e Dois
Lily

Acordo cedo para verificar os banners da Ralley's e decidir onde colocá-los. Pagamos uma fortuna pelos anúncios, por isso não posso me dar ao luxo de não tê-los exibidos na TV o máximo possível. Depois de tomar banho, zapeio pelos canais locais de televisão sem me surpreender que o MMA Open seja o assunto do momento nas manchetes de Vegas. Uma foto de Vince Stone surge na tela. É sobre a luta do campeonato dele e o juiz está segurando sua mão em sinal de vitória. Há um sorriso em seu rosto e seus olhos estão brilhando. Um pouquinho do irmão dele surge por debaixo dos olhos azuis intensos. É mais do que a cor: há uma paixão, uma determinação, algo que me faz pensar que os dois homens têm mais em comum do que apenas os olhos.

A dor familiar no meu peito sobe até a garganta. Engulo-a de volta; há muito em que preciso focar hoje para deixar que os pensamentos sobre o Jax tomem conta de mim novamente. A tela da TV se divide em uma foto dos dois irmãos lado a lado. Aperto o botão e desligo-a, com o coração se comprimindo de saudade que sinto só de olhar a foto de Jax. O foco no MMA Open e em Vince Stone trouxe as manchetes de volta à tona. A imprensa simplesmente não consegue resistir quando se trata de três homens impressionantemente bonitos, mas que são tremendamente diferentes, com uma história facilmente sensacionalista. O invencível e sexy lutador Vince, o lindo e confiante homem de negócios bem-sucedido, Jackson, e o orgulhoso senador pai deles, que manteve a ligação entre os três em segredo por quase vinte e cinco anos. É um sonho de audiência para os jornalistas apenas mostrar a foto dos três homens irresistíveis.

Uma batida na porta corta minha linha de pensamento, e espero que seja o serviço de quarto. Com a mão na maçaneta, espio pelo olho mágico e vejo Caden do outro lado da porta. Não há a menor chance de eu o deixar entrar. Aceitei seu pedido de desculpa porque ele é sobrinho do Joe, mas não significa que confio nele o suficiente para ficarmos sozinhos em um quarto de hotel. Nós dois cometemos erros, e não planejo repetir o meu.

— Quem é? — pergunto, mesmo sabendo a resposta.

— Caden.

— Ah. Caden. Eu não estou vestida ainda — minto.

— E daí? — Ele está ofendido, posso dizer pelo seu tom de voz.

— Você precisa de alguma coisa? Estou atrasada.

— Abra a porta, Lily — ele diz com impaciência.

— Não, Caden. Eu não estou vestida. O que posso fazer por você?

Ele soca a porta. Eu pulo, pois não esperava o estrondo.

— Abra a porta, Lily — ele ameaça.

— Eu vou chamar a segurança se você não for embora, Caden.

— Não se incomode. — Há silêncio por um momento e acho que ele pode ter ido embora, por isso olho através do olho mágico. Sei que ele não pode me ver, no entanto ele olha diretamente para a porta, com um sorriso sádico no rosto, segurando um papel na altura da cabeça. — Eles postaram os combates. Só queria te dizer para aproveitar a luta de hoje à noite. — Ele se vira e vai embora.

Passo a manhã correndo para cima e para baixo, fazendo o *check-in* dos gerentes das Ralley's que vieram para o MMA Open e que trouxeram seus melhores lutadores. Temos cinco lutadores na competição, incluindo dois iniciantes com grande potencial, e Caden. Joe e eu nos encontramos na mesa do patrocinador. Como de praxe, somos os últimos da fila, fazendo o *check-in* no último minuto. Estou distraída pelo homem sentado ao final da longa mesa: Vince Stone. A fila para conseguir um autógrafo dele é maior do que a do *check-*

in. Eu e Joe ficamos conversando enquanto aguardamos a nossa vez para pegarmos os passes e os ingressos, mas constantemente me viro para espiar o Vince. Ele me flagra algumas vezes e sorri. Quando chega a nossa vez, Vince já acabou e se aproxima. Prendo o ar e tento me controlar para não ficar encarando-o, embora seja inútil. Ele provavelmente acha que sou uma fã impressionada, mas estou abismada pela semelhança. Não é algo que se vê facilmente, mas são os trejeitos, a maneira como o canto do seu lábio se ergue quando ele está feliz, mas tenta esconder. A confiança sexy que hipnotiza uma multidão sem ter que dizer muita coisa.

As palavras ficam presas na garganta. Joe dá um passo à frente e se apresenta.

— Vince. Como está? Joe Ralley, das Academias Ralley's. — Vince aperta a mão dele e balança a cabeça. Em seguida, olha para mim. De uma maneira estranha, não consigo dizer nada, por isso Joe faz as formalidades. — Esta é minha sócia, Lily St. Claire. Ela é a filha do...

— The Saint — Vince Stone termina a frase do Joe e estende a mão. — Prazer em conhecê-la, Lily. Ouvi falar muito sobre você.

Ele ouviu? Sorrio e aperto sua mão. As palavras finalmente saem pela minha boca.

— Prazer em conhecê-lo, Vince. — A curiosidade fala mais alto e não consigo não perguntar: — Você era amigo do meu pai?

— Não, eu não o conheci. Mas os meus treinadores disseram que ele era um grande homem. Sinto muito pela sua perda — ele diz com sinceridade.

— Obrigada. — Franzo o cenho.

— Meu irmão — ele diz ao ver confusão em meu semblante.

— Eu não sabia que vocês dois... — eu me interrompo, sem saber ao certo como terminar a frase.

Vince sorri.

— Nós não éramos até a noite passada. — Ele se inclina e me beija carinhosamente no rosto. — Seja legal com ele. Ele não é um babaca, apesar de tudo. — Ele dá uma piscadinha e vai embora.

Meu pai nunca deixou de ir aos vestiários para desejar boa sorte aos lutadores antes das lutas. Minha intuição me diz que eu deveria evitar ver o Caden, porém, estou com o Joe, então me sinto segura. Marco está enfaixando as mãos dele quando entramos. Tento manter distância entre nós, mas Caden pula da mesa onde está sentado e vem direto em minha direção. Ele enlaça sua grande mão no meu pescoço e me puxa para um beijo. Tudo acontece tão rápido que eu quase não tenho tempo de virar o rosto e lhe oferecer a bochecha.

— Você não vai sequer me dar um bom beijo de boa sorte? — ele reclama, contrariado com minha resposta à sua iniciativa indesejada.

— Eu vim desejar boa sorte. Percebo agora que foi um erro.

— Ah, por favor, Lil. — Ignorando completamente minha resistência, ele envolve minha cintura com o braço. — Desde quando você é tão puritana?

— Caden, guarde as mãos — Joe avisa.

— Acho que eu deveria ser grato por você estar no meu canto, e não cuidando daquele metido a sedutor — Caden murmura, pulando de volta na mesa para que o Marco continue trabalhando em suas mãos.

— Que sedutor? Com quem você vai lutar?

Caden solta um sorriso sinistro.

— Você não sabe?

— Por que eu estaria perguntando se soubesse?

Marco estende para mim o cartão da luta sem dizer uma palavra: *Jackson Knight, Washington D.C.*

Arregalo os olhos.

— Você sabia disso? — pergunto a Joe.

— Não olhe para mim, estive com você o dia inteiro. — Joe pega o cartão e o lê.

— Três minutos até a chamada. — Um cara com fones de ouvido entra na sala. — Vamos.

Crueldade sequer começa a descrever o tipo de sorriso que Caden tem no rosto. É tão maléfico e vingativo que arrepia minha coluna, e nem sou eu quem vai entrar no ringue com ele.

A arena está lotada e a multidão grita animada. O funcionário explica que a última luta teve os três *rounds* completos, e que foi a mais dura que ele viu em anos.

— Os dois sangraram. Vocês perderam uma boa luta — ele diz animadamente, apontando nossos assentos na arena parcamente iluminada.

Estamos a quatro fileiras do octógono e me sinto tonta desde que li o cartão. Sinto como se devesse fazer *alguma coisa*, e não apenas ficar sentada e assistir, como se eu fosse uma expectadora. Sinto-me envolvida demais no que quer que esteja prestes a acontecer no ringue para *não fazer nada*, embora não faça ideia do que essa *alguma coisa* seria.

Meu pai lutou desde quando eu era um bebê até eu ter dezesseis anos. Porém, nunca assisti a nenhuma luta. Eu sempre estava presente, mas nunca na arena. No início, eu era jovem demais para assistir. Meu pai dizia que eu não teria entendido e que vê-lo entrando numa luta teria me preocupado. Quando já era adulta o suficiente para entender que aquilo não era uma luta, e sim um esporte, uma profissão, já tinha me habituado a assistir luta após a luta no *replay*. Sempre senti que era meu dever esperar pelo meu pai no vestiário. Achava que isso lhe trazia boa sorte, uma vez que ele ganhou todas as vezes que eu assim o fiz. Sentada aqui agora, dou-me conta de que aguardar no vestiário provavelmente não trazia boa sorte ao meu pai, mas eu daria qualquer coisa no mundo para estar no vestiário do Jax esperando por ele neste momento.

Ao contrário das lutas por título ou das lutas principais, as rodadas de classificação são curtas: *rounds* de três minutos com um minuto de descanso entre cada um deles. Os vencedores avançam para as finais, quando os *rounds* se tornam mais longos e a força total geralmente leva a concussões àqueles que não foram treinados propriamente.

As luzes piscam e alguns segundos depois a música começa a tocar. A entrada para o ringue é um borrão. Tento ver Jax, mas sou muito baixinha e não consigo ver a porta por sobre a multidão. Por sorte, os *rounds* de qualificação não têm muita pompa ou firula, e sou grata quando o locutor começa a anunciar rápido depois que eles chegam ao Octógono.

— Senhoras e senhores! No canto vermelho, com um metro e oitenta e sete e noventa e um quilos, com um recorde de quatro e um... Eu lhes apresento Caden "O Bárbaro" Catone!

A multidão vai à loucura, e tenho certeza de que a maioria das pessoas ali não faz a mínima ideia de quem Caden é. Mas a adrenalina está correndo solta pelo ambiente por qualquer luta. Joe olha para mim e balança a cabeça. Tal como o meu pai, é a maneira dele de me dizer que tudo vai ficar bem. Em seguida, ele pega minha mão.

— Senhoras e senhores! No canto azul, com um metro e oitenta e oito e noventa e dois quilos, com um recorde de um e zero... Eu lhes apresento Jackson "O Sedutor" Knight.

A multidão enlouquece novamente, mesmo que eles sequer tenham ouvido o nome dele antes. Droga, eu sequer sei quando ele ganhou a sua primeira luta.

O locutor anuncia uma série de regras e relembra algumas informações sobre disciplina que não consigo entender através dos murmúrios e pela rapidez de suas palavras.

Os dois homens se viram para irem aos seus respectivos cantos. Jax está de frente para onde estou pela primeira vez desde que ele entrou na arena. Meu coração dispara por vê-lo novamente, por estar tão perto. Ele é inegavelmente lindo, a fantasia de qualquer mulher, exceto que ele é de verdade, de carne e osso, e meu sangue começa a acelerar só de vê-lo. Ele é alto e impressionantemente elegante, com uma leve barba em seu maxilar masculino e olhos da cor do céu em um dia perfeitamente claro. Ah, e o corpo... que corpo! Os músculos entre as minhas coxas se contraem ao lembrar de traçar com a língua os vales que definem seus músculos. Eu não sou a única a perceber. Você teria que ser cego para não achar algo que lhe chame a atenção e não deixe sua boca aberta enquanto encara Jackson Knight sem camisa e pronto para uma luta. As mulheres assobiam e ronronam para ele como os trabalhadores de construção fazem quando uma menina bonita com seios grandes passa em frente à obra no calor do verão. Jax não se importa ou está tão focado que não permite que o mundo exterior interfira. As mulheres sentadas atrás de mim descrevem, com detalhes, as coisas que gostariam de fazer com ele. Joe aperta minha mão quando já estou prestes a me virar para colocá-las em seus lugares.

Caden tem apenas Marco no seu canto, mas Jax tem um pequeno time. O primo de Marco, Mario, que treina o Jax na filial de Washington das Academias Ralley's, está parado na frente dele dando-lhe uma orientação pré-luta. Ao lado de Marco, à esquerda, está Vince Stone, à direita do lendário Nico Hunter. Um terceiro homem mais velho está atrás da gaiola, enquanto os homens se amontoam no momento final antes de a luta começar. Jax concorda com a cabeça e coloca o protetor bucal. Os homens se alternam desejando-lhe boa sorte antes de sair da gaiola. Vince é o último e meu coração amolece ao ver os dois irmãos compartilharem um momento. Alguma coisa aconteceu nas últimas semanas que aproximou os dois. O que quer que seja parece ter sido o começo de um grande laço. Sem nenhum treinador na área, Jax para e observa a multidão. De início, acho que ele está absorvendo o momento, gravando a imagem em sua memória. Mas então seus olhos encontram os meus na multidão e eu me dou conta de que ele estava procurando por mim. Há provavelmente cinco mil expectadores gritando na arena, mas, por um segundo, todo o resto some e há apenas eu e Jax. Ele não sorri ou visivelmente não admite, mas o olhar em seus olhos diz tudo e sei que ainda há assuntos inacabados entre a gente.

    O primeiro *round* tem apenas três minutos, mas parece ter três dias. Rapidamente entendo por que meu pai sempre insistia que eu ficasse no vestiário, em vez de assistir às lutas perto do ringue. Já estive em milhares de lutas, mas é muito mais difícil assistir a uma quando você está apaixonada pela pessoa dentro do octógono. Posso não ter falado com ele nas últimas semanas, mas meus sentimentos não diminuíram nem um pouco. Ver o Jax tão perto novamente apenas me lembra de que eu estou muito longe de tê-lo superado.

    Respiro fundo quando o sino toca e aperto a mão de Joe tão forte que minhas articulações ficam brancas. Não há nenhuma dancinha ou trabalho de pernas nesta luta. Corajosamente, Jax ataca primeiro. Agindo rápida e poderosamente, a rapidez de seus movimentos pega Caden de guarda baixa e ele tropeça para trás quando Jax acerta um direto em seu peito. O rosto de Caden muda, raiva e fúria escura vindo à superfície. Ele retalia tão rápido quanto Jax deu o primeiro golpe, só que devolve com um chute circular seguido de uma forte cotovelada direita no ombro. E daí as coisas só aumentam. Golpe após golpe, *strike* atrás de *strike*, os dois homens literalmente batem um no outro até perderem o ar quando o sino soa. O juiz tem que afastá-los e eu sequer tenho certeza se qualquer um deles chegou a ouvir o chamado do fim do primeiro *round*. Os dois estão muito focados em esmagar um ao outro.

    Solto o ar que eu nem sabia estar prendendo desde que o *round* começou e fico tonta. Os treinadores se apressam para cuidar dos lutadores, ambos já sangrando, com a pele cortada por conta dos golpes brutais no rosto.

    — Você está bem? — Joe pergunta preocupado, observando meu rosto.

    — Não.

    — Não me lembro da última vez que vi uma luta assim. Há muito coração exposto naquela lona, isso é certo! Nenhum desses rapazes vai parar enquanto o outro ainda puder mexer um músculo.

É exatamente isso o que eu temo. Os dois homens estão de volta após um descanso rápido demais que nem deu para eu recuperar o fôlego, quanto mais para um lutador. Novamente, não há dancinhas ou aquecimento; os golpes começam quase que imediatamente. Caden acerta um *strike* direto no lado direito do queixo de Jax, e vejo, em câmera lenta, quando a cabeça de Jax cai para trás no momento do golpe. Uma verdadeira onda de náuseas toma conta de mim e acho que posso estar fisicamente doente. Jax tropeça, mas continua de pé. Aproveitando-se completamente da postura instável do seu oponente, Caden continua com um chute e a parte posterior de sua perna aterrissa na parte superior da coxa de Jax, assustadoramente perto da virilha. O juiz se aproxima e adverte Caden. Golpes na virilha são ilegais e golpes na parte interna das pernas é a forma mais fácil de escorregar e dar um golpe acidental na virilha. Apesar de que com Caden não seria um acidente, ele é conhecido por lutar sujo e fico feliz que o juiz veja isso ou que ao menos conheça sua reputação.

Jax cambaleia para trás de uma maneira sutil, depois para e se estabelece. Ele rapidamente gira os quadris, elevando a perna esquerda para frente e atinge um *strike* baixo em Caden, logo abaixo do joelho. Ao pegar Caden em um momento de desequilíbrio, o força a recuar de seus ataques e a se recompor. Poucos lutadores teriam recebido dois golpes fortes e conseguiriam dar a volta por cima tão rapidamente quanto Jax conseguiu. Qualquer que seja a força de Caden em sua defesa, Jax é igualmente forte, tanto ofensiva quanto defensivamente, e parece ter percebido a fraqueza de Caden rapidamente.

Jax fica de pé novamente e se prepara para descarregar outro chute. Dessa vez, Caden o prevê, no entanto, acha que vai ser outro ataque na perna. Defensivamente, Caden muda de posição e se prepara para travar o chute e torcê-lo, o que deixa a cabeça desprotegida. Jax golpeia, acertando um chute forte direto no rosto de Caden, o que o força a cambalear para trás novamente. Antes que Caden possa recomeçar, Jax aproveita e desfere uma combinação de socos. O segundo *round* pode ter começado melhor para Caden, mas, quando o sino toca, Jax deu a volta por cima e está na frente na pontuação.

O terceiro *round* começa sem diferença dos anteriores, com ambos os homens golpeando sem parar. Jax recebe cada golpe com passadas, sem perder muito o equilíbrio. Frustrado e com os efeitos das incessantes agressões começando a aparecer em Caden, Jax arremete, forçando-o ao chão e os dois homens lutam pela posição dominante.

Jax se move rápido e, em poucos segundos, tem Caden em algum tipo de chave complicada que faz parecer que, se Caden se mexer um pouquinho sequer, seu braço pode se partir em dois. Mas Caden é teimoso demais para desistir. Ele prefere ter o braço quebrado e ser forçado a sair em uma maca a conceder qualquer coisa nesta luta. Jax torce o corpo novamente para acrescentar pressão. Não há a menor possibilidade de Caden não estar sentindo uma dor excruciante, porém um sorriso sádico cruza o rosto dele um pouco antes de ele dar um golpe direto no rim de Jax. Um movimento completamente ilegal.

O juiz para a luta e repreende Caden, mandando-o ao seu canto por ter cometido a falta e avalia Jax, que está se contorcendo de dor na lona.

— Há algo de ruim nesse menino. Sei que ele é meu sobrinho, mas, porra, se ele não consegue ganhar uma luta de maneira justa e limpa, ele tenta roubá-la — Joe resmunga, enquanto nós dois olhamos para o juiz, que está atendendo o Jax.

Jax sinaliza que quer continuar. O juiz o força a descansar mais um minuto antes de trazer os dois de volta ao centro do ringue. O juiz passa esse minuto dando uma séria advertência em Caden. Em seguida, os dois voltam ao centro. Infelizmente, o golpe sujo que Caden acertou também lhe deu tempo para se recompor e recuperar o fôlego. Com menos de noventa segundos faltando no relógio, os golpes voltam a acontecer de imediato. Jax só precisa manter as coisas sob controle para ganhar por decisão. Mesmo que os juízes considerem o primeiro *round* como empate, Jax dominou o segundo e este está pesando bastante a seu favor.

Com uma rasteira fácil, Jax leva Caden ao chão novamente, e os dois homens rolam na lona. Jax pega Caden em uma chave de pescoço, mas seu aperto enfraquece e Caden escapa. Teria sido fácil para Caden ter tomado a posição dominante e marcar pontos com os juízes, mas ao invés ele se levanta de forma inesperada e ergue sua perna bem alto, descendo-a pesadamente em Jax, que ainda está na lona. A força de sua pisada ilegal da posição vertical direto no torso exposto de Jax provavelmente quebra ao menos uma costela dele.

O juiz pula entre os dois antes que Caden possa pisar novamente, mas, como um animal faminto prestes a atacar qualquer coisa no caminho da sua presa indefesa, Caden dá um soco no juiz. E então o octógono enche... Seguranças, treinadores, juízes, até Vince Stone e Nico Hunter entram tentando impedir o que possa acontecer.

A multidão ruge em um nível frenético. As pessoas ficam de pé e enchem os corredores. Felizmente, os organizadores sabem quão fácil as coisas podem ir de ruim para pior em uma sala recheada de testosterona raivosa, e estão preparados. Graças a Deus. Alguns minutos depois, o octógono está vazio, exceto por Jax, seu treinador e Vince Stone. A multidão está novamente sob controle. O juiz levanta o braço de Jax, declarando-o vencedor por desqualificação, e ele estremece de dor nas costelas quando o braço é levantado.

Trinta e Três
Jax

— Ao menos tudo debaixo está intacto. — O médico da emergência vira o carrinho portátil para me encarar e a luz da tela se ilumina para mostrar o raio-X. Ele aponta para uma área das minhas costelas. — Você tem uma fratura aqui, mas os pulmões e o baço estão intactos. Hematomas já estão começando a aparecer e, provavelmente, você se sentirá como se tivesse sido pisoteado por uma manada de elefantes por um tempo, mas foi uma fratura simples e vai cicatrizar.

— Qual o tratamento para isso?

— Não há muito que fazer. Nós costumávamos envolver as costelas dos pacientes com uma cinta, mas há um tempo um estudo foi feito e descobriram que isso não traz nenhum benefício. O ferimento se cura sozinho, com muito descanso e analgésicos. — O médico puxa seu bloco de receitas. — Gelo por vinte minutos a cada hora que você estiver acordado pelos próximos dois dias. Vou te prescrever uma semana de Vicodin para começar. Você veio dirigindo? — ele pergunta a Vince.

Vince faz que sim com a cabeça.

— Ótimo. Vou lhe dar uma dose reforçada agora para te deixar mais confortável e com sorte você poderá descansar hoje à noite. — O médico olha para o meu rosto, virando-o para a esquerda e para a direita, examinando as lacerações. — Odiaria ver a aparência do outro cara, já que você ganhou. — Ele balança a cabeça. — Você vai ficar com ele essa noite? — Novamente o médico se direciona a Vince, mas, dessa vez, sou eu quem responde.

— Eu estou sozinho, mas estou bem. — Perco o fio da voz. Respirar dói, mas falar é ainda pior.

— Você está bem agora. Mas nem sempre podemos ver tudo em um raio-X. Se a sua respiração se tornar muito rasa hoje à noite, isso pode indicar uma pequena perfuração que não conseguimos ver. Você não deve ficar sozinho. — O médico olha para mim, depois para Vince, e, em seguida, para mim novamente.

Vince fala:

— Ele vai ficar conosco hoje à noite.

— Eu... — começo a objetar, mas Vince me interrompe.

— Está tudo bem. A suíte tem um quarto extra. — Olho-o desconfortavelmente e ele sorri e provoca: — Nós vamos fazer fortes de travesseiros e lençóis e nos atualizarmos sobre as merdas que fizemos nos nossos primeiros vinte anos.

Acordo confuso. Olho ao redor do quarto onde estou e nada me parece familiar. As cortinas pesadas estão fechadas, mas ainda posso ver um filete de luz do sol passando através de um pequeno espaço entre elas, no canto esquerdo. Tusso e a dor atinge o meu peito. Eu gemo por causa da dor profunda nas costelas. Alguém abre a porta do quarto e espia dentro, sem dizer nada.

— Quem está aí? — pergunto. Falar aumenta a intensidade da dor e encurta cada inspiração a ponto de eu sentir como se estivesse me afogando. Isso me faz ofegar em busca de ar e tusso novamente.

— É a Liv — ela sussurra e abre mais a porta. — Não queria acordá-lo.

— Estou acordado.

— Está com dor?

— Sim. Parece que fui atropelado por um caminhão, que depois deu ré e me atropelou de novo.

— Você dormiu por tanto tempo que provavelmente os efeitos dos remédios já passaram. Vou pegar seus remédios e um pouco de água.

— Espera.

— O que foi?

— Onde estou?

— Na suíte da cobertura.

— Não me lembro de ter vindo para cá na noite passada.

— Você estava desmaiado. O Vince falou que o médico lhe deu uma dose dupla de medicamentos antes de saírem do hospital e você desmaiou antes de chegar ao hotel. Foi preciso o Vince, o Preach e o Nico para te trazer aqui pra cima.

Merda. Não me lembro de nada. A última coisa de que me lembro foi estar sentado no hospital com o Vince e o médico vindo dizer que minha costela estava quebrada. Liv desaparece e volta um minuto depois com água e alguns comprimidos. Sento-me na cama. Mudar de posição é muito doloroso.

— Obrigado. — Engulo a água e o remédio.

— Que horas são?

— Quatro.

— Da tarde?

Ela ri.

— Sim, da tarde.

— Onde está o Vince?

— Ele teve que descer para fazer algumas aparições e apresentar a sessão da tarde.

Eu me sento um pouco mais reto e estremeço quando os músculos do peito flexionam. Mas puxo as cobertas de cima de mim.

— Eu preciso ir.

— Acho que você precisa descansar.

— Eu vou. Mas vou voltar para o meu quarto.

— Hum... — Ela hesita. — Eu trouxe todas as suas coisas para cá. Vince me deu sua chave e eu fiz o seu *check-out* do quarto.

— Obrigado. Em todo caso, é hora de voltar para Washington. Estou bem. Posso andar sozinho. Mas agradeço por tudo.

Jogo as pernas para fora da cama. Porra, dói pra cacete quando me movo.

— Acho que você deve ficar — Liv diz. — Pelo bem do Vince também.

— Por que pelo Vince?

— Ele ficou bastante irritado ontem à noite. Nico teve que acalmá-lo para ele não ir atrás do cara com quem você lutou. Ele leva o esporte muito a sério e diz que caras como aquele estragam todas as iniciativas dos últimos dez anos de fazer o esporte ser aceito como algo legal.

— Não acho que eu esteja em condição de impedir o Vince de fazer qualquer coisa.

— Talvez não. Mas te ter aqui é bom para ele também. Ele nunca vai admitir, mas ficou curioso sobre você desde que descobriu que eram irmãos.

Sorrio, porque me senti da mesma forma.

— Você vai ficar?

— Aham. — A verdade é que eu só ia embora porque parecia a coisa certa a fazer. Não tenho nenhum lugar onde eu tenha que estar, em todo caso. — Você sabe onde está o meu celular?

— Claro, vou pegá-lo para você.

Liv abre as cortinas e me traz algumas frutas enquanto verifico meu celular. Há centenas de novas mensagens: Brady, Marco, meu pai, sócios da empresa que viram a luta... Mas nenhuma com o nome que eu quero ver na tela. Não entrei no ringue com a ideia boba de que vencer significaria ganhar Lily de volta, mas, quando vi ontem o rosto dela na arena, pensei que talvez, apenas talvez, havia uma maldita chance. Jogo o telefone na extremidade da mesa, sentindo-me rejeitado novamente.

— Ela não te ligou? — Liv pergunta relutante.

Balanço a cabeça, negando.

— Eu estava do outro lado da arena com o Vince durante a luta, mas ele me mostrou quem era ela. Observei suas reações enquanto ela via a luta. Ela ficou na ponta da cadeira o tempo todo, nervosa. Ficou branca como fantasma quando o Caden pisou em você. Eu a vi correr na direção do ringue. Mas depois a perdi na multidão. Acho que ela ainda se importa com você, se isso fizer alguma diferença — ela diz, na tentativa de me fazer sentir melhor, mas soa mais como pena.

Tento sorrir. Ela é uma boa pessoa por tentar ajudar.

— Obrigado. Vou tomar um banho.

— Jax?

Eu me viro.

— A perda é dela se não o perdoar, porque vale a pena perdoar você.

Trinta e Quatro

Lily

Na noite passada, eu mal consegui dormir, pensando no Jax, imaginando se ele estava bem, como estava se sentindo após o fiasco no ringue. Ele foi embora andando, mas provavelmente está com dor hoje. A insanidade do que Caden fez ontem ainda me deixa inquieta. Com certeza ele será impedido de competir novamente no octógono. Nenhuma organização aceita múltiplas faltas intencionais.

Sentada na nossa mesa de patrocinadores para almoçar, sei que deveria estar fazendo contatos, mas me sinto vazia. Tudo parece vazio e sem sentido. Como se houvesse um buraco no meu coração que vou passar o resto da minha vida incapaz de preencher novamente.

— Você está bem, querida? — Uma mulher mais velha, de cabelos brancos e rugas bastante profundas, sentada à mesa, pergunta. Seu sorriso é meigo, e o rosto é acolhedor e demonstra preocupação.

— Sim, obrigada. — Sorrio educadamente.

— Problema com algum homem? — ela pergunta, inclinando-se.

Sorrio com a persistência dela.

— É assim tão óbvio?

Ela faz que sim com a cabeça.

— Fui casada durante quarenta e um anos. Perdi meu Gerald no ano passado.

— Sinto muito em ouvir isso.

— Quer um conselho?

Eu nem lhe contei o problema, então não tenho certeza de que ela possa me ajudar a consertar as coisas. Mas, acima de tudo, sou educada e ela parece uma boa pessoa.

— Claro. — Sorrio.

— Há apenas duas escolhas com relação a um homem: perdoe-o ou esqueça-o. Se você não consegue fazer o último, então precisa perdoá-lo, porque ele já roubou seu coração.

Não faço ideia do que esperava que ela dissesse, mas com certeza não era isso. Tão simples, tão direto ao ponto, tão claro. E é necessário que uma mulher que eu nunca vi na vida me aponte o óbvio. Levanto e a beijo na bochecha.

— Obrigada.

Ela balança a cabeça, concordando.

— Você poderia me dizer em qual quarto Jackson Knight está, por favor? — pergunto à recepcionista no balcão da recepção.

— Desculpe, não podemos dar essa informação.

Eu lhe mostro o crachá de patrocinador, como se aquilo tivesse algum tipo de autoridade.

— Sou um patrocinador aqui. Eu deveria encontrá-lo hoje à noite, mas chegarei um pouco atrasada e quero apenas avisá-lo — minto. — Você poderia me ajudar? Meu chefe irá me matar se eu estragar essa negociação.

A mulher hesita, analisando-me brevemente, mas então começa a pesquisar em seu computador. Por fim, ela olha para mim confusa.

— Desculpe. O Sr. Knight já fez o *check-out* dele.

— Você sabe quando?

Ela aperta mais algumas teclas.

— Ontem à noite. Parece que ele fez o *check-out* mais cedo. — Ela dá de ombros. — Ah, espere um pouco. Lembro-me do Sr. Knight. Eu fiz o *check-out* dele ontem. Ele é o rapaz que saiu machucado da luta, não é?

— Sim, é ele.

— Certo. Ele não saiu, na verdade. A namorada dele devolveu a chave. Ela disse que ele iria ficar no quarto dela e que não precisava mais do outro quarto — a mulher sussurra. — Eu não deveria dar informações sobre os quartos, mas eles estão na suíte presidencial, caso queira encontrá-los.

A repentina imagem de Jax com outra mulher faz meu coração doer e o estômago revirar. Por que não me ocorreu que ele fosse seguir adiante tão rápido? Acho que lá no fundo eu acreditava que ele se importava comigo. Dar-me conta de que fui tão rapidamente substituída abre a ferida criada no dia em que descobri que ele estava planejando forçar a Ralley's a ir à falência. Ainda dói como uma ferida aberta.

Um agoniante sentimento de desespero me atinge e tudo o que quero é ir para casa. Dar o fora dessa loucura de Las Vegas, mesmo que as lutas não tenham terminado ainda. Caminho para o elevador em um torpor, sentindo-me triste, com as palavras da velha senhora voltando à minha cabeça para me assombrar. *Você tem que perdoar ou esquecer.* Acho que fui fácil de ser esquecida.

Arrumo minhas coisas e ligo para o Joe para avisá-lo que vou embora um dia antes do planejado, mas ele não atende. Temos um jantar marcado com alguns vendedores em potencial, interessados em colocar seus produtos à venda nas academias, mas estou certa de que vão preferir conversar com o Joe do que comigo, em todo caso. Mas não quero ir embora sem que ele saiba, então desço para procurá-lo.

Vince Stone está na mesa da segurança. Sorrio educadamente

e mostro meu crachá para o segurança.

— Lily — Vince me chama do corredor quando começo a me afastar. — Está tudo bem? — ele pergunta.

— Estou procurando o Joe Ralley, você o viu?

Ele balança a cabeça.

— Não o vi.

— Obrigada. — Dou um passo, mas algo me para. Ele pode não ser mais meu, mas não consigo evitar. Preciso saber se ele está bem. — Você viu o Jax? Ele está bem?

— Está com uma costela quebrada e muitos hematomas. Mas vai sobreviver — ele diz. — A Liv disse que ele acordou há pouco tempo. O médico lhe deu analgésicos, por isso ficou apagado por mais da metade do dia.

Liv. Muita coisa aconteceu nas últimas semanas. Aparentemente, Jax se aproximou de um irmão que até pouco tempo atrás ele desprezava e sua nova namorada tem um nome: Liv. Perfeito! Que animador. Talvez ele esteja percorrendo o alfabeto: L-i-l, L-i-v.

Concordo com a cabeça, desejando nunca ter perguntado e começo a me afastar. Vince grita sobre o ombro:

— Ele está na suíte presidencial, se quiser visitá-lo.

Claro, eu não iria querer nada mais do que passar algum tempo curtindo o Jax e a Liv.

Trinta e Cinco

Jax

Dois dias depois...

Os pelos da minha nuca se arrepiam antes que eu possa vê-lo. Meu corpo me alerta quando ele vira a esquina no *lobby* do hotel onde estou parado de pé. Ele sorri. É o rosto de um maluco. Já sei que ele não segue as regras. O filho da mãe perturbado tem colhões de aço por vir na minha direção. Estou parado entre Nico Hunter e Vince Stone, dois dos maiores lutadores do mundo, e ele não hesita nem um pouco.

Nico dá um passo à frente.

— Me dá apenas uma razão, seu pedaço de merda.

Ignorando-o completamente, Caden foca em mim.

— Vou estar de volta dentro daquela bocetinha gostosa em menos de uma semana. — Ele se inclina para frente e sussurra.

Ele deve desejar morrer. Eu o pego pelo pescoço e aviso:

— Você está fora de si, Ralley. Porra, vou botar a polícia te esperando quando você pousar em Nova York.

Ele nem pisca. Provavelmente acha que estou falando da luta.

— Sei tudo sobre o dinheiro que você roubou. Contei ao Joe hoje de manhã. Estou indo contar à Lily agora. Ia deixá-los decidir o que fazer com você, mas, pensando melhor, um merdinha como você definitivamente precisa ser trancado atrás das grades. Então, pise em Nova York, e me certificarei de que você pegue cinco anos por roubo. — O rosto dele está ficando roxo por causa do meu aperto, mas ele não faz nenhum movimento para se libertar. Transtornado não é o suficiente para começar a descrever quão fodido esse cara é.

— Ele não vale a pena — Vince diz.

Eu aperto mais forte, ciente de que poderia quebrar sua traqueia nesse exato momento. Provavelmente deveria fazê-lo, embora a ideia de mandar esse babaca fodido com problemas de controle emocional para a prisão seja muito mais atraente do que uma morte rápida e relativamente sem dor. Eu o liberto. Ele sorri e se afasta.

— Taí um filho da puta doente — Vince diz, quando Caden se afasta tão calmamente quanto se aproximou.

— Com certeza — Nico concorda.

Meu táxi para e me despeço.

— Obrigado por tudo.

— Sem problemas — Nico diz com um aceno. — Cuide-se, cara. Se alguma vez for a Chicago, dê uma passada lá na academia.

Concordo com a cabeça e me viro para olhar meu irmão.

— Não tenho como te agradecer o suficiente por tudo o que fez. Eu te devo uma.

— Você dá uma exclusiva para a Liv quando ganhar o título da próxima vez. Melhore, recupere sua garota, e depois volte para o ringue.

Sorrio.

— Está bem, mas vou perder alguns quilos até chegar à sua categoria, para que ela possa escrever como eu acabei com você.

Ele ri.

— Nos seus sonhos, irmão. Nos seus sonhos.

Já no aeroporto, troco minha passagem de Washington por uma para Nova York. Joe me disse que a Lily foi embora mais cedo. Preciso contar a ela que o Caden andou roubando e preciso ir à polícia. Se ela não quiser ficar comigo, vou ter que lidar com isso.

Mas não há a menor possibilidade de eu deixar aquele filho da mãe doente sequer chegar perto dela.

TRINTA E SEIS
Lily

Nem mesmo Reed consegue me fazer rir nesses últimos dois dias.

Vou trabalhar, passo doze horas por dia tentando me atualizar e volto para casa para dividir um pote de sorvete *Ben & Jerry* com o meu melhor amigo. Sou um poço de diversão.

Quando os últimos associados vão embora, tranco a porta e sento-me à mesa da recepção para desenhar. É a única coisa que me traz alguma paz. Embora provavelmente não seja muito saudável porque a única coisa que quero desenhar é o Jax.

Eu me perco esboçando as linhas do seu maxilar, desenhando-o de memória. Fecho os olhos e imagino a barba suave em seu rosto, lembrando-me da forma como a senti quando passei a mão em sua pele na manhã seguinte à noite que passamos explorando o corpo um do outro. Uma batidinha leve na porta me desperta dos meus devaneios.

Por um segundo, me pergunto se minha memória está me pregando peças, porque, de repente, parado a alguns metros de distância, do outro lado da porta de vidro, está o mesmo homem, em carne e osso. Meu coração acelera no peito e me sinto mais viva do que me senti nas últimas semanas. Dou alguns passos em direção à porta, embora meus pés pareçam pesados, e colocar um na frente do outro seja como tentar caminhar em uma piscina funda.

Destranco a porta e ele a abre calmamente.

— Posso entrar?

Pisco algumas vezes para conseguir acordar.

— Sim. Claro. Desculpe, é que você me pegou de surpresa.

Tranco a porta atrás dele e me viro. Ele está bem aqui, tão

perto que eu poderia tocá-lo. É tudo que eu quero fazer, mas não faço. Meu corpo é atraído para o dele por um impulso surreal. É um teste de resistência só manter as mãos ao lado do corpo.

— Como você está? — pergunto, referindo-me às suas costelas.

— Melhor agora. — Seus olhos têm um tom tão bonito de azul e estão tão cheios de sentimentos que quase acredito que sou eu quem o faz se sentir assim. Então me lembro da namorada que estava cuidando dele na suíte presidencial e engulo os meus desejos. Volto para trás do balcão para colocar uma distância segura entre nós.

— Fico contente em saber que você tinha alguém para cuidar de você.

Ele faz que sim.

— Acabou que ele era um cara bem legal.

— Seu irmão?

— Aham. Ele e a Liv cuidaram de mim por uns dias. O médico me prescreveu analgésicos que me apagaram mesmo.

Liv. Ele realmente precisa falar dela? Quão insensível ele pode ser?

— O que eu posso fazer por você, Jax?

Minha postura muda. Meu corpo pode até não saber que esse homem não me pertence mais, mas meu cérebro sabe. Na verdade, estou até feliz que ele a tenha mencionado porque tem o efeito de jogar um balde de água gelada na minha cara, despertando-me do meu estupor.

Ele franze o cenho, notando a diferença. A temperatura acaba de cair dez graus; seria difícil não perceber.

— Falei alguma coisa errada?

— Não. Por que acha isso? — digo com sarcasmo indiscutível na voz.

— O que está pegando, Lily? — Ele vem para o balcão.

— Nada, Jax. O que você disse que queria? Prefiro conversar sobre o que quer que o tenha trazido aqui. Eu realmente não tenho nenhum interesse em falar sobre a sua festinha na suíte presidencial com a sua namorada.

— Minha namorada? Do que você está falando?

— Liv. Eu fui até a recepção para saber como você estava e eles me disseram que a sua namorada tinha feito o seu *check-out* e o levado para a cobertura dela.

— É disso que se trata?

— Não. É sobre esquecer. Só preciso seguir em frente com a minha vida e você não está ajudando, toda vez que decide reaparecer nela.

— Você está com ciúmes da Liv?

— Não estou com ciúmes de ninguém! — eu me defendo com um pouco de vigor demais.

— Liv é a namorada do Vince. Eu estava com eles no segundo quarto da suíte deles. — Ele cruza os braços na altura do peito. Seu maxilar se enrijece e não consigo dizer se é por causa da discussão ou se é por ter tocado suas costelas.

— Tanto faz. Não importa. Apenas me diga por que você veio. — Minha cabeça está tão confusa!

— Você me considera tão pouco para achar que eu iria te superar tão rápido? Que levaria uma mulher para Vegas sabendo que você estaria lá?

Sentindo-me dolorosamente confusa, olho para ele e ele me encara, aguardando minha resposta. Só que não tenho a menor ideia do que dizer.

— Não sei o que dizer, Jax.

— Você já disse tudo — ele diz baixinho, seu rosto lindo

parecendo desesperado. — Preciso te dizer algumas coisas e depois vou embora. Não vou mais interromper a sua vida depois disso, prometo.

Há algo de sombrio em sua expressão quando ele continua:

— Caden está roubando você há algum tempo.

— Do que você está falando?

— Lembra-se da auditora que veio aqui? A Sra. Waters?

— Sim.

— Ela juntou os livros fiscais de todas as sessenta e duas filiais para ver se conseguia encontrar alguma redundância. Sessenta e uma das filiais estavam pagando uma taxa gerencial de mil dólares por mês para a Treinamento Ralley Inc. pelos últimos nove meses.

— Quem é a Treinamento Ralley?

— Era disso que ela não tinha certeza. Ela achou que podia ser uma nota que as academias estivessem pagando para o Joe, por isso ela não mencionou antes. Mas os cheques eram descontados em uma conta do City Bank, então ela pôde verificar o dono da conta. É simplesmente Caden Ralley. Ele vem surrupiando sessenta e um mil dólares por mês por quase um ano. É por isso que seu fluxo de caixa anda apertado. Era difícil ver, já que não era uma quantia muito grande em apenas uma filial.

Um nó se forma em minha garganta e mal consigo respirar.

— Eu não entendo.

— Você mesma disse que se apoiou nele quando seu pai morreu. Ele se aproveitou. Provavelmente estabeleceu isso com as lojas quando você estava passando por um momento difícil, de modo que nenhum dos gerentes se preocupou em lhe questionar a respeito.

Lembranças voltam à minha mente.

— Eu enviei um e-mail dizendo aos gerentes para trabalharem

com o Caden, que ele iria ajudar a manter os livros de contabilidade organizados enquanto eu estivesse fora por um tempo. — Eu me sento, sentindo-me, de repente, tonta e sobrecarregada. — Sou tão idiota!

— Você não é idiota. Você ficou devastada quando seu pai morreu e pedir ajuda foi uma decisão inteligente. Caden se aproveitou de você.

Eu me sinto uma boba. Como não pude reparar em tanto dinheiro desaparecendo?

— O que eu faço agora?

— Você precisa dar parte disso. Vou com você na polícia amanhã, se quiser. Mas ele precisa ser preso. Ele está fora de controle e sei que está planejando voltar aqui. Ele acha que vocês dois podem voltar a ficar juntos agora que nós... — Minha voz desvanece.

— Não estamos juntos — termino a frase com uma voz fraca e embargada.

Ele faz que sim com a cabeça.

— Tudo bem. Ele também precisa ser punido pelo que te fez.

Jax tenta sorrir.

— Você quer que eu venha te buscar de manhã para que a gente vá junto ou quer que eu a encontre lá?

— Te encontro lá. A décima terceira fica a apenas dois quarteirões.

Ele concorda e se encaminha para a porta.

— Mais uma coisa.

— Tem mais?

— Quero esclarecer mais uma coisa, Lily.

— O quê?

Minha cabeça está rodando, não sei quanto mais posso aguentar.

— A linha de crédito do banco. Eles não reconsideraram o pedido e a abriram de volta. Eu garanti que isso acontecesse.

— Não estou entendendo.

— Eu quis ajudar. Não posso provar, mas tenho um pressentimento de que meu pai usou a influência dele para atingi-la e fez com que parecesse que tinha sido eu. Ele não queria que eu investisse na Ralley's. Não queria que eu ficasse em Nova York. Sei que você não acredita em mim, mas não tive nada a ver com o banco ter retirado sua linha de crédito, Lily.

— E aí você garantiu pessoalmente um empréstimo de meio milhão de dólares para consertar isso?

— Desculpe. Só não quero mais nenhum segredo entre nós. Eu só estava tentando ajudar. Agora que Caden não vai mais te roubar, seu fluxo de caixa irá melhorar com o tempo e tenho certeza de que o banco irá repensar o pedido. E então eles poderão cancelar a minha garantia e você poderá ficar totalmente livre de mim.

Nada no mundo me machuca mais do que a ideia dessas suas últimas palavras: ficar totalmente livre dele. Mas estou tão desgastada agora que nem consigo pensar direito.

— Obrigada por fazer isso por mim e pelo Joe.

Ele olha para baixo, vendo pela primeira vez o desenho que estou fazendo, e me olha nos olhos. Algo acontece dentro de mim e de repente sinto como se fosse quebrar. Quebrar em um milhão de pedacinhos bem na frente desse homem. Ele é tão forte e equilibrado e eu sou um trem emocional desgovernado prestes a bater em alta velocidade.

Nós não dizemos nada, até que ele se vira e segura a maçaneta da porta.

— Tranque a porta depois que eu sair. Chame um táxi. Não ande sozinha essa noite.

Duas horas depois, minha cabeça ainda está rodando, mas estou certa de uma coisa: jamais conseguirei esquecer esse homem. Não sei o que vou dizer, mas, quando vejo as luzes do imponente hotel San Marco surgindo à frente, peço ao motorista para seguir em frente, em vez de virar na direção do meu apartamento.

O elevador sobe dolorosamente devagar para o trigésimo terceiro andar. Sorrio ao perceber que ele está em um quarto comum e não na suíte presidencial. Bato na porta tão de leve que fico surpresa quando ele a abre.

Parado diante de mim, com uma toalha enrolada na cintura, está o homem por quem estou loucamente apaixonada. Aquele a quem não tenho nenhuma outra escolha senão perdoar, porque não há a menor possibilidade de eu conseguir esquecê-lo. Só espero que ele possa me perdoar também.

Permanecemos de pé, nos olhando por um longo tempo, nossos olhares fixos. Meu coração bate fora de controle. A conexão entre nós está correndo mais forte do que qualquer coisa que eu já tenha sentido com qualquer ser humano.

— Eu não consigo te esquecer — sussurro.

Não é de surpreender que ele pareça confuso com a minha declaração.

— Entre.

Ele fecha a porta e se vira para me encarar. Meu corpo se arrepia quando ele coloca sua grande mão em volta do meu pescoço e dá um passo em minha direção. Ele aperta meu pescoço, forçando-me a olhá-lo e, quando o faço, ele se inclina e beija meus lábios suavemente.

— Eu não consigo te esquecer também — ele diz, o nariz a apenas centímetros de distância do meu. — Você ficou com ciúmes da Liv? Eu fiquei tão puto de você pensar tão pouco de mim, que eu levaria uma mulher para Vegas, sabendo que você estaria lá, que nem parei para pensar no que isso significava. Se você está com ciúmes, é porque ainda sente algo por mim. Eu estava apenas tomando banho e ia atrás de você.

— Ia?

— Você estava com ciúmes, Lily?

Tanto que nem conseguia raciocinar direito.

— Estava.

— Por quê? — Ele se aproxima. Seu peito infla e a respiração está tão dura quanto a minha.

— Porque...

— Por qual motivo, Lily?

Ele quer me ouvir dizer.

— Porque a ideia de você com qualquer outra pessoa me causa dor física.

Ele pega minha mão e a leva aos lábios, beijando a palma e cada dedo.

— E por que dói?

— Você sabe por quê. — Minha voz treme.

— Não, preciso que você me diga o porquê. Preciso que você diga primeiro, porque eu nunca tive tanta certeza de algo na minha vida e você continua fugindo de mim.

— Você me magoou.

— Eu sei e peço desculpas. Mas nunca fugi do que sinto por você. E tenho tentado te mostrar isso há semanas, mas você não me deu uma chance. Você realmente vai me dar uma chance dessa vez, meu anjo?

— Vou. — Engulo o bolo na minha garganta. Tenho me concentrado tanto no quanto ele me magoou que nunca parei para pensar no quanto poderia estar fazendo o mesmo com ele.

— Eu... — Minhas palavras ficam presas na garganta quando realmente vejo seu dorso pela primeira vez. Estou parada aqui, com ele de toalha desde que abriu a porta, como não reparei nisso antes? É enorme! O hematoma cobre metade da sua caixa torácica e está azul-escuro, quase preto. Ver isso me faz sentir como se uma enorme mão tivesse segurado meu coração e o apertado tão forte que mal consigo respirar. Lembrando do que ele fez quando viu os hematomas que Caden deixou no meu pescoço, me inclino e o beijo gentilmente ali. Primeiro, percorro todo o contorno, depois passo alguns instantes cobrindo com beijos carinhosos cada pedacinho da linda pele machucada. Seu peito contrai quando atinjo determinado ponto e sei que é onde deve ser a fratura. Lágrimas queimam meus olhos em pensar na dor que Caden lhe causou. Nos causou. Física e emocionalmente.

Ele olha para baixo, observando-me cobrir o último pedaço de hematoma com beijos. Seus olhos penetrantes estão nos meus. Ele precisa de certezas tanto quanto eu. Esse homem confiante, arrogante e ousado parece tão vulnerável! Então, abro meu coração, assumindo um risco que sei que vai me esmagar se as coisas não derem certo, mas é um risco que não tenho escolha senão assumir. Respiro fundo, olho em seus olhos e finalmente confesso:

— Estou apaixonada por você, Jax.

Ele fecha os olhos e, quando os abre novamente, há algo diferente. Ele me encara tão intensamente que tenho certeza de que pode enxergar através da minha alma. Isso deveria me assustar, mas, ao contrário, meu coração quer se abrir e cantar. Seus olhos percorrem meu rosto e se prendem aos meus, e todo o universo some quando ele fala, e somos apenas eu e ele:

— Eu sinto o seu cheiro quando você não está perto de mim. Te sinto, sem tocá-la. Quando você entra em um lugar, sei que você está lá antes de te ver. Toda vez que a vejo sorrindo, eu sorrio. Sua felicidade se tornou a minha felicidade. Ou estou apaixonado por você, ou você é mesmo o meu anjo. Seja como for, nós fomos feitos um para o outro.

Lágrimas ameaçam cair enquanto ele fala. Eu as seguro tanto quanto consigo. A primeira delas cai quando a voz dele falha.

— Me desculpa, Anjo. Eu nunca quis te magoar. — Ele limpa gentilmente a lágrima da minha bochecha com o polegar. — Por favor, dê-me uma razão para acordar todas as manhãs e te provar que vale a pena me perdoar.

Sorrio, mesmo com lágrimas escorrendo pelo meu rosto.

— Eu odeio acordar sem ter você do meu lado. Durmo do meu lado da cama quando você não está lá e toda vez que estico o braço me lembro que está vazio. E isso me faz sentir vazia.

Jax sorri e seus olhos também ficam marejados. Ele pega meu rosto entre as mãos.

— Vamos ter que fazer algo a respeito disso. — Gentilmente, ele beija meus lábios. Então afasta o rosto para me olhar e um sorrisinho malicioso ameaça seu semblante sério.

— Eu consigo pensar em uma forma de te fazer se sentir menos vazia agora. — Ele levanta uma sobrancelha.

A ideia de ele me preencher faz com que meu corpo cantarole e meus olhos chorosos fiquem cheios de cobiça.

— Quando você me olha assim, eu fico maluco — ele rosna.

— Assim como?

— Como se estivesse imaginando o que vou fazer com você antes mesmo de eu tirar sua calcinha.

Rio baixinho.

— Não estou usando uma. Eu a tirei no táxi, a caminho daqui.

Seus olhos brilham e ele geme na minha boca. Sua mão entra na minha saia, subindo e descendo pela coxa. Meu corpo formiga em cada parte que ele toca. Deus, como senti falta desse homem! Nós dois gememos quando o dedo dele desliza pela minha umidade. Seus olhos se estreitam.

— Você veio para cá sem calcinha, meu anjo? — ele diz com um tom possessivo na voz, que me deixa ainda mais molhada. Fecho os olhos e solto um gritinho quando ele aperta minha bunda e me puxa firmemente contra ele.

— Eu esperava que você fosse gostar de mim sem calcinha.

— Eu gosto, meu anjo. Mas se bate uma brisa nessa sua saia, outra pessoa pode acabar vendo essa sua bundinha perfeita. — Ele aperta minha bunda com força.

— E agora, quem está com ciúmes? — provoco.

— Eu. Sempre. Porque... — Seu dedo alcança a parte de baixo da minha saia e encontra imediatamente o meu clitóris. Seus dois dedos entram em mim possessivamente. — Isso me pertence.

Meu suspiro é silenciado com o beijo dele. Um beijo faminto, selvagem, assertivo, mas também cheio de sentimentos, saudades, perdão e amor. Minhas pernas estão bambas e minha cabeça está tonta quando nos separamos para respirar.

— Minhas costelas. Qualquer movimento dói — ele diz com um diabólico sorriso torto enquanto caminha de costas em direção à cama, puxando-me de frente para ele. — O médico disse que eu tenho que ficar deitado de costas. — Ele para na beira da cama, suas mãos abrindo caminho debaixo da minha saia. — Então, você sabe o que isso significa? — Eu gemo quando ele introduz um dedo em mim. — Significa que você vai ter que me cavalgar. Vou deitar de costas e te assistir engolir meu pau. Inteirinho. Quero vê-la rebolar esse quadril comigo bem fundo em você, puxando-me gulosamente até que esteja batendo essa bundinha contra as minhas bolas.

Suspiro. Deus, como senti falta dessa boca! A forma como ele me diz exatamente o que quer. As sacanagens que fala fazem meu corpo palpitar só de pensar nele dentro de mim novamente.

Solto a toalha de sua cintura e ela cai no chão. Ele está livre, duro e pronto. Lambo os lábios em antecipação.

— Deite-se — sussurro.

Seus olhos estão grudados em mim. Desabotoo minha blusa bem devagar. Depois, solto e tiro o sutiã e desço a saia. Fico parada, nua, diante dele, enquanto ele está deitado na cama. Seus olhos me percorrem com uma fome que me impulsiona.

Tomando cuidado para não movê-lo muito, eu o escalo, deslizando a minha umidade na ponta dele. Ele geme.

— Porra, Anjo, você está me matando.

Sorrio inocentemente, triunfante diante da fome que ele sequer tenta disfarçar quando olha para mim.

— Vai me matar não poder movê-la como eu quero e onde a quero. — Seus olhos me devoram. Sinto suas palavras entrarem em mim, penetrando profundamente nos meus ossos. — Traga sua bocetinha para mim. Eu quero prová-la antes que você me cavalgue. — Mordo o lábio, hesitando num primeiro momento. Em seguida, ele lambe os lábios, salivando por mim.

Rastejo pela cama, colocando-me acima dele, abaixando-me devagar para que possa me alcançar. Ele puxa meu clitóris com a boca. Um gemido que sinto da ponta dos pés ao topo da cabeça sai dos meus lábios.

— Me cavalgue, meu bem. Cavalgue a minha boca.

Suas palavras vibram dentro de mim. Com os dedos alcançando os meus quadris, ele me move para frente e para trás. Meu clitóris pulsa, fazendo com que eu perca toda a inibição. Pego o ritmo que ele estabelece, girando os quadris para frente e para trás, enquanto ele lambe e chupa, sua língua entrando em mim toda vez que afundo mais em seu rosto. Meu orgasmo me atinge rapidamente, de maneira quase violenta. Gozo, murmurando seu nome, quase sem fôlego, meu corpo inteiro convulsionando, já que sua boca continua trabalhando, bebendo avidamente cada gota do que o meu corpo tem a oferecer.

De alguma forma, com costela quebrada e tudo, Jax encontra uma forma de fazer amor comigo. Devagar, de maneira passional, natural, tudo consumindo o amor que nos conecta de uma maneira que eu sei, lá no fundo, que jamais poderá ser quebrado novamente. Fazemos amor de verdade, porque nós dois finalmente cedemos, deixando que o que sentimos transpareça em nossas emoções enquanto trocamos palavras.

Depois de tudo, quando finalmente paramos, giro para o lado, não querendo colocar nenhum peso sobre suas costelas.

— Jax.

— Sim, meu anjo?

— Você comprou a minha pintura.

— Sim.

— Por quê? Nós havíamos acabado de nos conhecer.

— Eu simplesmente sabia — ele diz de maneira muito simples, com um encolher de ombros.

— Sabia o quê?

— Sabia que queria ver o seu rosto todos os dias. Se eu não pudesse tê-la, teria ao menos a pintura.

— Mas e se não der certo? O que você acha que a sua próxima namorada vai pensar da pintura de uma mulher seminua pendurada por aí?

Ele vira o rosto para me encarar.

— Não há nenhuma próxima namorada, meu anjo. Você não entendeu isso ainda?

Epílogo
Lily

Seis anos depois...

— Você tem o seu pão-doce com canela, sabia? — eu o repreendo, mas não estou chateada de verdade. Além do mais, temos que sair em cinco minutos ou nos atrasaremos.

— O seu é mais gostoso. — Jackson ri, seus lábios alinhados com a cobertura branca do açúcar. O sorriso que ele me dá o permite conseguir qualquer coisa. Tal como o pai.

Dou um tapinha de brincadeira em sua mão que tenta raspar a cobertura de açúcar do meu prato com o dedo.

— Lave as mãos quando tiver terminado, porquinho. — Eu me levanto. — Nós vamos sair em cinco minutos. Não queremos que você se atrase no seu primeiro dia no jardim de infância. Vou pegar meus sapatos. Coloque seu prato na pia quando terminar de comer os *nossos* cafés da manhã.

— Eu não me importo de me atrasar — Jackson choraminga um pouco. Nas últimas semanas, ele tem andado nervoso por começar o jardim de infância, embora nunca vá admitir. O menino idealiza tanto o pai que acha que não pode ter medo de nada, assim como o Jax.

— Bom, eu me importo. Portanto, acelera aí, moleque — provoco sobre o ombro, enquanto corro para o andar de cima para me calçar.

Meu celular toca antes que eu consiga voltar ao andar de baixo. É a décima mensagem de Jax esta manhã. Ele se sente mal por não estar aqui para acompanhar o Jackson no primeiro dia na escola, mas fico feliz que tenha decidido ir a Vegas alguns dias atrás para ver a luta do Vince. Após um início pedregoso, ao descobrirem a existência um do outro, Jax e Vince encontraram o caminho deles. Ultimamente, os dois passam tanto tempo conversando que parece que estão tentando compensar o tempo perdido, embora, se você perguntar a eles, vão jurar que tudo que conversam tem a ver com as novas academias que eu e Jax estamos abrindo com o Vince, uma extensão dos negócios da Ralley's na costa oeste. Mas, se você perguntar a mim, o lance dos negócios foi apenas um ardil para dar a eles mais uma desculpa para passar mais tempo juntos. Inconscientemente, minha mão desce para a pequena saliência crescendo novamente no meu ventre. Espero que seja outro menino. Adoraria ter um mini-Jax da mesma idade de um mini-Vince, embora eu deva arriscar que teríamos muita mobília quebrada quando os dois pequenos descobrissem a luta.

> Ele está bem. Não está nem um pouco nervoso.

Minto, respondendo a mensagem de texto quando ele pergunta novamente como está o Jackson. Dizer ao Jax que a sua miniatura está nervosa só fará com que ele se sinta ainda mais culpado.

> Como está o Vince essa manhã?

Na noite passada, Vince defendeu seu título pela quarta vez. A luta foi a mais curta até agora, durou quase um minuto antes que o Vince ganhasse por nocaute técnico.

> *Ainda está dormindo.*

> Machucou mais do que pareceu na TV?

> *Está bem machucado. Só que não por causa da luta. Houve uma grande celebração depois. Rs.*

> Ok, comporte-se.

> Sempre. Esteja em casa hoje à noite, meu anjo. Cuide dos meus garotos.

> Você não sabe ainda se esse será um menino.

Acaricio meu ventre.

> Claro que sei.

Eu sorrio, balanço a cabeça e reviro os olhos.

Jackson está parado na porta, esperando ansiosamente que eu vá para o andar de baixo. Ele me olha, seus grandes olhos azuis nervosos por trás de um mar de cílios escuros. Isso aperta meu coração, mas não deixo que perceba que sei que ele está com medo. Os meninos Knight são um grupinho orgulhoso, e não quero danificar o ego dele.

Lado a lado, caminhamos os sete quarteirões até a PS 199. A tensão em seu rosto aumenta quando sua nova escola desponta no horizonte. Quero tanto pegar sua mãozinha, apertá-la forte, fazê-lo saber que tudo ficará bem. Mas não o faço. Além de não querer quebrar sua fachada de não ter medo, a qual ele trabalhou duro para ostentar, lembro-me do meu pai me levando para a escola. Como eu adorava segurar sua mão. Ele me fazia sentir segura, como se tudo no mundo fosse ficar bem, desde que ele estivesse perto de mim. Mas algumas crianças podem ser muito cruéis. Não quero que impliquem com o Jackson na escola, como fizeram comigo, por segurar a mão do meu pai. Tenho que colocar as mãos nos bolsos para me controlar e não pegar a de Jackson, mas sei que é melhor assim.

Chegamos à porta da frente. Dois meninos estão parados no último degrau. Eles apontam para Jackson e gritam o nome dele com entusiasmo. Seu rosto se ilumina com alívio, e isso faz com que eu solte o ar que estava segurando. Meu menininho se vira para mim, envergonhado pela afeição, pela primeira vez, e parece em conflito. Então sorri e levanta seu pequeno punho.

— Colisão de punho — ele diz, limpando a garganta. Já vi Jax e Jackson fazerem isso um milhão de vezes, mas sempre ganhei um abraço no lugar. Com uma mistura de orgulho e relutância, bato meu punho no dele antes que saia correndo, sem olhar para trás.

Jax

As pessoas voltam suas cabeças e sussurram enquanto passamos. Não tenho certeza se é porque reconhecem Vince e Nico ou se é a visão de três caras musculosos e enormes empurrando um ao outro enquanto andamos.

— Mas que porra! — Nico reclama. Sua bebida derrama quando o empurramos enquanto andamos. Eu e Vince estivemos lutando desde que chegamos ao aeroporto. Dessa vez, eu o encurralo contra a parede, infelizmente acertando Nico no processo. Estamos apenas brincando, mas as pessoas não têm certeza e saem do caminho como se fôssemos a realeza caminhando no tapete vermelho.

— Seus idiotas, vocês me fizeram derrubar minha bebida de novo... — Nico não termina a frase, tirando a tampa do seu copo, fazendo o líquido escorrer pelas laterais.

— Derrubou seu chá verde descafeinado com mel? Que tipo de homem pede uma merda dessas? — Vince zoa Nico. Os hábitos saudáveis de Nico são um assunto frequente quando estamos sacaneando um ao outro. É por diversão, embora isso não impeça Nico de deixar um hematoma no peito do Vince se ele continuar. Quando homens do nosso tamanho ficam de zoeira, sempre termina em hematomas.

— O tipo que irá acabar com você em dois minutos se não calar a boca — Nico avisa.

— Velho, eu sou quatro vezes campeão de peso meio-pesado dos Estados Unidos. Não acho que você ainda tenha chance. — Vince mantém os braços para cima em sinal de vitória enquanto esnoba seus títulos.

— Quer ver? — Nico desafia.

— Pode apostar, velho. Pode apostar. — Vince sorri.

Nico balança a cabeça.

— Por que você não foca um pouco do seu esforço em me colocar no ringue com o seu irmão? — Nico desvia o assunto.

Eu rapidamente intervenho.

— Já fiz isso. Não vamos por aí novamente. Achei que finalmente tínhamos colocado esse assunto de lado — digo.

Após minha luta com Caden, eu precisava saber que conseguia vencer uma luta, e não apenas por falta. Por isso, voltei ao ringue duas vezes para lutas aprovadas. Ganhei em ambas. Não me arrependo de um minuto. Se não o tivesse feito, teria ficado pensando *"e se"* pelo resto da vida. Em vez disso, aprendi que podia vencer. Eu tinha o que era necessário, mas não era exatamente o que eu queria fazer. Amo o esporte, mas lutar profissionalmente não era a minha praia, no final das contas. Por isso, me retirei ainda no topo, embora Nico e meu irmão não conseguissem entender que meu coração estava em outro lugar.

Caden foi proibido de lutar após o veredito de furto qualificado. No fim das contas, Lily decidiu que era decisão do Joe o que fazer com o dinheiro que Caden havia roubado. Fiquei surpreso quando vi que Joe entregou o sobrinho para a polícia, e isso trouxe alívio à Lily e a mim por não termos que ficar olhando sobre o ombro durante um tempo. A última coisa que ouvi foi que sua pena tinha sido aumentada por ele ter lutado muitas vezes dentro da prisão.

Lily e eu fizemos a Ralley's crescer de sessenta e duas

unidades para quase cento e cinquenta depois que coloquei um anel no dedo dela. E agora, tendo meu irmão como sócio nas novas lojas, chegaremos a duzentas unidades até o fim do ano. Finalmente encontrei uma forma de convergir as três coisas que amo na vida: gerenciar nossa empresa, minha família e as lutas. Seria difícil encontrar um homem mais feliz do que eu.

— Muito bem, senhores. E eu aqui estou usando esse termo bem vagamente. — Sorrio quando chegamos ao meu portão de embarque. Nós estamos voltando para casa, para as nossas esposas. Vince, com outro campeonato no cinturão, e eu e Nico orgulhosos disso. — Vejo vocês em algumas semanas. Quando aquela sua bela esposa tiver o bebê. — A esposa de Vince, Liv, também está grávida. Nossas esposas estão animadas que os primos terão apenas alguns meses de diferença. — Espero que a cabeça dele não seja tão grande quanto a sua, irmãozinho. — Coço o topo da cabeça do meu irmão e nos abraçamos, e damos uma batida de peito, bem estilo dos homens.

— Até mais tarde, Cria 1 — Vince grita sobre o ombro, caminhando pelo terminal com o Nico.

— Até mais tarde, Cria 2 — eu grito de volta.

No final das contas, meu pai, eleito novamente, apesar de ser o maior mentiroso e traidor do leste do Mississippi, me deu algo que tornou minha vida completa: meu irmão.

Lily

A gravidez definitivamente diminui meu ritmo. São nove da noite, e já estou pronta para a cama. Jax acabou de pousar e deve chegar em casa dentro de uma hora. Espero conseguir ficar acordada para vê-lo. Abro a porta para dar uma olhada em Jackson. Seus olhos estão fechados, mas tremem um pouco quando desligo a TV. Sorrio ao ver o pôster do Vince, "O Invencível", colocado acima da sua cama e, com cuidado, começo a recolher as roupas que ele usou de dia e que estão espalhadas pelo chão do quarto.

Ergo a camisa e o short de Jackson e algo cai do bolso. Abaixo-me no escuro e não consigo entender o que é até que pego o objeto. É o relógio de bolso do Jax. A voz grogue do Jackson soa, me pegando de surpresa. Eu achava que ele estava dormindo.

— Posso ficar com isso?

— Isso? — Seguro o relógio de bolso, confusa sobre o porquê de estar com ele.

— Aham.

— Claro. — Vou até a cama. — Mas de onde você o pegou?

Jackson dá de ombros.

— Não sei. Estava no meu bolso quando me vesti hoje de manhã. Talvez o papai tenha colocado no short errado. Meu short favorito azul é da mesma cor do dele.

Eu me inclino e o beijo na testa, puxando as cobertas para cima.

— Eu estava brincando com ele no meu bolso hoje na escola quando a professora estava passando pela sala, fazendo-nos levantar e dizer nossos nomes. Acho que fiquei um pouco nervoso — ele diz, tentando parecer casual. Ele é tão filho do Jax! Ele alcança o relógio de bolso. — É estranho. Mas me fez sentir melhor. Me fez lembrar do papai e daí lembrei que vi o tio Vince na TV ontem à noite, e, quando chegou a minha vez, eu já tinha esquecido que tinha ficado nervoso.

Entrego o relógio a ele e sorrio vendo-o fechá-lo nas mãos e colocá-lo ao seu lado.

— Boa noite, querido.

— Boa noite, mamãe.

Encosto na porta fechada do quarto do meu filho e sorrio,

pensando em como fui tão sortuda em ter dois homens maravilhosos na minha vida: meu pai e Jax. Mal me lembro de ter contado a ele a história sobre meu pai e o relógio de bolso, no entanto, ela o tocou profundamente, e ele se lembrou e deu esse presente ao nosso filho. Esse é o tipo de homem que ele é. Pensa nos outros, é carinhoso, protetor, sexy e lindo. Um homem a quem aproveitei uma chance de perdoar há muito tempo, e nunca olhei para trás. Um homem a quem vale perdoar, porque eu nunca poderia esquecê-lo.

AGRADECIMENTOS

Escrever um livro é algo emocional e fisicamente exaustivo, porém lindo e emocionante ao mesmo tempo. É uma montanha-russa cheia de subidas e descidas. Eu gostaria de agradecer algumas das pessoas que me ajudaram nos meus dias ruins, nas minhas neuroses, nas minhas faltas de resposta e em todo tipo de comportamento preguiçoso quando estou focada em um livro.

Ao meu marido, pelo apoio que me dá em... bom, tudo. Por aguentar minhas oscilações de humor e por me ouvir falar sobre roteiros nos quais ele não tem o menor interesse — exceto que é importante para mim.

A algumas mulheres muito especiais: Andrea, Carmen, Jen, Lisa, Beth, Dallison e Nita — obrigada por tudo! Por serem minhas leitoras-beta, por fazerem artes gráficas e vídeos lindos e por sempre me darem suas opiniões sinceras. Mas, acima de tudo, pela amizade e apoio de vocês.

Muito obrigada a todos os blogueiros que, generosamente, doam seu tempo para ler e apoiar autores independentes. Sem o apoio de vocês, muitas pessoas não encontrariam nossas histórias.

Por fim, muito obrigada a todos os meus leitores. Sou muito abençoada por ter pessoas maravilhosas lendo meus livros e se apaixonando pelos meus personagens. Acho o entusiasmo de vocês inspirador e leio cada um dos e-mails que recebo. Por isso, continuem a escrever. Eu realmente amo saber o que vocês pensam.

Com todo o meu amor,

Vi.

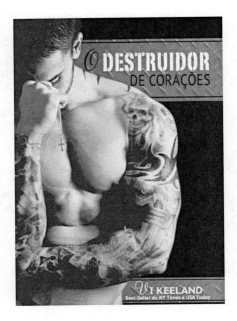

Não importava que o árbitro tivesse considerado que aquele tinha sido um golpe limpo. Nico Hunter nunca mais seria o mesmo.

Elle tem uma boa vida. Um trabalho que ela ama, um apartamento grande, e o cara que ela está
namorando há pouco mais de dois anos é um ótimo partido. Mas sua vida é chata... e ela se esforça para mantê-la assim. Muitas emoções são perigosas. Seu próprio passado é a prova viva do que pode acontecer quando você perde o controle.

 Então Nico entra no escritório de Elle e tudo muda... para ambos. Mas o que o lindo lutador
de MMA, tatuado e com um corpo de tirar o fôlego pode ter em comum com uma advogada muito controlada? Muito mais do que eles esperavam.

Conheça Liv Michaels.
Podem ter passado sete anos, mas conheço-o em qualquer lugar. Claro, ele cresceu em todos os lugares certos, mas os seus cativantes olhos azuis e o sorriso arrogante estão exatamente do jeito que me lembro. Mesmo que eu prefira esquecer.
Liv Michaels está quase lá. Ela é inteligente, determinada e está perto de conseguir o trabalho que sonhou por anos. O tempo curou suas feridas antigas e, até mesmo, seu coração partido da devastação de ser esmagado por seu primeiro amor.

Conheça Vince Stone.
As mulheres adoram um lutador, especialmente um bom. Sorte minha que sou muito bom. Mas há uma mulher que não está interessada. Não uma outra vez.
Vince "o Invencível" Stone é a fantasia de toda mulher... forte, sexy, confiante e totalmente no controle. Ele cresceu no meio do caos e aprendeu a nunca se envolver. Ele acredita que o amor pode derrubá-lo. Ele adora as mulheres, trata-as bem, coloca suas próprias necessidades antes da sua... nos momentos a dois. Mas, com a maior luta de sua vida se aproximando, seu foco deve estar no treinamento.

Quando o destino coloca Vince e Liv juntos novamente, não há como negar que a química ainda está lá. Mas será que Vince pode apagar as velhas cicatrizes do seu passado? Ou será que Liv é quem irá machucá-lo?

Entre em nosso site e viaje no nosso mundo literário.
Lá você vai encontrar todos os nossos
títulos, autores, lançamentos e novidades.
Acesse www.editoracharme.com.br

Além do site, você pode nos encontrar em nossas redes sociais.

https://www.facebook.com/editoracharme

https://twitter.com/editoracharme

http://www.pinterest.com/editoracharme

http://instagram.com/editoracharme